Sherlock Holmes

8

His Last Bow

셜록 홈즈 전집 8
그의 마지막 인사

초판 1쇄 펴냄 2012년 7월 10일
개정판 4쇄 펴냄 2020년 3월 23일

지은이 아서 코난 도일
옮긴이 바른번역
감수 박광규
펴낸이 하진석
펴낸곳 코너스톤
주소 서울시 마포구 독막로3길 51
전화 02-518-3919
ISBN 979-11-956573-8-4 04840

셜록 홈즈
전집

8

Sherlock Holmes

그의
마지막 인사

아서 코난 도일 지음
바른번역 옮김 박광규 감수

코너스톤
Cornerstone

Contents

그의 마지막 인사

그의 마지막 인사

His Last Bow

Sherlock
Holmes

1
등나무 별장

I
존 스콧 에클스 씨의 특이한 경험

수첩에 적어놓은 것을 보니 그 일이 일어난 건 1892년 3월 말, 으스스하게 바람이 불던 어느 날이었다. 우리가 점심을 먹고 있는데 홈즈 앞으로 전보가 한 통 도착했다. 홈즈는 이내 답장을 보냈다. 뭐라고 회신했는지 말해주지는 않았지만, 점심을 다 먹고 나서도 골똘한 표정으로 벽난로 앞에 서서 이따금 전보를 바라보는 것으로 보아 계속해서 전보의 내용에 대해 생각하고 있음을 알 수 있었다. 그러다가 홈즈는 갑자기 악동 같은 표정으로 나를 돌아보았다.

"흠, 왓슨. 자네라면 제법 유식한 편이라고 할 수 있겠지." 홈즈가 말했다. "자네는 '그로테스크'라는 단어를 어떻게 정의하겠나?"

"낯설고 괴상하다는 뜻 아니겠는가?" 내가 말했다.

홈즈는 내 정의에 고개를 저었다.

"그걸로는 뭔가 부족하지." 홈즈가 말했다. "그로테스크하다는 말에는 분명히 무엇인가 끔찍하고 비극적이라는 뜻이 내포되어 있어. 자네가 이런저런 이야기로 참을성 많은 독자를 괴롭혔던 그 이야기들을 생각해보면 말이야, 그로테스크한 일들이 꽤 자주 범죄로 비화했다는 것을 알 수 있을 걸세. 빨간 머리 연맹 사건을 떠올려 보라고. 시작은 매우 그로테스크했지만, 결국 무모한 절도 미수로 끝나지 않았나. 그것 말고도 다섯 개의 오렌지 씨앗이라는 그로테스크한 사건도 있었지, 아마. 그로테스크란 단어는 내게 경각심을 불러일으키곤 해."

"전보에 그렇게 적혀 있나?" 내가 물었다.

홈즈가 전보를 큰 소리로 읽어주었다.

믿을 수 없는 그로테스크한 경험을 했음. 의뢰 가능한가요?

— 스콧 에클스, 채링 크로스 우체국

"남잔가, 여잔가?" 내가 물었다.

"물론 남자지. 여자는 절대로 반신 요금까지 미리 낸 전보를 치지 않는다고. 직접 찾아왔겠지."

"만나볼 생각이야?"

"이봐, 왓슨. 자네는 내가 캐러더스 대령을 잡고 난 뒤 얼마나 지루해했는지 누구보다 잘 알지 않는가? 내 정신은 마치 헛도는 엔진과도 같지. 원래 목적대로 일하지 못해 곧 터져버릴 것만 같단 말이야. 인생은 시시하고 신문은 따분해. 범죄의 세계에서 용맹함과 로맨스는 마치 영영 사라진 듯하지. 그런데도 자네가 내게 이 사건을 맡을지 물어본다는 말인가? 아무리 시시해도 엄연히 새로운 사건인데 말이야. 가만, 내가 잘못들은 게 아니라면 우리의 의뢰인이 여기 오시는군."

계단을 오르는 고른 발소리가 들렸다. 그리고 잠시 후, 덩치가 있고 키가 크며 잿빛 구레나룻을 기른 엄숙한 모습의 한 남자가 방으로 들어섰다. 또렷한 이목구비와 거들먹거리는 태도에서 삶의 이력이 그대로 드러나는 것 같았다. 금테 안경과 각반을 두른 것을 보니 남자는 원칙을 중요시하는 보수주의자에 성공회 신자였으며, 정통과 격식을 철저하게 따르는 선량한 시민이 분명했다. 하지만 어떤 엄청난 경험을 당하기라도 한 듯 머리칼은 부스스하게 흐트러져 있었고, 두 볼은 성난 듯 불그스름했으며, 매우 어수선하고 흥분한 태도를 보였다. 남자는 곧장 용건을 얘기했다.

"홈즈 씨, 매우 특별하고도 불쾌한 경험을 했습니다." 남자가 말했다. "살면서 이런 말도 안 되고 모욕적인 경험은 처음이오. 반드시 무슨 영문인지 알아야겠습니다." 잔뜩 화가 난 목소리로 시근거리며 남자가 말했다.

"스콧 에클스 씨, 우선 앉으시죠." 홈즈가 달래듯 말했다. "먼저, 무슨 일 때문에 절 찾아오셨는지 말씀해주시겠습니까?"

"음, 그게 말입니다. 경찰에 갈 일까지는 아닌 것 같아서요.

하지만 제 얘기를 들어보시면 결코 그냥 넘길 만한 일도 아니란 걸 알게 되실 겁니다. 개인적으로 사립 탐정을 그다지 탐탁하게 여기진 않지만, 당신 소문을 들어보니….”

“그러시군요. 두 번째로 묻고 싶은 것은, 어째서 그 일이 있고 곧장 나를 찾아오지 않았느냐는 겁니다.”

홈즈가 시계를 바라보았다.

“지금은 2시 15분, 당신이 전보를 친 시각은 1시였습니다. 하지만 지금 당신의 모습은 누가 보더라도 잠자리에서 바로 일어난 부스스한 모습입니다.”

남자는 머리칼을 매만지고 까칠한 턱을 쓰다듬었다.

“맞습니다, 홈즈 씨. 제 차림새가 이런 줄도 몰랐군요. 그런 집에서 빠져나온 사실만으로도 기뻐서요. 그나저나 당신을 찾아오기 전 여기저기 들러 조사를 좀 했습니다. 부동산에 들러 물어보니 가르시아 씨가 집세도 제대로 다 냈다면서, 등나무 별장에는 아무 문제도 없다고 하더군요.”

“진정하세요.” 홈즈가 웃으며 말했다. “결말부터 얘기하는 나쁜 습관이 마치 제 의사 친구 왓슨 같군요. 무슨 일이 있었는지 순서대로 정리해서 말씀해보세요. 도대체 무슨 일 때문에 머리 손질이나 옷차림도 정돈하지 않고 정장 부츠 차림에 조끼는 단추도 제대로 채우지 않은 채 여기까지 도움을 구하러 오신 건가요?”

우리의 의뢰인은 비참한 표정으로 자신의 흐트러진 차림새를 둘러보았다.

"제 모습이 매우 엉망으로 보
이실 겁니다, 홈즈 씨. 저도
살면서 이제껏 이런 일을
당한 적이 없답니다. 이
괴기한 일을 죄다 말씀
드리겠습니다. 제 이야기
를 다 들어보시면 제 꼴사
나운 모습을 충분히 이해하
실 겁니다."

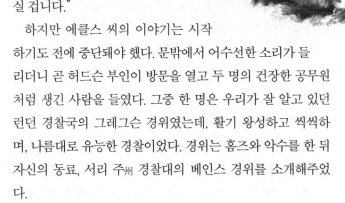

하지만 에클스 씨의 이야기는 시작
하기도 전에 중단돼야 했다. 문밖에서 어수선한 소리가 들
리더니 곧 허드슨 부인이 방문을 열고 두 명의 건장한 공무원
처럼 생긴 사람을 들였다. 그중 한 명은 우리가 잘 알고 있던
런던 경찰국의 그레그슨 경위였는데, 활기 왕성하고 씩씩하
며, 나름대로 유능한 경찰이었다. 경위는 홈즈와 악수를 한 뒤
자신의 동료, 서리 주州 경찰대의 베인스 경위를 소개해주었
다.

"우리는 같이 범인을 쫓고 있습니다, 홈즈 씨. 범인을 쫓다
보니 이쪽으로 향하게 되더군요." 그레그슨 경위의 불도그 같
은 눈빛이 우리의 의뢰인을 향했다. "당신이 리 시의 포펌 하
우스에 사는 존 스콧 에클스 씨인가요?"

"그렇습니다."

"오전 내내 당신을 찾아다녔습니다."

"보나 마나 전보를 쫓아 여기까지 찾아오셨군요." 홈즈가 말했다.

"맞습니다, 홈즈 씨. 채링 크로스 우체국에서 냄새를 맡고 여기까지 오게 됐습니다."

"하지만 왜 저를 쫓는 겁니까? 원하는 게 뭐죠?"

"당신의 진술을 듣고 싶어서입니다. 스콧 에클스 씨. 지난밤에서 근교 등나무 별장에서 일어난 앨로이셔스 가르시아 씨의 사망에 관해서 말이죠."

우리의 의뢰인은 눈을 휘둥그레 부릅뜨며 몸을 벌떡 일으켰다. 놀란 사내의 안색이 싸늘해졌다.

"죽었다고요? 방금 죽었다고 하셨습니까?

"그렇습니다. 가르시아 씨는 사망했습니다."

"하지만 어쩌다…? 사고입니까?"

"두말할 나위 없는 살인입니다."

"이럴 수가! 어떻게 그런 끔찍한 일이! 그런데 설마 제가 혐의자라는 건 아니겠죠?"

"피해자의 주머니에서 당신이 보낸 편지가 발견됐습니다. 편지를 보니 지난밤 당신이 가르시아 씨 집에서 하룻밤을 묵을 계획이었다고 적혀 있더군요."

"그렇습니다."

"아, 그랬군요. 정말 그랬단 말이죠?"

그레그슨 경위가 수첩을 꺼냈다.

"잠깐 기다려봐요, 그레그슨." 홈즈가 말했다. "당신이 원하

는 건 솔직한 진술 아닙니까, 그렇죠?"

"또, 내 의무상 스콧 에클스 씨에게 이 진술이 그에게 불리하게 적용될 수 있다는 사실도 알려줘야 합니다."

"그레그슨, 당신이 오기 직전에 에클스 씨는 우리에게 그 얘기를 막 하려던 참이었습니다. 왓슨, 내 생각에는 브랜디와 소다수를 좀 내오는 게 좋을 것 같군. 자, 에클스 씨. 여기 늘어난 청중은 무시하시고 아까 중단되지 않았다면 하셨을 그 이야기를 들려주시죠."

우리의 의뢰인은 브랜디 한 잔을 다 비우고 나서야 안색이 정상으로 돌아왔다. 에클스는 경위의 수첩을 슬쩍 쳐다보고는 자신의 특이한 경험담에 관해 얘기하기 시작했다.

"저는 독신입니다." 에클스가 입을 열었다. "사람들과 어울리는 걸 좋아해 친구가 많은 편이죠. 켄싱턴의 앨버말 맨션에 사는, 멜빌이라 불리는 은퇴한 양조업자도 그중 한 명입니다. 몇 주 전 가르시아란 젊은 친구를 만난 것도 멜빌의 집에서였죠. 제가 알기로 그 젊은 친구는 스페인 출신으로, 대사관과 무슨 연줄이 있다고 했습니다. 가르시아는 영어를 완벽하게 할 줄 알았고 매너가 좋았죠. 또 제가 여태껏 본 그 누구 못지않게 잘생긴 남자였어요.

어찌 된 일인지 우리는 급속도로 친해졌습니다. 그 젊은 친구와 저 말입니다. 가르시아는 처음부터 제게 호감을 가진 모양인지, 만난 지 이틀 만에 리 시에 있는 우리 집으로 나를 만나러 왔어요. 그러다 가르시아가 나를 에셔와 옥스숏 사이에 있는 자신의 등나무 별장에 며칠 동안 초대하게 된 거예요. 그리고 저는 어제, 저녁 약속을 지키러 에셔에 가게 된 겁니다.

그의 집에 방문하기 전, 가르시아는 자기 집안 사람들에 대한 얘기를 들려주었어요. 같은 스페인 출신의 충실한 하인 한 명과 살고 있는데, 그가 모든 일을 맡고 있다고 하더군요. 하인이란 이 친구도 영어를 완벽하게 구사해 가르시아의 집안일을 도맡아 한다고 했습니다. 훌륭한 요리사도 한 명 있다고 했어요. 여행 중에 만난 혼혈인 요리사인데 실력이 일품이라더군요. 서리 주에서 자기네처럼 괴상한 식구는 또 없을 거라던 가르시아의 말이 생각납니다. 저도 맞장구를 쳤어요. 물론 제가 생각한 것보다 훨씬 괴상했지만 말입니다.

저는 에셔 남부에서 3킬로미터쯤 떨어진 가르시아의 집으로 마차를 타고 찾아갔습니다. 그의 집은 꽤 컸는데 도로에서 좀 떨어진 곳에 있었고, 대문 앞쪽에는 상록수 관목으로 울타리가 쳐져 있었습니다. 쓰러질 듯 낡은 집이었죠. 얼룩이 지고 비바람에 바랜 현관문 앞 진입로에는 잡초가 무성하게 돋아 있었습니다. 그리로 마차가 들어설 때만 해도 잘 알지도 못하는 사람을 찾아온 게 잘한 일인가 후회가 들더군요. 하지만 가르시아는 직접 문을 열고 나와 나를 성심성의껏 맞이해주었습니다. 그러고는 거무스름하고 우울한 인상의 하인이 제 짐을 받아 들고 저를 침실로 안내해줬어요. 그 집은 구석구석이 음산했습니다. 가르시아와 단둘이 앉아 저녁 식사를 했는데, 집주인인 그는 나를 재미있게 해주려고 최선을 다하는 것 같으면서도 끊임없이 다른 생각을 하는 것처럼 보였어요. 뭐라고 말하는지 잘 들리지도 않고, 횡설수설해서 무슨 뜻인지 알아들을 수 없을 지경이었죠. 가르시아는 계속해서 탁자를 손가락으로 두들기거나 손톱을 물어뜯는 등 안절부절못하는 모습을 보였습니다. 제대로 갖추어지지 않은 저녁 식사는 맛도 형편없었어요. 음침하고 무뚝뚝하게 서 있는 하인이 분위기를 더 엉망으로 만들더군요. 분명히 말씀드리는데, 그날 저녁 난 대체 어떤 핑계를 대고 집으로 돌아가야 할지 고민하는 데 온 정신을 쏟았습니다.

두 신사분께서 조사하고 있는 일과 관련 있을지도 모르는 기억이 하나 떠오르는군요. 그 당시에는 아무 생각도 못 했지만 말입니다. 저녁 식사를 거의 마쳤을 때쯤, 하인이 가르시아에게 편지를 건네줬어요. 생각해보니 그 편지를 읽고 난 후 전보다 훨씬 더 불안해하던 모습이 기억납니다. 억지로 이어오던 대화도 멈추고 앉아서는 하염없이 담배만 피워대더군요. 편지 내용에 대해서는 아무 얘기도 하지 않은 채로요. 11시쯤 돼서야 잠자리에 들게 됐는데, 그제야 좀 살 것 같았지요. 얼마 후 가르시아가 어두운 내 침실을 들여다보며 저더러 초인종을 눌렀느냐고 물어보더군요. 전 아니라고 했죠. 그는 그때가 1시가 다 됐다면서 밤늦게 방해해서 미안하다고 사과했습니다. 그 후 저는 바로 곯아떨어져 숙면을 취했습니다.

이제 제 이야기에서 가장 놀라운 대목을 이야기할 때가 되었군요. 잠에서 깨어보니 날이 훤했습니다. 시계를 보니 거의

9시가 다 됐더군요. 분명히 8시에 깨워달라고 부탁을 했는데 그걸 잊어버리다니 어이가 없었습니다. 벌떡 자리에서 일어나서 초인종을 눌러 하인을 불렀죠. 아무런 응답도 없었습니다. 몇 번 더 눌러봤지만 마찬가지였어요. 그래서 초인종이 고장 났구나 싶었습니다. 따뜻한 물이 필요했던지라 주섬주섬 옷을 챙겨 입고, 화가 난 상태로 아래층으로 서둘러 내려갔습니다. 그런데 아래층에는 아무도 없는 게 아니겠습니까! 얼마나 놀랐는지…. 큰 소리로 사람을 불러봤지만 아무도 없었어요. 이 방 저 방 뒤져봤지만, 텅 비어 있었죠. 지난밤 가르시아가 자신의 침실을 보여준 것이 생각나 그의 방으로 가봤습니다. 문을 두드려도 응답이 없길래 손잡이를 돌리고 방으로 들어갔지요. 텅텅 비었더군요. 침대도 정리가 깔끔하게 돼 있는 게 잠자리에 든 흔적조차 없었어요. 그도 하인들과 마찬가지로 사라진 거예요! 외국인 집주인도, 외국인 하인도, 외국인 요리사도 하룻밤 사이에 모두 감쪽같이 사라진 겁니다! 이게 제가 등나무 별장을 방문한 이야기 전부입니다!"

이 괴상한 이야기를 자신의 '기묘한 이야기 목록'에 추가한 홈즈는 두 손을 비비며 만족스러운 표정을 지었다.

"들어보니 실로 괴상한 경험을 하셨군요." 홈즈가 말했다. "그러고는 어떻게 하셨죠?"

"당연히 노발대발했습니다. 처음에는 짓궂은 장난에 당했다는 생각이 들더군요. 급히 짐을 챙겨서는 현관문을 박차고 그곳에서 나왔습니다. 그리고 짐을 들고 에셔로 향했죠. 그 마을에서 가장 큰 부동산 중개소인 앨런 브라더스에 찾아갔더니 별장을 세놓은 게 바로 그곳이더군요. 이 모든 게 단순히 장난일 리는 없고, 아마도 밀린 집세 때문이 아닌가 하는 생각이 번뜩 들었습니다. 3월 말이었기 때문에 분기별 집세를 낼 시기였으니까요. 하지만 이런 제 생각은 바로 빗나갔습니다. 부동산 중개인이 하는 말이 경고는 고맙지만, 집세는 이미 선급으로 다 치렀다는 겁니다. 그 길로 전 런던으로 돌아와 스페인 대사관에 연락했습니다. 거기에도 가르시아를 아는 사람은 없더군요. 그래서 멜빌을 찾아가게 된 겁니다. 가르시아를 처음 만난 곳이 그곳이었으니까요. 그런데 알고 보니 멜빌도 가르시아를 저만큼이나 잘 알지 못하더군요. 결국, 홈즈 씨 회신을 받고 이렇게 찾아오게 된 겁니다. 이런 골치 아픈 일에 조언을 해준다고 들었거든요. 그런데 여기 두 경위님이 오시고 또 말씀을 들어보니 분명히 무슨 끔찍한 일이 있었던 게 확실하군요. 맹세컨대 제가 아는 건 모두 말씀드렸습니다! 모두 사실이고요! 맹세할 수 있습니다! 그 남자한테 무슨 일이 일어났는지 전 아무것도 모릅니다! 제가 할 수 있는 건 뭐든 해서라도 경찰을 돕겠습니다!"

"그 말을 믿습니다. 에클스 씨, 믿고말고요." 그레그슨 경위가 상냥하게 말했다. "실제로 당신이 들려준 얘기는 우리가 조사한 내용과 거의 일치합니다. 예를 들어, 당신이 저녁 식사 중간에 봤다던 그 편지 말입니다. 혹시 가르시아가 그 편지를 어떻게 했는지 기억이 나나요?"

"예, 기억나요. 다 읽은 뒤 구겨서 벽난로 속에 버렸습니다."

"베인스 씨, 여기에 대해 할 말 있으신가요?"

시골 형사는 단단하고 우람한 덩치에 얼굴이 붉게 달아올라 있었는데, 볼과 이마의 굵은 주름 사이에 감춰진 두 눈이 유난히 반짝이지 않았다면 아주 둔해 보일 인상이었다. 형사는 슬쩍 미소를 지으며 주머니에서 그을린 종이를 꺼내 들었다.

"벽난로가 아니라 도그그레이트(벽난로에 넣는 장작이나 석탄 등을 보관하는 받침대가 있는 이동 가능한 쇠로 된 바구니—옮긴이)였습니다, 홈즈 씨. 에클스 씨는 다소 과장을 하는군요. 벽난로 뒤쪽 깊숙이 던져서 타지 않은 편지를 찾을 수 있었습니다."

홈즈가 잘했다는 듯 미소를 지었다.

"종잇조각 하나 찾으려고 집 안을 아주 샅샅이 살펴보셨군요."

"그럼요, 홈즈 씨. 이게 제 방식이죠. 읽어볼까요, 그레그슨 씨?"

런던에서 온 그레그슨 경위가 고개를 끄덕였다.

"평범한 크림색 종이의 편지였고 비침 무늬는 없었습니다. 종이는 4등분해서 자른 크기였고, 날이 짧은 가위로 두 번 정도 잘려 있었어요. 세 번 접어 자주색 밀랍을 바른 다음 타원형의 넓적한 물체로 급히 봉해진 듯했습니다. 주소는 등나무 별장의 가르시아 앞으로 되어 있었습니다. 내용은 다음과 같습니다.

우리의 색, 초록색과 흰색. 초
록색은 열림, 흰색은 닫힘.
정면 계단, 첫 번째 복도,
오른쪽 일곱 번째, 초록
베이즈 천. 행운이 있길.
— D로부터

필체를 보니 여자 글씨
같고, 아마도 끝이 뾰족한 펜
을 사용한 것 같은데, 주소는 다른 펜을 사용했거나 다른 사람
이 작성한 것으로 보입니다. 보시다시피 글씨가 더 굵고 진하
거든요."

"범상치 않은 편지군요." 홈즈가 흘긋 보며 말했다. "그렇게
섬세하게 살펴보시다니 대단하십니다. 몇 가지 사소한 내용을
덧붙일 수 있겠군요. 타원형의 봉인지는 소매 단추로 누른 것
이 틀림없습니다. 모양을 보면 쉽게 알 수 있죠. 종이를 자르
는 데 사용한 가위는 둥근 손톱 가위가 확실하지요. 두 번 자
른 부분이 짧긴 하지만, 살짝 휘어진 부분이 같은 모양인 걸
볼 수 있으니 말입니다."

시골 형사가 웃었다.

"단물이라곤 다 빨아낸 줄 알았는데 남은 게 더 있었군요."
형사가 말했다. "하지만 편지를 봐서는 무슨 일이 생길 거라는
것과 여느 사건과 마찬가지로 배후에 여자가 있다는 것 외에

는 이해가 안 됩니다."

스콧 에클스는 이런 대화를 나누는 동안 자리에 앉아 안절부절못하며 초조해하고 있었다.

"편지를 찾았다니 다행입니다. 제 이야기와 일치할 테니 말입니다." 스콧 에클스가 말했다. "그나저나 가르시아 씨나 그 집안 사람들이 어떻게 됐는지 아직 듣지 못했습니다."

"가르시아 씨로 말씀드릴 것 같으면." 그레그슨이 대답했다. "오늘 오전, 그 집에서 1.5킬로미터쯤 떨어진 옥스숏 광장에서 사망한 채로 발견됐습니다. 모래주머니 같은 걸로 세게 맞아 머리가 심하게 부서진 상태였습니다. 분명히 상처라기보다는 으깨진 쪽에 가까웠습니다. 사건 현장은 인적이 드문 장소라, 그곳으로부터 400미터 이내에는 아무도 살지 않았습니다. 범인은 처음 뒤에서 머리를 내려친 후, 피해자가 사망한 후에도 계속해서 가격했습니다. 아주 끔찍한 폭행이죠. 범인에 대한 단서나 발자국은 나오지 않았습니다."

"강도를 당한 흔적은?"

"없었습니다."

"정말 가슴이 아프군요. 정말 끔찍하고 가슴 아픈 일이에요." 스콧 에클스가 분노에 치민 목소리로 말했다. "하지만 나로서도 정말 당황스러운 일입니다. 집주인이 밤 나들이를 나갔다가 그렇게 끔찍한 최후를 맞이한 것과 나는 아무 상관이 없단 말입니다. 도대체 내가 어떻게 해서 이 사건에 연루된 거죠?"

"매우 간단합니다, 에클스 씨." 베인스 경위가 답했다. "피해자의 주머니에서 유일하게 발견된 서류가, 그가 사망한 날 저녁에 당신과 함께 있을 거라고 적혀 있었거든요. 편지 봉투에 적힌 내용을 보고 피해자의 이름과 주소도 알 수 있었고요. 오늘 아침 9시가 넘어서 피해자의 집에 도착해보니 당신은 물론 집에 아무도 없더군요. 그래서 그레그슨 씨에게 전보를 보내 내가 등나무 별장을 조사하는 동안 당신을 런던에서 추적하라고 한 겁니다. 그런 뒤 런던으로 와 그레그슨 경위와 합류해 여기까지 온 거고요."

"지금 생각해보니 이번 사건은 공식 절차를 거치는 게 좋을 것 같습니다." 그레그슨이 자리에서 일어나며 말했다. "스콧 에클스 씨, 당신은 우리를 따라 경찰서로 가서 서면으로 진술을 해주셔야겠습니다."

"물론 가고말고요. 하지만 홈즈 씨, 당신에게 의뢰한 사건은 여전히 유효합니다. 비용과 수고를 아끼지 마시고 진실을 밝혀주십시오."

내 친구가 시골 경위를 바라보았다.

"베인스 씨, 당신도 내가 같이 조사하는 것에 반대하지 않으시나요?"

"오히려 영광입니다, 홈즈 씨."

"보아하니 당신은 모든 것을 아주 재빠르고 능률적으로 조사하는 것 같군요. 혹시 피해자가 사망한 정확한 시간에 관한 단서가 있었는지 물어봐도 될까요?"

"피해자는 1시 이후로 계속 사망 현장에 있었습니다. 마침 그 무렵에 비가 내렸는데, 그전에 사망한 게 확실합니다."

"그러나 그건 절대 불가능합니다, 베인스 씨." 우리 고객이 소리쳤다. "틀림없이 가르시아의 목소리였습니다. 맹세컨대, 침실에 있는 내게 가르시아가 말을 걸었다고요. 바로 그 시각에 말입니다."

"흥미롭군요. 하지만 전혀 불가능한 것은 아닙니다." 홈즈가 웃으며 말했다.

"단서라도 있는 겁니까?" 그레그슨이 물었다.

"겉으로만 본다면 이번 사건은 그리 복잡한 사건은 아닙니다. 분명히 흥미롭고 신기한 부분이 있긴 하지만 말입니다. 최종적으로 내 견해를 말하기 전에 좀 더 사실관계를 파악해야 할 것 같군요. 그런데 베인스 씨, 그 집을 조사할 때 이 편지 말고 혹시 또 눈에 띄는 다른 건 없었나요?"

형사는 이상하다는 듯 내 친구를 바라보았다.

"있었습니다." 그레그슨이 말했다. "한두 가지 정말 특이한 점이 있었어요. 내가 경찰서에서 볼일을 다 마치고, 같이 현장으로 가서 본 다음 의견을 말해주시면 좋겠군요."

"그럽시다." 홈즈가 초인종을 울리며 대답했다. "여기 신사분들께 나가는 길을 안내해주시겠습니까, 허드슨 부인? 그리고 아이를 시켜 이 전보를 부쳐주세요. 심부름 값으로 5실링만 주면 됩니다."

손님들이 떠난 후 우리는 한동안 침묵에 잠겼다. 홈즈는 줄담배를 피워대며 고개를 앞으로 죽 내민 채, 예리한 두 눈 위의 미간을 찡그리고 있었다. 진지할 때마다 보이는 홈즈 특유의 자세였다.

"왓슨, 자네가 보기에는 어떤 것 같나?" 홈즈가 갑자기 나를 바라보며 물었다.

"스콧 에클스의 이 묘한 이야기는 전혀 이해가 안 돼."

"그럼 범죄는?"

"글쎄, 하인들과 함께 사라졌다는 걸로 봐서 그들이 살인을 저지른 후에 도망갔다고 보는 게 맞지 않을까?"

"충분히 가능성 있는 지적일세. 겉으로만 봐서는 그렇지. 하지만 이 두 하인이 주인을 해칠 음모를 꾸몄다는 것도 이상할 뿐더러, 손님이 와 있던 밤에 주인을 공격했다는 것도 이해가 안 되는 대목이지. 그날 말고는 주인이 항상 혼자 있었을 텐데 말이야."

"그럼 왜 도망간 거지?"

"바로 그거야. 왜 달아난 걸까? 이건 아주 중요한 사실일세. 또 다른 중요한 사실은 우리의 의뢰인, 스콧 에클스가 겪은 특이한 경험이야. 자, 왓슨. 이 두 가지 사실을 모두 만족하게 할 만한 설명을 한다는 것이 인간의 창의성으로는 불가능한 일일까? 말도 안 되는 문구를 써놓은 의문의 편지를 해석할 수 있다면, 그건 잠정적으로 받아들일 만한 가설이라고 할 수 있을 거야. 그리고 새롭게 찾아내는 사실관계가 그 가설에 맞아떨어진다면, 우리의 가설은 점차 정답이 될 테고 말이야."

"하지만 우리의 가설은 뭐지?"

홈즈는 의자에 등을 기댄 채 눈을 반쯤 감고 말했다.

"왓슨, 자네도 인정하겠지만 모든 게 장난이었다는 가설은 말도 안 돼. 결과가 보여주듯 분명히 엄청난 일이 일어났던 거야. 그리고 스콧 에클스를 등나무 별장으로 불러들인 것과도 연관이 있는 게 틀림없네."

"어떤 연관이 있을 수 있다는 말인가?"

"처음부터 하나하나 살펴보자고. 우선, 젊은 스페인 청년과 스콧 에클스와의 갑작스러운 우정에 부자연스러운 점이 있어. 친해지려고 애쓴 쪽도 젊은 스페인 청년이란 말일세. 처음 만난 바로 다음 날, 런던 반대쪽에 있는 에클스를 찾아가 친해진 후 에서로 부른 거야. 그럼 그렇게까지 하면서 에클스에게 얻고자 했던 게 무엇일까? 대체 에클스가 뭘 제공할 수 있었느냐는 걸세. 내가 보기에 그리 매력적인 사내도 아니야. 그렇다고 그리 똑똑해 보이지도 않고, 재치 있는 라틴계 사람과 금방 친해질 만한 성격도 아닌 것 같았어. 그렇다면 왜, 하필이면 에클스가 가르시아가 만난 수많은 사람 가운데 특히나 자기 목적에 알맞다고 생각한 걸까? 그에게 특별한 장점이라도 있는 건가? 분명히 뭔가 있어. 에클스가 목격자로 내세우기 아주 적격인 영국 사람이란 것에 주목해보세. 아까 두 경위 모두 에클스의 진술에 어떤 의문도 제기하지 않는 걸 자네도 보았지? 아주 이상한 진술이었는데도 말이야."

"하지만 에클스가 진술해야 했던 게 무엇이지?"

"결과적으로 아무것도 진술할 게 없어졌어. 모든 게 빗나가

버린 거야. 내 생각에는 그렇게 된 것 같네."

"그렇군. 알리바이를 원했을 수도 있겠어."

"바로 그거야, 왓슨. 알리바이를 만들려고 했던 거야. 일단 그 등나무 별장의 사람들이 무슨 일을 꾸몄다고 가정해보자고. 그 일이 무엇이든 간에 1시 전에 끝내기로 돼 있었을 거야. 시계를 조작하거나 하는 방법으로 에클스 씨가 생각한 것보다 이른 시각에 잠자리에 들게 했을 테지. 어찌 됐든 가르시아가 찾아와서 1시라고 했을 때는 12시도 안 됐을 가능성이 커. 이런 상황에서 가르시아가 계획했던 일을 처리하고 1시까지 돌아올 수 있었다면, 어떤 혐의도 부인할 수 있는 강력한 목격자를 얻는 셈이지. 여기 흠잡을 데 없는 영국인이 피고가 줄곧 집에 있었다고 어느 법정에서든 증언을 해줬을 테니 말이야. 최악의 상황을 대비해 보험에 들어둔 거지."

"그렇군, 맞아. 그렇다면 다른 하인들이 사라진 건 어떻게 된 걸까?"

"아직 사실관계를 다 파악한 건 아니니까 신중하자고. 별로 어렵지 않을 것 같지만, 정보를 더 얻기 전에 이렇다 저렇다 얘기할 건 아닌 것 같으니 말이야. 그랬다간 갖고 있는 정보를 가설에 끼워 맞추는 실수를 하기 십상이거든."

"그러면 그 편지는?"

"뭐라고 적혀 있었더라? '우리의 색, 초록색과 흰색' 무슨 경마 얘기를 하는 것 같군. '초록색은 열림, 흰색은 닫힘' 이건 분명히 신호일세. '정면 계단, 첫 번째 복도, 오른쪽 일곱 번째, 초록색 베이즈 천' 이건 분명히 약속한 장소 같고. 이 모든 일의 배후에는 질투에 사로잡힌 남편이 있을 수도 있지. 분명히 뭔가 위험한 일을 하려 했던 거야. 그런 게 아니라면 '행운이 있길'이라고 쓰지도 않았을 거야. 'D'는 사람 이름이겠지."

"가르시아는 스페인인이었어. 'D'는 아무래도 스페인에서 가장 흔한 여자 이름인 돌로레스의 약자가 아닐까?"

"좋아, 왓슨. 아주 좋아. 하지만 꼭 그렇다고는 볼 수 없네. 스페인인이었다면 스페인어로 편지를 썼을 걸세. 이 편지를 쓴 사람은 분명히 영국인이야. 흠, 우리의 뛰어난 경위가 돌아올 때까지 인내를 가지고 기다리는 수밖에 없겠어. 단 몇 시간 동안이라도 견딜 수 없는 무료함으로 인해 느낀 피로감을 떨칠 수 있었던 행운에 감사할 따름이지."

서리 주 형사가 돌아오기 전, 홈즈가 보낸 전보에 대한 답신이 도착했다. 홈즈는 답신을 읽고 자신의 수첩에 막 넣으려다 기대에 찬 표정으로 바라보던 내 얼굴을 발견했다. 홈즈는 웃으며 쪽지를 내게 건네주었다.

"우리는 상류층을 파고들 걸세." 홈즈가 말했다.

전보에는 이름과 주소가 나열돼 있었다.

딩글 저택의 해링비 경, 옥스숏 타워스의 조지 폴리엇 경, 퍼디 플레이스의 J. P. 하인즈 하인즈 씨, 포턴 올드홀의 제임스 베이커 윌리엄스 씨, 하이게이블의 헨더슨 씨, 네더 월슬링의 조슈아 스톤 목사.

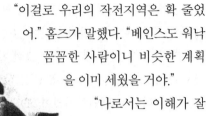

"이걸로 우리의 작전지역은 확 줄었
어." 홈즈가 말했다. "베인스도 워낙
꼼꼼한 사람이니 비슷한 계획
을 이미 세웠을 거야."

"나로서는 이해가 잘
가지 않는군."

"음, 왓슨. 우리는 이
미 가르시아가 저녁 식사
때 받은 편지가 일종의 약
속이었다고 가정했지. 만
약 그 가정이 옳다고 했을 때, 이 약속을 지키기 위해서 정면
계단을 올라가 일곱 번째 문을 찾아야 한다는 건데, 그렇다면
이는 굉장히 큰 저택일 수밖에 없지. 그리고 그 저택이 옥스숏
에서 2~3킬로미터 내에 있다는 것도 확실하지. 가르시아가
그쪽으로 걸어가고 있었으니까 말일세. 내 추리에 의하면 가
르시아는 알리바이를 위해서 1시 이내에 등나무 별장으로 돌
아오려고 했어. 옥스숏 근처의 커다란 저택이 그리 많지 않으
니 좀 전에 스콧 에클스가 언급한 부동산 중개소에 전보를 보
내 그 목록을 얻어낸 거지. 여기 전보에 그 목록이 적혀 있으
니, 엉킨 실타래의 끝이 이 중에 분명히 있을 걸세."

6시경 우리는 베인스 경위와 함께 서리 주의 아름다운 마
을, 에셔에 도착해 있었다.

홈즈와 나는 하루를 묵을 준비를 해온 터라 황소 여관에 편

안한 방을 잡았다. 그리고 우리는 형사와 함께 등나무 별장으로 향했다. 어둡고 쌀쌀한 3월의 밤, 날카로운 바람과 가는 비를 얼굴에 맞으며 발걸음을 재촉했다. 공유지 들판 너머로 보이는 우리의 목적지인 비극의 현장과 아주 잘 어울리는 날씨였다.

II
산페드로의 호랑이

쌀쌀하고 침울한 길을 3킬로미터쯤 걸어오자 높다란 나무 대문이 나왔다. 대문 안쪽으로는 음침한 밤나무 가로수 길이 이어져 있었다. 그늘진 곡선의 진입로를 따라 들어가니 어둠에 싸인 나지막한 저택에 이르렀다. 짙은 청회색의 하늘을 배경으로 자리 잡은 저택은 칠흑처럼 어두워 보였다. 현관의 왼쪽 창문에서 희미한 불빛이 새어 나오고 있었다.

"순경 한 명이 지키고 있습니다." 베인스가 말했다. "제가 창문에 노크하죠." 베인스는 풀밭을 가로질러 앞으로 나가 유리창을 두드렸다. 흐릿한 창문 너머로 벽난로 가에 앉아 있던 남자가 벌떡 일어서는 모습이 희미하게 보이더니, 방 안에서 날카로운 비명이 들렸다. 잠시 후, 창백하게 질린 채 숨을 헐떡이는 순경이 문을 열어주었다. 그의 떨리는 손에 들려 있는 양초 불빛이 요동치고 있었다.

"무슨 일인가, 월터스?" 베인스가 날카롭게 물었다.

순경은 손수건으로 이마를 닦으며 안도의 한숨을 길게 내쉬었다.

"경위님이 오셔서 정말 다행입니다. 밤은 긴데 제가 겁이 너무 많아서요."

"겁이 많다고? 그렇게 예민한 줄 몰랐네, 월터스."

"아, 경위님. 여긴 아주 고립되어 있는 데다 조용하고, 부엌에는 괴상한 게 있습니다. 그래서 경위님이 창문을 두드렸을 때 그 괴상한 게 또 나타난 줄 알았던 겁니다."

"또 나타난다니, 뭐가 말인가?"

"악마 말입니다, 경위님. 제가 알기론 악마였어요. 분명히 그게 창문에 있었어요."

"뭐가 창문에 있었다는 거지? 아니, 대체 언제?"

"두 시간 전쯤이었어요. 날이 막 저물 무렵이었죠. 저는 의자에 앉아 책을 읽고 있었습니다. 뭣 때문에 고개를 들었는지는 잘 모르겠지만, 고개를 들어보니 저 아래쪽 창문에서 뭔가가 저를 빤히 바라보고 있었습니다. 아이고, 경위님. 꿈에서라도 그 얼굴을 다시 보게 될까 두렵습니다."

"쯧쯧, 월터스! 경찰이 그런 소리를 해서 쓰는가."

"저도 압니다, 경위님. 저도 알아요. 하지만 심장이 멎는 줄 알았습니다. 제가 부정해봐야 무슨 소용이 있겠어요. 그건 검지도, 하얗지도 않았습니다. 제가 아는 어떤 색도 아니었어요. 진흙에 우유를 섞어놓은 듯한 묘한 색이었습니다. 그리고 덩치, 덩치가 경위님의 두 배만 했습니다. 그리고 생김새 말입니다. 휘둥그렇게 뜬 두 눈이며, 하얗게 드러낸 이빨이 마치 굶주린 괴수 같았습니다. 정말이지 그 괴물이 사라지기 전까지 숨도 못 쉬고 손가락도 못 움직일 정도로 얼어붙고 말았습니다. 뛰쳐나가서 관목 숲을 뒤져봤지만, 다행히 아무것도 없었습니다."

"월터스, 만약 자네가 얼마나 성실한지 미리 알고 있지 않았다면 난 이번 일로 벌점을 줬을 거야. 그게 정말 악마였다면 순경인 자네가 그것을 잡지 못해놓고 다행이라고 말해서 되겠는가? 자네가 불안해서 헛것을 본 게 아닌가?"

"그 정도면 아주 쉽게 알아낼 수 있죠." 홈즈가 조그마한 휴대용 랜턴을 비추며 대답했다. "그렇군." 홈즈는 잠시 풀밭을 살피고 와서는 보고했다. "12호(305밀리미터에 해당하는 발 크기―옮긴이) 정도 되는 신발이군요. 발 크기와 덩치가 비례한다면 분명히 놈은 거인이었을 겁니다."

"어디로 간 거죠?"

"관목 숲을 지나 도로로 나간 것 같군요."

"음." 경위가 심각하고 사려 깊은 표정으로 말했다. "그게 무엇이었고 뭘 원했든 일단은 여기에 없는 게 확실하군요. 그리고 우리는 당장 해야 할 일이 많습니다. 자, 홈즈 씨. 괜찮으시다면 집을 한번 둘러보시죠."

여러 침실과 거실을 유심히 살펴봤지만 아무 단서도 발견할 수 없었다. 거주자들은 거의 아무것도 챙기지 않고 집을 떠난 것처럼 보였다. 가구부터 사소한 것들까지 집 안에 고스란히 남겨져 있었다. 마크스, 하이 홀본 따위의 고급 의류도 상당히 많이 남겨져 있었다. 이미 전보를 보내본 결과 마크스는 고객이 옷값을 제대로 냈다는 것 외에는 아는 게 없다고 했다. 개인 용품으로는 잡동사니와 담배 파이프 몇 개 그리고 책 몇 권, 그중 두 권은 스페인어로 된 책이었고, 그 밖에 구식 리볼버 권총과 통기타 하나가 있었다.

"단서는 아무것도 없소." 베인스 경위가 촛불을 들고 이 방 저 방을 돌아다니며 말했다. "하지만 홈즈 씨, 여기 부엌을 좀 보시죠."

집 뒤쪽에 자리 잡은 부엌은 어둡게 그늘지고 천장이 높았다. 한쪽 구석에 짚단이 놓여 있었는데, 요리사가 잠자리로 사용한 게 분명했다. 식탁에는 간밤에 반쯤 먹다 남긴 요리가 담긴 너저분한 접시들이 쌓여 있었다.

"이것 좀 보십시오." 베인스가 말했다. "어떻게 생각하십니까?"

경위가 찬장 뒤쪽에 세워져 있던 비범한 물체에 촛불을 비쳤다. 그 물체는 워낙에 말라 비틀어져 있어서 도대체 그게 원

래 무엇이었는지 알기 힘들었다. 단지 검은 가죽 같은 것에 쌓인 난쟁이 인간을 닮은 물체라고밖에는 달리 할 말이 없었다. 처음 살펴봤을 때 나는 그것이 미라가 된 흑인 아이인 줄 알았다. 하지만 다시 보니 엄청나게 뒤틀려진 옛날 원숭이처럼 보였다. 하지만 나는 결국 그것이 동물인지 인간인지 알아낼 수 없었다. 배 둘레에는 두 줄로 된 하얀 조개껍데기가 둘러져 있었다.

"아주 흥미롭군, 아주 흥미로워!" 홈즈가 이 불길한 유골을 바라보며 말했다. "또 뭐 다른 건 없었습니까?"

베인스는 아무 말 없이 개수대 쪽으로 걸어가 촛불을 들이댔다. 아직 털도 안 뽑힌 커다랗고 하얀 새가 조각조각 난도질당한 채 여기저기 흩어져 있었다. 홈즈가 절단된 머리에 붙은 육수(닭 등 일부 조류의 수컷에서 두부 복측에 드리워진 깃털이 없는 육질의 융기―옮긴이)를 가리켰다.

"흰 수탉이군." 홈즈가 말했다. "정말 기묘한 일이야! 참으로 흥미로운 사건이군."

그러나 그중에서도 가장 불길한 물건을 베인스는 아직 보여주지 않은 상태였다. 베인스는 개수대 아래쪽에서 피가 가득 담긴 양동이를 꺼내 보였다. 그리고 식탁 아래에서는 검게 탄 잔뼈가 수북이 담긴 접시를 꺼냈다.

"뭔가를 죽인 뒤 태운 게 분명합니다. 이건 우리가 벽난로에서 긁어낸 것입니다. 오전에 의사를 불렀는데 사람의 것은 아니라더군요."

홈즈는 두 손을 비비며 미소를 지었다.

"경위님, 이렇게 독특하고 배울 점이 많은 사건을 맡게 된 것을 축하합니다. 이렇게 말하면 실례가 될지 모르겠지만, 이제까지 맡으신 사건들은 경위님의 실력에 미치지 못한 것들이었던 것 같군요."

베인스 경위의 조그마한 두 눈이 기쁨에 반짝거렸다.

"맞습니다, 홈즈 씨. 지방은 아주 침체되어 있죠. 이런 사건은 나에게는 기회입니다. 나는 이 기회를 붙잡고 싶어요. 이 뼈에 관해서 어떻게 생각하십니까?"

"새끼 양, 아니면 어린 염소 같군요."

"그럼 흰 수탉은요?"

"그러게 말입니다. 이상합니다, 베인스 씨. 아주 이상해요.

분명히 매우 특이한 사건입니다."

"맞습니다, 홈즈 씨. 분명히 이 집에는 아주 이상한 사람들이 아주 이상한 방식으로 살던 게 틀림없습니다. 그중 한 명은 죽었고요. 다른 집안 사람들이 그를 쫓아가서 죽였을까요? 만약 그렇다면 금방 붙잡을 수 있을 겁니다. 모든 항구를 죄다 감시 중이니까요. 하지만 내 생각은 약간 다릅니다. 그래요, 홈즈 씨. 내 생각은 전혀 다릅니다."

"뭔가 가설을 가지고 계신가 보군요?"

"이 사건은 내가 직접 해결할 겁니다, 홈즈 씨. 내 명예를 걸고서라도 내가 해결할 일이지요. 당신은 이미 이름이 널리 알려졌지만, 나는 아직 갈 길이 멉니다. 당신의 도움 없이 나 혼자 해결했다고 얘기할 수 있으면 얼마나 좋겠습니까."

홈즈가 기분 좋게 웃었다.

"그럼 그럽시다, 베인스 경위. 당신은 당신의 단서를 쫓고, 난 내 것을 쫓도록 하죠. 언제든지 말씀만 하시면 내가 알아낸 결과는 다 알려드리겠습니다. 이 집에서 봐야 할 것은 다 본 것 같으니, 이제 난 다른 곳으로 가보겠습니다. 또 봅시다, 행운을 빌어요!"

난 홈즈가 어떤 단서를 찾았다는 사실을, 나 외에는 누구도 알아차릴 수 없는 여러 미묘한 징후를 통해 알고 있었다. 무관심한 관찰자에게는 여느 때와 다름없이 냉철한 모습이었지만 억누르고 있는 듯한 흥분, 빛나는 두 눈과 활발한 행동에서 보이는 긴장감이 한판 승부가 진행 중임을 보여줬다. 홈즈는 오랜 버릇대로 아무 말도 없었다. 그리고 나 역시 그런 홈즈에게 어떤 질문도 하지 않았다. 집중하고 있는 두뇌를 쓸데없는 질문 따위로 방해하지 않고, 다만 범인을 잡는 데 나의 보잘것없는 도움을 보태는 것만으로도 나에게는 충분한 즐거움이었다. 어차피 때가 되면 모든 것을 알게 될 터였다.

난 묵묵히 기다렸다. 하지만 나의 오랜 기다림은 아무 보람 없이 실망으로 끝이 났다. 며칠이 지나도록 나의 친구는 아무런 진전이 없는 듯했다. 어느 날 아침, 홈즈는 시내에 다녀왔는데, 얘기하면서 우연히 들으니 대영 박물관에 들렀다는 것이었다. 이 한 차례의 나들이를 제외하고 홈즈는 온종일 혼자 산책을 하며 시간을 보냈다. 그 외에는 동네에서 사귄 여러 사람과 이런저런 수다를 떨며 시간을 보냈다.

"내 장담컨대 말이야 왓슨, 시골에서 일주일을 보내는 것은 자네가 상상할 수 없을 정도로 소중한 시간이 될 걸세." 홈즈가 말했다. "관목의 산울타리에 초록 새순이 돋고 개암나무에 또다시 꽃이 피는 걸 보는 건 너무나 기쁜 일이지. 호미와 양동이 그리고 기초적인 식물학책 한 권만 있으면 아주 유익한 하루를 보낼 수 있네." 홈즈는 실제로 이런 것들을 들고 길을 나섰지만, 저녁에 돌아와 보여주는 것은 변변치 않은 식물이 다였다.

산책을 하다 우리는 종종 베인스 경위를 만나곤 했다. 내 친구와 인사를 나눌 때마다 베인스 경위의 통통하고 붉은 얼굴에는 미소가 번졌으며 작은 두 눈은 반짝거렸다. 사건에 관해서는 말을 아꼈지만, 듣자 하니 그 역시 수사 과정이 만족스럽지는 않은 듯했다. 하지만 사건이 있은 지 닷새 후, 아침 신문에서 아래와 같은 글귀를 발견했을 때 나는 놀라지 않을 수 없었다.

옥스숏 사건 해결
암살 용의자 체포

내가 머리기사를 읽어주자 홈즈가 벌에 쏘이기라도 한 듯 의자에서 벌떡 일어섰다.

"이럴 수가!" 홈즈가 외쳤다. "베인스가 범인을 잡았다는 건가?"

"그런 것 같군." 내가 아래와 같은 기사를 읽으며 대답했다.

어제저녁, 옥스숏 살인 사건의 용의자를 체포했다는 사실에에서와 인근 지역 주민들은 매우 기쁜 모습이었다. 등나무 별장의 가르시아 씨가 옥스숏 공유지에서 사망한 채 발견되었던 사건을 기억할 것이다. 시신에는 엄청난 폭행의 흔적이 남아 있었는데, 같은 날 저녁 그의 하인과 요리사가 달아남으로써 용의자로 지목되었다. 입증되지는 않았지만, 사망한 가르시아 씨의 집에 있던 귀중품이 범행의 동기였던 것으로 알려졌다. 사건 담당 베인스 경위의 노력으로 해결된 이번 사건은 도망자들의 은신처를 찾아냄으로써 해결됐다. 그는 용의자들이 멀리 달아나지 않고 근처에 미리 마련해둔 은신처에 숨어 있을 거라고 판단했다. 하지만 처음부터 이들이 잡힐 것은 기정사실이었다. 창문 너머로 요리사의 얼굴을 목격한 적이 있는 소매상인 두어 명에 의하면, 요리사는 아주 특이한 생김새를 가지고 있다. 덩치가 굉장히 크고 험상궂은 흑백 혼혈아로, 흑인의 특징인 노르스름한 얼굴을 가지고 있다. 이 요리사는 사건 이후에도 자주 목격됐는데, 뻔뻔스럽게도 사건 당일 저녁 사건 현장에 나타났다가 월터스 순경의 눈에 띄어 추적을 당한 것이다. 베인스 경위는 범인이 현장을 다시 찾을 것으로 보고 관목 숲에서 잠복하고 있었다. 어제저녁 사건 현장에서 범인을 체포하는 과정에서 다우닝 순경이 이 야만인에게 심하게 물어뜯긴 것으로 알려졌다. 용의자가 치안판사에 회부되고 경찰의 재구류 요청이 승인되면 수사는 급진전을 탈 것으로 보인다.

"당장 베인스 경위를 만나러 가봐야겠어." 홈즈가 모자를 집어 들며 말했다. "경위가 떠나기 전에 만나야 하네." 우리는 마을 도로를 따라 서둘러 달렸다. 그리고 예상대로 별장을 떠나려 하는 베인스 경위를 만날 수 있었다.

"기사를 읽으셨나 보군요, 홈즈 씨?" 경위가 신문을 우리에게 내밀며 물었다.

"읽었습니다, 베인스 경위. 내가 우정 어린 훈계를 한마디 한다고 너무 고깝게 여기지는 마시기 바랍니다."

"무슨 훈계 말입니까, 홈즈 씨?"

"내가 세세히 이 사건을 살펴본 결과, 경위는 길을 잘못 든 게 분명합니다. 확신하지 않으신다면 너무 멀리 가지는 마십시오."

"굉장히 친절하시군요, 홈즈 씨."

"모두 당신을 위해 드리는 말씀입니다."

잠시 베인스의 작은 눈 하나가 살짝 윙크하는 것처럼 보였다.

"우린 각자의 방식대로 조사하기로 했었지요, 홈즈 씨. 이게 바로 내 방식입니다."

"그렇다면, 좋습니다. 하지만 날 탓하지는 마십시오." 홈즈가 말했다.

"물론이지요. 물론 나를 위하는 마음에서 해주신 충고라는 것을 잘 압니다. 하지만 우리는 모두 각자 다른 방식을 갖고 있지요. 홈즈 씨, 당신에게 당신의 방식이 있듯이 나한테는 내 방식이 있습니다."

"이 얘기는 그쯤 해도 될 듯하군요."

"새로운 소식이 있으면 언제든지 알려드리죠. 이자는 아주 완벽한 야만인입니다. 짐마차를 끄는 말처럼 강하고, 악마처럼 사악하죠. 다우닝의 엄지를 물어뜯어서 끊어질 뻔한 걸 간신히 제압했습니다. 영어는 거의 못 하는데, 으르렁거리기만 해서 제대로 알아들을 수가 없어요."

"경위님은 이자가 자기 주인을 살해한 증거가 있다고 보시는 겁니까?"

"그렇다고 말하지는 않았어요, 홈즈 씨. 그렇게 말한 적은 없죠. 아무튼 우리에겐 다 각각의 방식이 있는 것 아니겠소. 당신은 당신 방식대로, 나는 내 방식대로 한번 해봅시다. 그렇게 하기로 하지 않았소?"

홈즈는 어깨를 으쓱하더니 나와 함께 뒤돌아섰다. "더는 어떻게 도와줄 방법이 없군. 벼랑을 향해 치닫고 있는데도 말을 듣지 않다니. 뭐, 그 말대로 우리는 각자의 방식을 따르는 것뿐이니 곧 결과가 나오겠지. 하지만 베인스 경위한테 도저히 이해가 안 되는 구석이 하나 있단 말이야."

황소 여관으로 돌아온 뒤 홈즈가 말했다. "거기 의자에 좀 앉아봐, 왓슨. 자네에게 상황을 설명해주고 싶어. 오늘 밤에 자네 도움이 필요할지도 모르니까 말이야. 이번 사건이 어떻게 진행됐는지 내가 파악한 데까지 설명해주도록 하지. 사건의 전체적인 그림은 매우 단순하지만, 범인을 어떻게 체포할지는 놀라울 만큼 까다로워. 그 문제는 여전히 해결하지 못했다네.

가르시아가 죽던 날 받았다던 편지를 다시 생각해보라고. 하인이 이번 사건과 연루됐을 거라는 베인스의 가설은 무시해도 될 거야. 애초에 알리바이 조작이 목적이었던 스콧 에클스를 집으로 불러들인 사람은 가르시아 본인이었다는 사실이 그 근거일세. 그러니까 어떤 계획, 보나 마나 범죄와 관련된 계획을 세웠던 사람은 가르시아였던 거야. 그런데 그 과정에서 자신이 당해버린 거지. 범죄와 관련된 계획이라고 내가 확신하는 것은, 범죄를 저지르려는 자만이 알리바이를 조작하려고 들기 때문이야. 그러면 가르시아의 목숨을 빼앗은 사람은 누굴까? 분명 가르시아가 애초에 노렸던 사람이겠지. 여기까지는 확실하다고 봐도 좋아.

자, 이제 가르시아 집안 사람들이 사라진 이유를 유추할 수 있어. 그들은 모두 이 범죄 계획의 공모자였던 거야. 만약 계획대로 되어 가르시아가 집으로 돌아왔다면, 모든 혐의는 영국인의 증언으로 피할 수 있었을 거야. 하지만 그 계획은 아주 위험한 것이었지. 그 때문에 가르시아가 정해진 시각까지 돌아오지 않는다면, 그건 아마도 가르시아가 목숨을 잃었다는 의미였을 걸세. 그래서 그럴 경우 두 명의 하인은 사전에 정해진 장소로 도망가 수사를 피한 뒤, 후에 다시 계획을 실행하려 했던 거야. 이 가설이라면 모든 정황과 맞아떨어지지 않는가?"

어지럽게 엉켜 있던 실타래가 눈앞에서 모두 다 술술 풀리는 듯했다. 언제나 그랬듯이, 이 모든 사실이 왜 나에게는 보이지 않았을까 싶었다.

"그렇다면 하인 한 명은 왜 집으로 돌아왔던 거지?"

"급하게 도망치다 뭔가를 두고 갔다고 가정해볼 수 있지. 두고 가서는 안 될 아주 중요한 물건 같은 것 말이야. 그렇다면 고집스럽게 돌아온 하인이 설명되지, 그렇지 않나?"

"음, 다음에는 뭘 알아야 할까?"

"다음은 가르시아가 저녁 식사 때 받은 편지를 해결할 차례

지. 편지를 보냈다는 것은 또 다른 공모자가 있다는 의미야. 그
럼 그 다른 공모자는 어디에 있을까? 자네에게 이미 설명했다
시피 그건 큰 저택일 수밖에 없고, 그런 저택의 수는 한정돼
있어. 이 마을에 온 첫날, 난 열심히 산책을 하고 다녔다네. 식
물 연구를 하면서 중간중간 큰 저택을 다 살펴보고 저택에 사
는 사람의 내력도 모두 조사했지. 그중 오직 한 군데, 딱 한 저
택이 내 눈길을 끌더군. 그 유명한 제임스 1세 시대의 하이게
이블 저택이야. 비극의 범죄 현장에서는 800미터 정도, 그리
고 옥스숏에서는 1.5킬로미터 정도 떨어진 곳에 있지. 조사한
다른 저택에는 모두 로맨스와는 거리가 먼 지루하기 짝이 없
는 고상한 사람만 살고 있었어. 하지만 하이게이블 저택에 사
는 헨더슨은 어느 모로 보나 흥미로운 모험을 즐길 만한 흥미
로운 사람이었네. 그래서 난 헨더슨 씨와 그의 집을 집중적으
로 살피기 시작했어.

　그 집안 사람들은 모두 특이했는데 그중에도 헨더슨 씨가
가장 특이했어. 그럴싸한 핑계를 대고 그를 만나볼 기회가 있
었지. 그 오목하고 찌푸린, 생각이 깊은 듯한 두 눈을 보니 내
용건을 파악하고 있는 게 뻔히 보이더군. 나이는 쉰 살 정도
먹은 아주 세고 활동적인 인물로, 철회색 머리칼에 짙고 검은
눈썹과 사슴같이 조용한 발걸음, 황제의 풍모를 풍기는 사람
이었어. 양피지 같은 얼굴 뒤로 거칠고 난폭한 성질을 감춘 자
였지. 외국인이거나 열대 지방에서 오래 산 경험이 있는 것처
럼 보였다네. 피부가 누렇고 생기가 없었지만, 채찍 끈처럼 질

겨 보였거든. 반면 그의 친구이자 비서인 루카스는 분명히 외국인이야. 초콜릿색 갈색 피부에 교활하고 예의가 바르며, 온화해 보이는 말투 속에 교묘하게 저의가 깔린 듯했지. 보라고, 왓슨. 등나무 별장과 하이게이블 저택 두 곳에서 우리는 모두 외국인을 만난 거야. 사건의 실마리가 풀리기 시작했단 의미지.

가깝고 은밀한 사이인 이 두 사람, 헨더슨과 루카스가 이 집 안의 중심인물이야. 하지만 우리가 당장 신경을 써야 하는, 어쩌면 더 중요한 인물이 한 명 있어. 헨더슨에게는 열세 살과 열한 살 된 딸이 두 명 있지. 그들을 돌보는 미스 버넷이라는 가정교사가 있는데, 마흔 살쯤 먹은 영국 여성이야. 그리고 또 신임을 얻고 있는 남자 하인이 한 명 있다네. 사실상 이들이 가족의 전부라고 볼 수 있어. 헨더슨이 워낙 여행을 좋아해서 항상 여기저기 여행을 다니기 때문이지. 1년 정도 여행을 떠났다가 다시 하이게이블로 돌아온 지도 몇 주 되지 않았어. 게다가 헨더슨은 엄청난 부자라서 마음만 먹으면 어떤 것이든 못 할 게 없다네. 그 밖에도 헨더슨의 저택은 영국 시골에 있는 저택답게 하는 일 없이 먹을 것만 축내는 집사와 시종들, 하녀들로 넘쳐나지.

이 모든 건 동네를 돌아다니며 들은 소문과 내가 직접 관찰하면서 알아낸 정보야. 정보를 얻기에 더할 나위 없이 좋은 정보원은 바로 해고당해 불만이 가득한 하인인데, 운 좋게도 그런 하인을 한 명 만날 수 있었지. 물론 내가 그런 사람을 열심히 찾고 있었으니 눈에 띄었겠지만. 베인스가 말한 것처럼 우리는 다 각자의 방식이 있어. 나도 나만의 방식으로 존 워너를 찾을 수 있었던 거야. 하이게이블에서 정원사로 일하다 황제 같은 고용주의 홧김에 해고당한 인물이지. 집안 하인들과도 아주 친해서 얘기를 들어보니, 하인들이 하나같이 주인을 무서워하고 싫어한다더군. 그렇게 이 집안의 비밀을 풀 열쇠를 얻게 된 걸세.

흥미로운 사람들이야, 왓슨! 아직 다 아는 척 얘기하지는 않겠네만, 정말 흥미로운 사람들인 것만은 분명해. 그 저택은 양쪽에 건물 두 동이 있는데, 한쪽에는 가족들이, 다른 한쪽에는 하인들이 살아. 가족의 식사를 담당하고 있는 헨더슨의 하인을 제외하면 양쪽 사람들은 단절돼 있지. 모든 것은 한쪽 문을 통해 오가는데, 그것이 두 건물을 잇는 유일한 통로라네. 가정교사와 아이들은 정원을 제외하고는 거의 집 밖으로 나가지 않는다고 하더군. 헨더슨은 혼자 다니는 법이 절대 없어. 음흉한 비서가 그림자처럼 따라다니지. 하인들 사이에 퍼진 소문에 의하면, 주인이 뭔가를 지독히 두려워한다는 거야. 워너가 말하기를 주인은 악마에게 돈을 받고 영혼을 팔았기 때문에 언제 채권자가 찾아와 영혼을 요구할지 모른다는 거야. 두 사람이 어디 출신인지, 누구인지 아는 하인은 아무도 없다네. 둘 다 아주 폭력적이어서 헨더슨은 두 번이나 개 채찍으로 하인들을 후려갈겼다고 하더군. 하지만 워낙에 부자라 그때마다 돈으로 무마시켰다고 했어.

자, 왓슨. 이제 이 새로운 사실들을 가지고 다시 상황을 살펴보자고. 그 편지가 이 이상한 집에서 보낸 거라 생각해 봐. 그건 아마도 가르시아에게 이미 계획된 어떤 것을 실행하라는 초청장 같은 거였을 거야. 편지를 쓴 사람은 누굴까? 그건 분명히 이 요새 안에 있는 어떤 여자였어. 그렇다면 가정교사인 미스 버넷 말고 또 누가 있겠나? 우리의 모든 논리적 추리가 그렇게 말해주고 있어. 어쨌든 이 가설을 가지고 어떤 결과가 일어났는지 살펴볼 수 있지. 그나저나 미스 버넷의 나이로 보나 성격으로 보나, 내가 처음 생각한 치정에 얽힌 사건이란 가설은 무시해도 될 것 같아.

만약 그녀가 편지를 쓴 거라면, 그녀는 가르시아의 친구이자 공모자였을 거야. 그런 그녀가 가르시아가 죽었다는 소식을 들었을 때 어떤 반응을 보였겠나? 가르시아가 어떤 악랄한 계획을 실행하다 죽은 거라면, 미스 버넷은 분명히 입을 다물었을 거야. 하지만 여전히 속으로는 가르시아를 죽인 사람들에 대한 앙심과 증오를 품고 있겠지. 그러니 그녀는 어쩌면 복수를 위해 가능한 한 범인을 밝히는 데 도움을 주려고 할지 몰라. 그러면 그녀를 만나서 도움을 요청해보는 것이 어떨까? 처음에는 그럴 생각이었어. 하지만 불행하게도 미스 버넷이 사라져버린 걸세. 가르시아가 죽은 날 이후로 미스 버넷을 본 사람은 아무도 없어. 그날 이후로 완전히 사라져버렸단 말이야. 그녀가 아직 살아 있긴 한 걸까? 어쩌면 그녀는 자기가 불러낸 친구와 함께 같은 날, 같은 운명을 맞이했을지도 모르지. 아니면 단순히 붙잡혀 있는 것일 수도 있어. 어찌 됐든 우리가 알아봐야 할 게 바로 이 점이라네.

자네도 얼마나 난감한 상황인지 잘 알 거야, 왓슨. 우리가 영장을 신청할 근거는 아무것도 없네. 만약 이 이야기를 치안판사 앞에서 늘어놔 봤자 황당하게만 보이겠지. 여자 한 명쯤 사라지는 건 이런 집안에서는 특별한 일도 아니야. 한 일주일쯤 안 보인다고 이상해 보일 게 없다는 말이지. 하지만 지금 이 순간에도 그녀의 목숨이 위험할지도 몰라. 내가 할 수 있는 일이라곤 계속해서 집을 지켜보는 것뿐이라 워너에게 대문 앞에서 망을 보라고 시켰다네. 이 상황을 그냥 보고 있을 수만은 없어. 법이 해결해줄 수 없다면 우리가 스스로 위험을 무릅쓸 수밖에."

"그래서 어쩌자는 얘기인가?"

"미스 버넷의 방을 알고 있다네. 헛간 지붕을 통해 접근할 수 있지. 내가 제안하는 것은 자네와 내가 오늘 저녁, 그 저택으로 가서 이 수수께끼의 핵심을 파헤쳐보자는 거야."

솔직히 말해 전혀 내키지 않는 제안이었다. 살인의 기운이 가득한 저택과 특이하고 두려운 거주자들 그리고 알 수 없는 위험과 이 모든 행동이 법적으로 당당하지 못한 점, 이 모두가 합쳐져 나의 열정에 찬물을 끼얹었다. 하지만 홈즈의 냉철한 추리에는 자신이 제안하는 그 어떤 모험도 마다하지 못하게 만드는 뭔가가 있었다. 오직 그 방법만이 해결책임을 알고 있었기 때문이다. 난 조용히 홈즈의 손을 꽉 쥐었다. 주사위는 이미 던져진 것이다.

하지만 우리의 모험은 생각만큼 대단한 결말을 맞이하지는 않았다. 3월의 저녁이 드리우기 시작할 5시쯤, 흥분한 시골 사람이 우리 방으로 들이닥쳤다.

"그들이 사라졌어요, 홈즈 씨. 마지막 기차를 타고 떠났습니다. 가정교사는 탈출했고요. 아래층 마차에 그녀를 싣고 왔습니다."

"아주 잘했어요, 워너!" 홈즈가 벌떡 일어서며 외쳤다. "왓슨, 이제 실마리가 다 풀려가는군!"

마차 안에는 그동안의 사건에 지친 나머지 반쯤 탈진한 여인이 타고 있었다. 그녀의 야윈 얼굴에는 최근에 겪은 비극의 흔적이 역력했다. 힘없이 고개를 떨구고 있다가 고개를 든 여인은 몽롱한 눈으로 우리를 바라봤는데, 커다란 회색 홍채 중앙에 있는 까만 동공이 마치 점처럼 줄어들어 있었다. 아편에 취해 있는 것이다.

"홈즈 씨가 말씀하신 대로 대문 앞에서 지켜봤습니다." 해고당한 정원사이자 우리의 밀사가 입을 뗐다. "마차가 밖으로 나오자 전 기차역까지 쫓아갔죠. 미스 버넷은 잠을 자면서 걷고 있는 것처럼 보였어요. 그러다 그들이 미스 버넷을 기차에 태우려는 순간 정신이 돌아왔는지 반항하더군요. 그들이 미스 버넷을 객실로 밀어 넣었지만, 그녀는 다시 몸부림쳐 밖으로 빠져나왔어요. 전 미스 버넷을 잡아채서는 마차에 태우고 곧장 이리로 온 겁니다. 도망치면서 본 객실 안 놈들의 얼굴을

잊지 못할 거예요. 그 검은 눈에 음흉하게 찡그린 누런 악마의 얼굴을 한 놈이 저를 쫓아왔다면 아마 살아남지 못했을 겁니다."

우리는 미스 버넷을 위층으로 옮겨 소파에 눕힌 다음 진한 커피를 두 잔 마시게 했다. 그러자 곧 그녀는 몽롱한 환각에서 깨어나기 시작했다. 홈즈는 베인스를 불러다 재빨리 상황을 설명했다.

"아, 홈즈 씨, 내가 찾던 바로 그 증거를 확보하셨군요." 경위가 내 친구의 손을 잡아 흔들며 열렬히 말했다. "저도 처음부터 똑같은 냄새를 맡고 있었습니다."

"뭐라고요? 헨더슨을 쫓고 있었단 말입니까?"

"그럼요, 홈즈 씨. 당신이 하이게이블의 관목 사이로 기어갈 때, 난 그 정원의 나무 위에서 당신을 내려다보고 있었습니다. 다만 누가 먼저 증거를 확보하느냐의 문제였죠."

"그렇다면 그 혼혈인은 왜 체포한 겁니까?"

베인스가 껄껄 웃었다.

"난 자칭 헨더슨이라고 하는 자가 스스로 의심받고 있다는 걸 알았습니다. 그래서 자신에게 위험이 도사리고 있다고 생각하면 납작 엎드린 채 아무런 행동도 하지 않을 거라는 걸 알고 있었죠. 그래서 일부러 애먼 사람을 체포해서 우리가 그자를 감시하고 있지 않다는 걸 보여주려 했던 겁니다. 그래야만 방심해서 미스 버넷을 찾을 기회가 올 거라 확신했죠."

홈즈가 경위의 어깨에 손을 올리며 말했다.

"경찰로서 아주 크게 성공하실 겁니다. 본능과 직관이 이렇게 뛰어나니 말입니다."

베인즈가 칭찬에 얼굴을 붉혔다.

"이번 주 내내 사복 경찰을 기차역에 대기시켜놓았습니다. 하이게이블 사람들이 어디로 가든 감시를 놓치지 않으려 했죠. 미스 버넷이 탈출할 때 당황했지만, 홈즈 씨의 사람이 그녀를 이렇게 데려왔으니 모든 게 잘된 겁니다. 하지만 그녀의 증언 없이는 체포할 수 없으니 어서 진술을 받는 게 좋겠습니다."

"빠르게 회복하고 있어요." 홈즈가 가정교사를 바라보며 말했다. "그런데 이 헨더슨이란 자는 도대체 어떤 사람입니까, 베인스 경위?"

"그자의 본명은." 경위가 대답했다. "돈 무리요, 한때 산페드로의 호랑이로 불리던 자입니다."

산페드로의 호랑이! 그에 관한 온갖 소문과 과거가 내 뇌리를 스쳤다. 무리요는 입에 담을 수 없을 만큼 음란하고 잔인한 독재자로 악명 높았는데, 문명인이라는 탈을 쓰고 어느 나라를 지배한 적이 있었다. 우악스럽고 두려움이 없으며 힘이 넘치는 독재자는 10여 년 동안 자신을 두려워하는 국민 위에 군림하며 가증스러운 만행을 저질렀다. 중앙아메리카 어디서나 그 이름만 들어도 사람들이 두려움에 떨 정도로 악명이 높았다. 결국 봉기가 일어났다. 그러나 잔인한 만큼이나 간사했던 무리요는 곧바로 열렬한 지지자들을 통해 모든 재산을 해외로 은밀히 빼돌렸다. 다음 날 봉기한 사람들이 무리요의 궁에 들이닥쳤을 때 궁은 이미 텅텅 빈 상태였고 독재자와 두 아이, 비서와 모든 재산은 이미 사라지고 난 뒤였다. 그 뒤로 산페드로의 호랑이는 세상에서 종적을 감췄고, 유럽 언론이 그자의 행방에 관해 종종 언급할 뿐이었다.

"그렇습니다. 그 사람이 바로 산페드로의 호랑이, 돈 무리요입니다." 베인스가 말했다. "조사해보면 알겠지만, 산페드로 국기의 색이 바로 편지에 나와 있던 초록색과 흰색입니다. 자신을 헨더슨으로 위장했지만, 나는 파리, 로마, 마드리드에서 바르셀로나까지 놈을 추적했습니다. 1886년에 놈의 배가 그곳에 들어왔죠. 복수를 위해 무리요를 찾아 헤매던 사람들도 최근에서야 그자의 행방을 알게 되었답니다."

"1년 전쯤 그 끔찍한 악마를 찾아냈습니다." 자리에서 일어나 대화에 귀 기울이고 있던 미스 버넷이 끼어들었다. "이미한 번 놈의 목숨을 노렸지만, 그땐 어떤 악마가 그 악당을 보호했었어요. 이번에 다시 시도했지만 오히려 고결하고 기사 같은 가르시아 씨만 당하고, 그 괴물은 또 살아남았죠. 하지만 시도는 계속될 거예요. 정의가 실현될 그 날까지 말입니다. 매일 새로운 태양이 떠오르는 것만큼이나 확실합니다." 여윈 두 손을 꽉 맞잡은 미스 버넷의 창백해진 얼굴에는 증오의 감정이 그대로 드러나 보였다.

"하지만 미스 버넷, 당신은 어쩌다 이 일에 연루된 건가요?" 홈즈가 물었다. "이 살인 사건에 영국 여성인 당신이 어떻게 연루된 거냔 말입니다."

"제가 연루된 것은 이 세상에 정의를 실현할 다른 방법이 없었기 때문이에요. 산페드로에서 몇 년 동안이나 피가 강을 이룰 정도로 저지른 놈의 악행에 관해 영국 법이 뭘 어쩔 수 있었나요? 그 인간이 배에 실어 훔쳐온 어마어마한 보물은 또 어떻고요. 여러분에게 그건 마치 다른 행성에서 일어난 범죄처럼 느껴질 거예요. 하지만 '우리'는 알아요. 우리는 슬픔과 고통으로 그 사실을 알고 있다고요. 돈 무리요는 지옥에도 없을 끔찍한 악마예요. 그 악마에게 희생된 자들이 계속해서 복수의 눈물을 흘리는 이상 삶의 평화는 있을 수 없어요."

"그래요." 홈즈가 말했다. "말씀하신 대로 놈은 아주 잔혹하다고 들었습니다. 그런데 당신이 입은 피해는 무엇이죠?"

"다 말씀드리죠. 이 악당의 방침은 장차 자신에게 경쟁자가 될 만한 사람은 어떤 핑계를 붙여서든 모두 살해하는 거였어요. 제 진짜 이름은 세뇨라 빅토르 두란도, 제 남편은 런던 주재 산페드로 대사였어요. 우리는 런던에서 만나 결혼했죠. 그이보다 더 고결한 사람은 이 세상에 없을 거예요. 불행히도, 그렇게 훌륭한 남편의 소식을 들은 무리요가 그이를 소환시켜서는 어떤 핑계를 갖다 붙여 총살해버렸어요. 자신의 운명을 예감한 그이는 나를 데려가지 않았던 거예요. 전 재산은 압수당하고, 제게 남겨진 거라고는 조금의 생활비와 무너진 가슴밖에 없었답니다.

그 후 독재자는 몰락했죠. 방금 경위님이 말씀하신 대로 이곳으로 도망왔답니다. 하지만 그에게 처참히 당한 사람들, 가장 가깝고 사랑하는 사람을 그자의 손에 잃거나 고문을 당한 사람들은 놈을 그냥 내버려 둘 수 없었어요. 그들은 모임을 만들어, 이 일이 마무리될 때까지 함께하기로 했죠. 우리는 몰락한 독재자가 헨더슨으로 이름을 바꾼 걸 알아냈고, 놈의 집에 침투해 동정을 살피는 건 제 임무였습니다. 저는 가정교사가 되어 이 임무를 수행했지요. 매 끼니를 같이 하는 여자가 설마 자기 손에 목숨을 잃은 남자의 아내였다는 사실을 놈은 전혀 몰랐어요. 나는 웃으며 그자를 대했고, 놈의 아이들을 가르쳤죠. 그러면서 때를 기다린 겁니다. 파리에서 한 번 시도했지만 실패했어요. 추적자들을 따돌리고 유럽을 여기저기 돌아다니다가 무리요가 잉글랜드에 처음 왔을 때 마련해둔 이 집에 정착한 겁니다.

하지만 여기서도 정의의 사도들이 그 악당을 기다리고 있었어요. 이곳으로 돌아올 걸 알았던 가르시아 씨가 두 명의 충직한 하인과 그 악당을 기다리고 있었던 거죠. 가르시아 씨는 산페드로에서 가장 명망 높던 분의 아들이었어요. 세 사람 모두 같은 복수심에 불타오르고 있었죠. 무리요가 워낙 조심하는 바람에 낮에는 할 수 있는 일이 거의 없었어요. 로페스란 이름으로 악명 높은 루카스란 자를 항상 대동하고 다녔죠. 하지만 밤에 잠자리에 들 때는 혼자였어요. 복수할 수 있는 기회였죠. 어느 날 저녁, 모든 준비를 마친 후 전 친구에게 최종 행동 지침을 보냈어요. 무리요는 항상 침실을 바꿔가며 조심을 했기 때문에 저는 문을 열어놓고 초록색이나 흰색으로 신호를 보내기로 했어요. 복수를 실행하기 안전한지 아니면 다음으로 미루는 게 나을지 하는 신호 말이에요.

하지만 일이 모두 틀어지고 말았어요. 제가 어쩌다 로페스의 의심을 사고 만 거예요. 그 비서 말이에요. 제가 편지를 다 쓰자마자 로페스가 뒤에서 절 덮쳤어요. 로페스는 자기 주인과 함께 저를 방으로 끌고 가서 반역자처럼 저를 심판하더군요. 그들은 벌을 모면할 길만 있었다면 그곳에서 바로 절 죽이려고 했지만, 그랬다가는 뒤처리가 곤란하다고 판단했는지 한참을 의논한 뒤에 죽이지 않기로 결정을 내리더군요. 하지만 가르시아 씨는 없애기로 한 거예요. 그들은 저에게 재갈을 물리고는, 가르시아 씨의 주소를 불 때까지 그 악당이 제 팔을 뒤틀었어요. 그들이 가르시아 씨에게 무슨 짓을 할 줄 알았다면, 차라리 제 팔을 부러뜨리라고 했을 거예요. 로페스는 제가 쓴 편지에 주소를 쓴 뒤, 커프스단추로 봉인한 후, 하인 호세를 통해 편지를 부쳤어요. 그들이 어떻게 가르시아 씨를 살해했는지는 모르겠어요. 다만 로페스가 계속 절 지키고 있었으니 직접 가르시아 씨를 살해한 사람은 무리요겠죠. 분명히 길목 골담초 덤불에서 기다리다가 가르시아 씨가 지나갈 때 덮쳤을 거예요. 처음에는 집 안으로 유인한 다음, 강도로 몰아 살해할 생각이었어요. 하지만 그랬다가는 조사를 받는 과정에서 신분이 드러날 수도 있고, 그렇게 되면 또 공격을 받을 거라 생각한 거죠. 가르시아 씨만 죽이면 추적을 멈출 수도 있었어요. 그렇게 살해당한 걸 다른 사람들이 알면 두려움에 복수를 포기할지도 모르니까요.

이제 그들이 무슨 짓을 했는지 모두 알고 있는 저만 처리하면 됐어요. 그렇지 않아도 제 목숨이 왔다 갔다 한 적은 이전에도 몇 차례 있었죠. 그들은 저를 방에 가둬두고 이루 말할 수 없을 만큼 끔찍한 협박을 해댔어요. 잔인한 방법으로 제 정신을 망가뜨리기 위해 학대했죠. 여기 어깨에 칼에 찔린 자국 좀 보세요. 팔은 온통 멍투성이죠. 제가 창문에 대고 소리를 지르려 할 때마다 재갈을 물렸어요. 닷새 동안이나 잔인한 감금은 계속됐어요. 그동안 먹지도 못해 몸도 마음도 추스를 수 없었어요. 오늘 오후에야 식사다운 식사를 가져다줬는데, 먹자마자 약을 탔다는 걸 바로 눈치챘죠. 잠에 취해 반쯤 정신이 든 상태로 질질 끌려서 마차에 탔어요. 마찬가지로 기차에도 실린 겁니다. 기차가 막 떠나려던 찰나, 자유가 오직 제 손에 달렸다는 생각이 번뜩 들더군요. 그래서 몸부림을 치고 뛰쳐나가려 했어요. 하지만 그들은 저를 다시 끌어다 기차에 실으려 했죠. 이분이 도와주지 않으셨다면, 마차로 옮겨다 주지 않으셨더라면, 저는 결코 탈출하지 못했을 거예요. 아, 이제 그들의 손에서 영원히 벗어났어요. 정말 고맙습니다."

우리는 모두 이 놀라운 얘기를 귀 기울여 들었다. 잠깐의 침묵이 이어지고 홈즈가 마침내 입을 열었다.

"모든 어려움이 다 해결된 것은 아닙니다." 홈즈가 고개를 내두르며 말했다. "경찰 수사는 끝이 났지만, 법적인 일은 이제 시작이죠."

"맞습니다." 내가 거들었다. "변호사가 그럴듯한 변명을 꾸며대 정당방위라고 핑계를 댈 수도 있습니다. 과거에 많은 범죄를 저질렀다 해도, 기소할 수 있는 범죄는 이번 건뿐이에요."

"괜찮아요, 괜찮습니다." 베인스가 격려하며 말했다. "법이 그렇게 호락호락하지만은 않을 겁니다. 아무리 위협을 느꼈다 해도 냉철하게 유인해 살해했다면 정당방위에 해당하지 않을 겁니다. 해당하지 않고말고요. 다음번 길퍼드 순회재판 때 하이게이블 저택의 사람들을 증인으로 세우면 모든 게 다 잘 해결될 겁니다."

하지만 산페드로의 호랑이가 응분의 벌을 받기까지는 상당한 시간이 흘러야만 했다. 교활하고 대담한 무리요와 비서가 추적자를 따돌리고 에드먼턴 스트리트의 셋집으로 들어간 뒤, 뒷문을 통해 커즌 광장으로 빠져나간 것이다. 그날 이후로 잉글랜드에서 그들을 본 사람은 아무도 없었다. 여섯 달이 지났을 때쯤, 몬탈바 후작과 그의 비서 룰리가 마드리드의 에스쿠리알 호텔 방에서 살해된 채 발견되었다. 그 범죄는 니힐리스트의 소행으로 보였는데, 범인은 체포되지 않았다. 베인스 경위는 후작과 비서의 얼굴을 인쇄한 종이를 가지고 베이커 스트리트에 들렀다. 후작의 매력적인 검은 눈과 무성한 눈썹, 오만한 얼굴 그리고 비서의 거무스름한 얼굴을 보니 늦긴 했지만 마침내 정의가 실현됐음을 우리는 알 수 있었다.

"혼란스러운 사건이었어, 왓슨." 홈즈가 파이프를 입에 물고 말했다. "자네는 사건을 간결하게 정리하는 걸 좋아하지만, 이번 건 좀 어려울 걸세. 사건이 두 대륙을 배경으로 수수께끼 같은 두 집단 사이에서 벌어졌으니 말이야. 게다가 고상한 우리 친구 스콧 에클스가 등장해 사건을 더욱 복잡하게 만들었지. 하지만 그를 연루시킨 걸 보면 말이야, 작고한 가르시아가 얼마나 치밀하고, 자기 보호 본능이 투철한지 알 수 있어. 우리가 그래도 훌륭한 협력자 베인스 경위의 협조를 받아 제대로 사건의 본질에 접근했고, 구불구불한 길을 따라 수많은 가능성의 정글을 잘 헤쳐 나왔다는 것도 대단한 점이지. 혹시 더 궁금한 점이라도 있나?"

"혼혈인 요리사는 왜 집으로 돌아왔던 거지?"

"내 생각에는 부엌에 있던 그 괴상한 물체들이 해답일 것 같군. 요리사는 후진국 산페드로의 미개인이었고, 그 괴상한 물체들은 주물이었던 거야. 요리사와 동료가 미리 계획하고 준비해둔 곳으로 도망칠 때 동료가 가구처럼 놔두고 가라고 설득했을 테지. 아마 은신처에는 다른 동료들이 이미 머무르고 있었을 거야. 하지만 혼혈인은 놔두고 간 게 못내 마음에 걸렸을 거야. 그래서 다음 날 돌아와 창문으로 살펴보다 월터스 순경을 발견한 거지. 요리사는 사흘을 더 기다리다, 경건한 신앙인지 미신인지 모를 이유로 다시 그것들을 되찾으려 했던 거야. 노련한 베인스 경위는 내 앞에서는 그 주물이 별것 아닌 것처럼 행동했지만 이미 주물의 중요성을 파악했을 거야. 그

래서 요리사가 돌아오게끔 덫을 둔 거지. 또 궁금한 게 있나, 왓슨?"

"토막 난 조류, 피가 가득 차 있던 양동이, 검게 탄 뼈, 그 부엌에 있던 수수께끼 같은 것들은 다 뭔가?"

홈즈는 씩 웃으며 수첩을 넘겼다.

"나도 언젠가 오전에 대영 박물관에 가 바로 그 점에 관해 알아본 적이 있지. 여기 애커먼의 《부두교와 흑인 종교》에서 발췌한 걸 들어보라고.

진짜 부두교 신자들은 어떤 중요한 일을 치를 때면 반드시 자기가 믿는 불결한 신을 달래기 위해 제물을 바친다. 아주 극단적인 경우에는 인간을 제물로 바치고 인육을 먹기도 한다. 일반적으로는 흰 닭이나 검은 염소를 제물로 바치는데, 닭은 산 채로 토막 내고, 염소는 멱을 딴 후에 몸통은 불에 태운다.

이렇게 우리의 미개한 친구는 정통 의식을 치른 거지. 아주 그로테스크하지 않은가, 왓슨?"

홈즈가 수첩을 천천히 덮으며 말했다. "내가 예전에도 말한 적 있지? 그로테스크한 것과 끔찍한 것은 한 발짝 차이일 뿐이라고 말이야."

2
붉은 원

I

"워런 부인, 특별히 불안해하시는 이유라도 있습니까? 제가 이 황금 같은 시간에 왜 이런 일에 신경 써야 하는지 도무지 알 수가 없군요. 저는 아주 할 일이 많은 사람입니다만." 이렇게 말한 홈즈는 뒤돌아서서 다시 커다란 스크랩북으로 눈길을 돌려, 최근 자료를 정리하면서 색인을 달기 시작했다.

하지만 하숙집 여주인은 여느 여성처럼 끈질긴 데다 영악하기까지 했다. 결코 물러날 생각이 없어 보였다.

"지난해 우리 하숙인의 사건을 해결해준 적 있지 않나요?" 여주인이 말했다. "페어데일 홉스 씨 사건 말이에요."

"아, 네. 간단한 사건이었죠."

"홉스 씨는 그 이후로 그때 일을 입에 달고 살아요. 홈즈 씨가 얼마나 친절한지, 그리고 홈즈 씨가 어떻게 그 막막한 사건을 단숨에 해결했는지 말이에요. 내가 막상 답답한 상황에 부닥치게 되니 그때 들은 말이 생각나더군요. 이번 일 역시 홈즈 씨가 마음만 먹으면 간단히 해결할 수 있는 문제예요."

홈즈는 워낙 칭찬에 약한 성격인데, 더 정확히 말하자면 유독 친절에 약했다. 칭찬과 친절이라는 두 단어의 힘에 항복한 홈즈는 체념하듯 한숨을 쉬며 손에 쥐고 있던 붓을 내려놓고 의자를 뒤로 물렸다.

"좋습니다, 부인. 그럼 얘기를 한번 들어봅시다. 담배 좀 태워도 괜찮겠죠? 어디 있더라? 아, 고마워. 왓슨, 성냥도 좀 주게! 듣자 하니 부인이 불안해하는 이유가 새로 들어온 하숙인이 며칠째 안 보여서라고요? 워런 부인, 이건 축하할 일 아닌가요? 만약 제가 부인의 하숙인이었다면 부인께서는 며칠이 아니라 몇 주 동안이나 저를 보지 못하셨을 겁니다."

"그랬을 테죠. 하지만 이건 상황이 달라요, 홈즈 씨. 제가 얼마나 두려움에 떨고 있는지 모르실 거예요. 겁이 나서 잠도 제대로 못 자요. 새벽부터 한밤중까지 여기저기 정신 사납게 왔다 갔다 하는 발소리는 들리는데, 도통 모습은 보이지 않는다 이겁니다. 도저히 견딜 수가 없어요. 남편도 나만큼이나 불안해하고 있지만, 그이는 종일 밖에서 일하기라도 하죠. 온종일 집에 있는 나로서는 불안해 견딜 수가 없어요. 도대체 그 사람은 뭐 때문에 숨는 거죠? 무슨 짓을 저지르기라도 한 걸까요? 우리 하녀 아이 한 명을 제외하면 그 집 안에 있는 건 나랑 그 남자 단둘뿐이란 말이에요. 도저히 견딜 수가 없어요."

홈즈는 몸을 앞으로 쭉 내밀고는 길고 가느다란 손가락을 워런 부인의 어깨에 올려놓았다. 홈즈는 마음만 먹으면 언제라도 사람의 마음을 진정시킬 수 있는, 거의 최면술에 가까운 능력을 갖고 있었다. 그 덕에 부인의 눈에서 차츰 두려움이 걷혔고, 격양됐던 모습도 평소대로 진정되었다. 부인은 홈즈가 가리킨 의자에 앉았다.

"만약 제가 이 사건을 맡게 된다면, 저는 아주 사소한 부분까지 전부 알아야 합니다." 홈즈가 말했다. "천천히 떠올려 보도록 하세요. 가장 사소한 내용이 가장 중요한 단서가 될 수도 있으니까요. 부인께서는 그 남자가 열흘 전에 와서 식대를 포함한 하숙비 2주 치를 한꺼번에 다 지불했다고 하셨죠?"

"그 사람이 하숙 조건을 묻기에, 주당 50실링이라고 말했죠. 우리 하숙집 맨 위층 방인데, 조그마한 거실 겸 침실이 있고 그 밖에 필요한 것은 다 갖춰진 방이었어요."

"그래서요?"

"그 남자가 '내 조건대로만 해준다면 주당 5파운드를 내겠소'라고 하더군요. 홈즈 씨, 저는 가난한 여자랍니다. 남편도 벌이가 시원찮고요. 그러니 우리에게는 상당히 솔깃한 제안이었죠. 남자는 10파운드짜리 지폐를 꺼내 내게 주면서 이렇게 말했어요. '조건만 지켜준다면 꽤 오랫동안 2주에 10파운드씩 지불하겠소. 만약 조건을 어긴다면 가차 없이 이 집을 떠날 것이오'라고요."

"그 조건이란 게 뭐였나요?"

"우선, 하숙집 열쇠를 달라는 거였어요. 그거야 상관없었죠.

하숙인들이 종종 요구하는 조건이었으니까요. 그리고 반드시 자신을 혼자 내버려 두라고 했어요. 무슨 일이 있어도, 어떤 이유에서라도 방해하지 말라고 했지요."

"전혀 이상할 게 없어 보이는데요?"

"상식적으로는 그렇죠. 하지만 이건 분명 비상식적인 일이에요. 그 남자는 방에 틀어박혀서는 열흘 동안 코빼기도 내보이지 않았어요. 저는 물론이고 하녀와 남편도 그 남자의 얼굴을 본 적이 없단 말이에요. 한밤중에도, 대낮에도 부산하게 움직이는 발소리는 들리는데 모습은 보이지 않아요. 첫날 밤을 제외하고는 집 밖으로 나오는 걸 한 번도 본 적이 없어요."

"아, 첫날 밤에는 밖으로 나왔군요?"

"예, 그러고는 아주 늦은 시각에 돌아왔어요. 다들 잠들고 난 후였죠. 방을 빌리면서 곧 외출할 테니 문을 잠그지 말라고 했거든요. 자정이 지나고서야 그 사람이 자기 방으로 올라가는 발소리가 들렸죠."

"그럼 식사는 어떻게 하나요?"

"그 사람이 특별히 지시한 방법이 있어요. 방에서 초인종을 울리면 문 앞에 놓여 있는 의자에 식사를 가져다 놓죠. 그리고 식사가 끝나면 빈 그릇을 같은 의자에 놓아두는 거예요. 그리고 한 번 더 초인종을 울리면 우리가 올라가서 치운답니다. 다른 게 필요할 때도 마찬가지예요. 필요한 목록을 인쇄체로 종이에 적어 그 의자에 올려놓죠."

"인쇄체라고요?"

"예, 연필로 또박또박 쓴 글씨 말이에요. 항상 단어만 적혀 있어요. 혹시 필요할까 싶어 여기 쪽지를 가져왔습니다. 'SOAP(비누)' 여기 또 있어요. 'MATCH(성냥)' 아, 그리고 이건 그 남자가 첫날 아침에 적은 쪽지예요. 'DAILY GAZETTE(데일리 가제트)' 매일 아침 식사를 가져다줄 때 이 신문도 같이 갖다 놓지요."

"이봐, 왓슨." 하숙집 여주인이 건넨 종이를 흥미롭다는 듯 바라보며 홈즈가 말했다. "이 사건에는 분명 특별한 구석이 있어. 혼자 은둔 생활을 하는 건 그렇다 치고, 왜 굳이 힘든 인쇄체로 썼을까? 왜 보통 글씨로 쓰지 않았을까? 이게 과연 무슨 의미일까, 왓슨?"

"아마도 자기 글씨체를 숨기려 했나 보지."

"어째서 숨기려 했을까? 하숙집 여주인이 글씨체를 본다 한들 뭐가 어때서? 어찌 됐든 자네 말처럼 뭔가를 숨기려 했는지도 모르지. 그건 그렇고, 왜 낱말만 쓴 걸까?"

"나도 모르겠어."

"흠, 이것 참 흥미로운 지적 추리의 세계가 열리는 느낌이군. 낱말들은 끝이 뭉뚝하고 보랏빛이 도는 연필로 쓰여 있어. 보기 드문 종류의 연필은 아니지. 여기 글을 다 쓴 후 종이 모퉁이를 찢은 게 보이지? 'SOAP'의 S자가 살짝 찢겨 있잖아. 뭔가 의미심장하지 않나?"

"무언가를 숨기려고?"

"그렇지, 아마도 지문 같은 어떤 표시가 남아 있었겠지. 자신의 신분을 노출할 만한 증거 말이야. 자, 워런 부인. 그 남자가 중간 정도 되는 키에 피부가 검고 수염을 길렀다고 했죠? 몇 살 정도 돼 보이던가요?"

"젊은 편이었어요. 서른을 넘진 않았던 것 같아요."

"흠, 다른 특징은 없었나요?"

"영어를 아주 잘하긴 했는데, 억양은 외국인 같았어요."

"옷은 잘 차려입었고요?"

"아주 쫙 빼입었어요. 신사처럼 말이에요. 짙은 색 계열의 옷이었는데 특이한 점은 없었어요."

"이름을 알려주진 않았나요?"

"예, 말해주지 않았어요."

"그 사람을 찾아온 방문자나 편지는 없었나요?"

"전혀요."

"그래도 아침마다 부인이나 하녀가 방을 정리하러 들어갔겠죠?"

"아니요, 방 정리도 그 남자가 직접 해요."

"이런! 그것참 이상하군요. 그 사람 짐은 어땠나요?"

"큰 갈색 가방 하나만 가져왔어요. 다른 건 없었고요."

"흠, 별로 도움이 될 만한 건 없어 보이는군요. 그 방에서 아무것도 나온 게 없다고 하셨는데, 정말 아무것도 없었나요?"

하숙집 여주인은 가방에서 봉투 하나를 꺼냈다. 그리고 봉투에서 타다 남은 성냥 두 개비와 담배꽁초 하나를 탁자 위에 털어놓았다.

"오늘 아침 그 남자 재떨이에 있던 거예요. 홈즈 씨께서 아주 사소한 것에서도 중요한 사실을 발견한다고 해서 챙겨왔어요."

홈즈는 어깨를 으쓱했다.

"여기서 알아낼 만한 점은 없어 보이는군요." 홈즈가 말했다. "물론, 이 성냥은 담배에 불을 붙이기 위해 사용한 것이죠. 탄 부분의 길이를 보면 알 수 있어요. 시가나 파이프에 불을 붙였더라면 성냥이 반 이상 탔을 거예요. 그런데 이런! 이 담배꽁초에 특이한 점이 있군요. 부인께서 그 남자는 턱수염과 콧수염을 길렀다고 하지 않으셨나요?"

"맞아요."

"이해가 안 되는군요. 면도를 깔끔히 한 사람만 이렇게 담배를 짧게 태울 수 있어요. 그렇고말고. 왓슨, 자네처럼 깔끔하고 단정하게 수염을 정리한 사람도 이 정도로 짧게 피웠다간 수염을 다 그슬릴 거야. 그렇지 않은가?"

"파이프를 사용한 게 아닐까?" 내가 말했다.

"아니, 아니야. 끝을 보면 그냥 피운 게 분명해. 워런 부인, 방 안에 두 명이 있는 건 아닌가요?"

"아뇨, 이렇게 먹어도 살 수 있나 싶을 정도로 적게 먹는걸요."

"음, 그렇다면 좀 더 구체적인 물증이 나올 때까지 기다리는 게 좋을 것 같군요. 부인, 따져보면 불안해할 만한 건 없어 보입니다. 하숙비도 받았고, 그 남자가 이상한 건 사실이지만 특별히 문제를 일으키는 하숙인도 아니니까요. 이미 하숙비도 다 치렀으니 그 남자가 혼자 지내고 싶다면 그건 부인이 왈가왈부할 일은 아니란 겁니다. 범죄가 될 만한 행동을 하지 않은 이상 사생활을 침범할 수는 없는 법이에요. 일단 제가 지켜볼 테니 좀 더 기다려 보도록 하죠. 아무쪼록 걱정 마시고 무슨 일이 생기면 제게 알려주십시오."

"이 사건에는 분명 흥미로운 점이 있어, 왓슨." 하숙집 여주인이 돌아가자 홈즈가 말했다. "물론 사소한 사건일 수도 있지만 말이야. 단순한 괴짜일 수도 있고, 어쩌면 겉에서 보이는 것보다 훨씬 더 심각한 사건일 수도 있겠지. 한 가지 명백한 가능성은 지금 그 방에 있는 사람이 처음 하숙인과 동일 인물이 아닐 수도 있다는 거야."

"어째서 그렇다는 거지?"

"잘 봐. 담배꽁초도 이상하지만, 그 하숙인이 유일하게 집 밖으로 나간 게 하숙방을 빌린 직후라는 점이 이상하지 않나? 그 남자는, 아니 어쩌면 다른 사람일 수도 있는 그 사람은 모두가 잠든 후에야 집으로 돌아왔어. 외출한 남자와 돌아온 사람이 동일 인물이라는 증거는 어디에도 없단 말이지. 이상한 점은 또 있어. 하숙방을 빌린 사람은 영어를 매우 잘했다고 했어. 하지만 여기 보면 성냥을 MATCHES라고 복수형으로 써야 하는데 MATCH라고 단수형으로 썼어. 아마 사전에서 찾아 적었기 때문이겠지. 낱말만 적은 것도 영어를 잘 못하는 걸 숨기기 위해서였을 거야. 맞아, 왓슨. 아무리 생각해도 하숙인이 바뀌었을 가능성이 매우 높아 보여."

"하지만 이유가 뭘까?"

"아! 그게 바로 문제지. 하지만 우리에겐 비교적 쉽게 조사할 방법이 하나 있네." 홈즈는 날마다 런던의 여러 신문을 스크랩해놓은 거대한 파일을 꺼내 들었다. "이것 좀 보라고!" 홈즈가 페이지를 넘기며 외쳤다. "이 울고불고 징징거리는 것 좀 보라고! 부질없는 사건들이 넘쳐나는군! 하지만 여기야말로 색다른 것을 연구하고자 하는 학생에게는 가장 값진 사냥터지! 그 남자는 혼자 지내고 있고, 아마 편지로는 연락을 주고받지 못했을 거야. 그 사람이 원하는 것은 비밀이 누설되지 않는 거니까 말일세. 그렇다면 그 남자는 어떻게 바깥과 연락할 수 있었을까? 분명히 신문 광고란을 통했을 거야. 다른 방법은 없었을 걸세. 다행히 우리는 한 신문만 살펴보면 돼. 여기 지난 2주 동안의 〈데일리 가제트〉 스크랩이 있군. '프린스 스케이팅 클럽에 검은색 보아 목도리를 두른 여인.' 이건 넘겨도 될 것 같고. '지미는 당연히 어머니 마음을 아프게 하진 않을 거야.' 이것도 상관없는 거고. '브릭스턴 승합 마차에서 기절한 숙녀라면.' 관심 없는 여자 얘기고. '날마다 온 마음을 다해 그리워….' 이건 질질 짜는 이야기가 분명해, 왓슨! 아, 이건 좀 가능성이 있어 보이는군. 들어보게.

인내할 것. 확실한 연락 방법을 찾는 중. 그때까지는 이 광고란. G.

워런 부인 집에 그 하숙인이 들어오고 이틀 뒤에 난 광고야. 어때, 그럴싸하지 않나? 그 수수께끼의 하숙인이 잘 쓰지는 못해도 영어를 이해는 하는 거지. 또 뭐가 있나 보자고. 그래, 여기 사흘 후 광고에 또 뭔가 있군.

성공적으로 진행 중. 인내와 신중. 구름이 걷히는 중. G.

그 이후로는 일주일 내내 아무것도 없어. 그러다가 훨씬 구체적인 광고가 나오는군.

문제 해결 중. 기회를 봐서 신호하겠음. 정해둔 신호 기억할 것.
1은 A, 2는 B 등. 곧 연락하겠음. G.

　

바로 어제 신문에 실린 광고야. 그리고 오늘 신문에는 아무것도 없었네. 워런 부인의 하숙인에게 딱 들어맞는 이야기지 않는가? 조금 기다려보면 분명 뭔가 더 확실한 사건의 실체가 드러날 걸세, 왓슨."

홈즈의 말은 정확히 맞아떨어졌다. 이튿날 나의 친구는 벽난로를 등지고 카펫 위에 선 채 매우 만족스럽다는 듯한 표정을 지으며 서 있었다.

"자, 어떤가, 왓슨?" 홈즈가 탁자 위의 신문을 들어 보이며 외쳤다.

　

흰 돌로 외장을 한 높은 붉은 벽돌집. 4층. 좌측 두 번째 창. 해가 진 후. G.

　

"자, 이거면 충분해. 아침을 먹고 난 뒤 워런 부인네 동네를 좀 돌아봐야겠어. 아, 워런 부인! 아침부터 무슨 일입니까?"

우리의 고객은 격정적으로 방에 들이닥치더니, 새로 일어난 아주 중요한 일들에 관해 이야기하기 시작했다.

"이제 경찰에 알려야겠어요, 홈즈 씨!" 부인이 외쳤다. "더는 못 견디겠다고요! 짐을 챙겨서 나가라고 해야겠어요. 당장 그 남자 방에 올라가 나가라고 얘기하려고 했지만, 홈즈 씨 의견을 먼저 물어봐야 할 것 같아서 온 거예요. 하지만 나는 더는 못 참겠어요. 우리 영감까지 못살게 구니…."

"워런 씨를 못살게 굴다니요?"

"아주 거칠게 굴었어요."

"아니, 누가 워런 씨를 거칠게 다뤘다는 겁니까?"

"아, 제가 알고 싶은 게 바로 그겁니다! 오늘 아침이었어요. 남편은 토트넘 코트 로드에 위치한 모턴 앤드 웨이라이트라는 회사에서 시간 기록원으로 일하고 있어요. 집에서 7시에는 출근을 하죠. 그런데 오늘 아침, 집에서 나서 열 걸음도 채 가기 전에 낯선 두 남자가 뒤에서 나타나 남편 얼굴을 코트로 뒤집어씌우더니, 길 한쪽에 세워둔 마차에 짐짝처럼 싣고는 사라지고 말았어요. 한 시간이나 그렇게 남편을 어디로 싣고 가서는 마차 문을 열고 그냥 내팽개치고 사라졌답니다. 길 위에 패대기쳐진 남편은 너무 놀라서 마차가 어느 방향으로 사라졌는지도 보지 못했대요. 정신을 차리고 보니 햄스테드 히스였다는 겁니다. 거기서 승합 마차를 타고는 집에 와서 지금 소파에 누워 있답니다. 나는 바로 홈즈 씨께 이 일을 알려드리려고 달려온 거고요."

"그것참 흥미로운 일이군요." 홈즈가 말했다. "남편분께서 그 사람들 인상착의를 보진 못했나요? 뭐 들은 얘기는 없다고 하고요?"

"없어요. 완전히 혼이 빠진 상태였어요. 기억나는 건 오로지 그놈들이 마법이라도 부린 것처럼 자신을 번쩍 들고서는 내팽

개쳤다는 거예요. 범인들은 최소 두 명, 아니면 세 명 정도 됐을 거예요."

"그런데 부인께서는 이 일이 하숙인과 관련 있다고 생각하시는군요?"

"우리 부부는 그곳에서 15년이나 살았는데, 이런 일을 당한 적은 한 번도 없었어요. 이제 그 하숙인이라면 지긋지긋해요. 돈이 전부는 아니잖아요? 오늘 내로 쫓아내야겠어요."

"잠시만요. 기다려요, 워런 부인. 서두르지 마세요. 이번 일이 처음 봤을 때보다 훨씬 중요한 일이라는 생각이 드는군요. 누군가가 부인의 하숙인을 위협하고 있다는 점은 확실해졌습니다. 그리고 그 하숙인의 적들이 부인의 집 근처에서 숨어 기다리고 있다가 짙은 아침 안개 속에서 워런 씨를 하숙인으로 착각하고 데려간 것도 분명해 보이고요. 실수를 눈치채고는 바로 풀어준 거죠. 만약 실수하지 않았다면 어떤 일을 저질렀을지 아무도 모릅니다."

"그럼 난 뭘 어떻게 해야 하는 거죠, 홈즈 씨?"

"하숙인을 꼭 보고 싶어졌습니다, 워런 부인."

"하지만 그게 가능할지 모르겠네요. 그 남자 방문을 부수고 들어가지 않는 한 말이에요. 항상 내가 식사 쟁반을 놔두고 돌아내려 가야 그 남자가 방문 자물쇠를 여는 소리가 들리거든요."

"어쨌든 문을 열고 식사 쟁반을 방 안으로 들여야 할 테니, 분명 숨어서 그자를 볼만한 곳이 있을 겁니다."

여주인은 잠시 생각에 잠겼다.

"흠, 방 맞은편에 짐을 쌓아두는 창고가 있어요. 그 방에 거울을 두고 문 뒤에 숨어서 보면…."

"훌륭해요!" 홈즈가 말했다. "점심시간이 몇 시죠?"

"1시쯤이요."

"그렇다면 왓슨과 제가 그 시각에 맞춰서 집으로 가도록 하죠. 그럼 그때 뵙도록 하겠습니다, 워런 부인."

12시 반에 우리는 워런 부인의 하숙집에 도착했다. 대영 박물관 북동쪽의 좁은 도로인 그레이트옴 스트리트에 위치한 하숙집은 높고 노란색 벽돌로 된 건물이었다. 집은 도로 모퉁이에 있었기 때문에, 하우 스트리트의 그럴싸한 집들이 좀 더 잘 내려다보였다. 홈즈는 그중 한 집을 가리키며 미소를 지어 보였다. 한 줄로 죽 늘어선 집들 가운데 유난히 눈에 띄는 집이었다.

"저걸 보게, 왓슨!" 홈즈가 말했다. "광고에 나왔던 '흰 돌로 외장을 한 높은 붉은 벽돌집!'이야. 아마도 저기서 신호를 보내겠지. 우리는 장소도, 신호도 알고 있어. 그러니 우리가 할 일은 간단해. 저기 창문에 '세놓음'이라고 쓴 간판이 보이는군. 분명 저 빈집에 공모자가 숨어들었을 걸세. 그나저나 워런 부인, 준비는 어떻게 됐나요?"

"다 준비해놓았어요. 두 분 다 신발은 여기 두고, 올라가기만 하면 돼요. 제가 안내할게요."

준비해놓은 방은 숨어 있기에 안성맞춤이었다. 거울이 놓여 있었기 때문에 우리는 어두운 곳에 숨은 채 맞은편 방을 아주 똑똑히 볼 수 있었다. 우리가 그곳에 자리를 잡고 워런 부인이 떠나자, 우리의 수수께끼 하숙인이 울린 초인종 소리가 들렸다. 곧 여주인은 식사 쟁반을 들고 나타나서는 문 닫힌 방 옆 의자 위에 쟁반을 올려놓았다. 그러고는 무거운 발소리를 내며 이내 사라졌다. 우리는 문 모퉁이에 웅크리고 앉아 거울에 시선을 고정했다. 여주인의 발소리가 멀어졌을 무렵, 열쇠를 돌리는 소리가 났다. 이윽고 문고리가 돌아가고, 가녀린 두 손이 날쌔게 의자 위 쟁반을 들어 올렸다. 그런데 바로 직후, 그 가녀린 두 손은 쟁반을 다시 제자리에 내려놓았다. 그 순간 좁게 열린 창고를 쏘아보는 거무스름하고 아름다운, 그러나 겁에 질린 한 여인의 모습이 보였다. 동시에 문은 "쾅" 소리를 내며 닫혔고, 다시 열쇠 돌아가는 소리가 났다. 그러고는 이내 조용해졌다. 홈즈가 내 소매를 잡아당겼다. 우리는 조용히 계단 아래로 내려왔다.

"저녁에 다시 들르겠습니다." 홈즈가 기대에 찬 여주인에게 말했다. "이번 일은 돌

아가서 얘기를 나누는 게 낫겠어, 왓슨."

안락의자에 몸을 푹 파묻은 홈즈가 말했다. "자네도 보았듯이 내 추리가 옳았어. 하숙인이 바뀌었지. 내가 예상하지 못한 것은 그게 여자였다는 점일세. 그것도 보통 여자가 아니야, 왓슨."

"여자가 우리를 봤어."

"음, 뭔가를 보고 놀란 거야. 그건 분명해. 사건이 대략 윤곽을 드러내는 것 같군. 그렇지 않나? 두 남녀가 런던에서 어떤 갑작스럽고 끔찍한 위협으로부터 피해 있을 은신처를 구했어. 조심하는 정도를 보면 얼마나 큰 위험인지 알 수 있지. 어떤 일을 처리해야만 하는 남자는, 여자가 혼자 있어야 하는 동안 여자가 완벽하게 안전한 곳에 있길 바란 거야. 쉬운 일이 아니었겠지만 남자는 아주 영리하게 일을 해냈지. 여자에게 음식을 가져다주는 하숙집 주인에게조차 정체를 숨기는 데 성공했으니 말일세. 이제는 명백해졌지만, 인쇄체로 쪽지를 쓴 건 여자라는 사실을 감추기 위해서였을 거야. 남자는 여자 근처에 올 수 없었겠지. 그랬다간 적들이 여자의 위치를 찾아냈을 테니까. 여자와 직접 연락할 방법이 없던 남자는 신문 광고란을 이용하게 된 거지. 이제 모든 게 분명해졌어."

"하지만 도대체 이 사건의 핵심은 뭐란 말인가?"

"아, 맞아. 왓슨, 자네는 역시 언제나 매우 현실적이군. 문제의 핵심이라. 우리가 파헤칠수록 이 이상한 사건은 더 불길한 모습을 보이고 있긴 해. 하지만 이것만큼은 확실하네. 이건 단순한 사랑의 도피가 아니야. 겁에 질린 여자의 표정을 자네도 보지 않았나. 또, 워런 씨에 대한 공격도 원래는 하숙인을 목표로 한 거였어. 이런 사실들에다, 한사코 비밀을 지키려 했던 점을 살펴보면 이번 일은 목숨이 달린 문제라는 걸 알 수 있어. 적이 누구건 간에, 워런 씨를 공격한 걸 보면 하숙인이 남자에서 여자로 바뀌었다는 걸 모르고 있는 것만은 확실해. 이거 아주 복잡하고 기묘한 사건이야, 왓슨."

"자네가 더 끼어들 필요가 있을까? 얻을 게 없지 않은가?"

"그게 무슨 소리야? 이건 예술이라고, 왓슨. 자네도 진찰할 때 진료비와 상관없이 연구에 몰두해본 적이 있지 않은가?"

"그건 내 교육 차원에서지."

"교육에는 끝이 없는 거야, 왓슨. 교육은 배움의 연속이고, 마지막에 다다라서야 가장 위대한 것을 배우게 되지. 이번 일은 배울 점이 아주 많은 사건이야. 돈이나 명예가 걸린 건 아니지만, 반드시 해결해보고 싶어. 해가 지면 우리 조사도 한 단계 진전이 되겠군."

우리가 워런 부인의 하숙집으로 돌아왔을 때는 런던 겨울밤의 어둠이 마치 잿빛 커튼처럼 드리워질 무렵이었다. 네모나고 노란 창문들과 희미한 가스등의 둥근 불빛만이 어둠을 밝히고 있었다. 어둠이 내린 거실에 앉아 맞은편을 바라보고 있자니, 반대쪽에서 어둠을 뚫고 또 다른 희미한 불빛이 나타났다.

"저기, 저 방에 누군가 있는 게 분명해." 홈즈는 야위었지만

의욕에 가득 찬 얼굴을 창문 쪽으로 내밀며 속삭였다. "맞아, 그림자가 보이는군. 저기, 또 나타났어! 손에 초를 들고 이쪽을 내다보고 있어. 여자가 바라보고 있는지 확인하려는 게 분명해. 불빛을 깜빡거리기 시작했군. 나중에 확인하게 신호를 잘 봐둬, 왓슨. 한 번 깜빡였어. 이건 A야. 자, 시작하는군. 몇 번 깜빡였지? 스무 번. 나도 그렇게 봤어. T자를 말하는 거군. A와 T라…, 대충 알겠군! 또 T자야. 아마 두 번째 단어를 시작하려나 보군. 지금이야. TENTA. 이제 멈췄군. 이게 다가 아닐 텐데. 왓슨, ATTENTA는 아무 의미도 없어. 세 글자라 해도 AT, TEN, TA는 아무런 의미가 없다고. T와 A가 누구의 이름을 의미하지 않는 이상 말이야. 아, 저기 또 깜빡인다! 뭐지? ATTE…. 아까와 같은 글자잖아! 그것참 이상하군, 왓슨. 정말 이상해. 아, 또 깜빡이기 시작했어! AT…. 왜 세 번이나 같은 글자를 반복하는 거지? 얼마나 더 반복하려는 거야? 아, 이제 끝난 것 같군. 창문에서 사라졌어. 왓슨, 무슨 의미 같은가?"

"암호문 같아, 홈즈."

나의 친구는 문득 해결했다는 듯한 미소를 띠었다. "그렇다면 그리 어려운 암호는 아니군, 왓슨." 홈즈가 말했다. "왜냐하면 이건 바로 이탈리아어이기 때문이지! 단어 끝의 A는 여성에게 말할 때 붙이는 것이고. '조심! 조심! 조심!' 내 해석이 어떤가, 왓슨?"

"정확하게 풀이한 것 같네!"

"물론이지. 틀림없어. 세 번이나 반복할 정도면 이건 아주 긴박한 신호야. 그런데 뭘 조심하라는 거지? 기다려봐, 저기 창문에 그 남자가 다시 보이는군."

우리는 또 한 번 창문가에 웅크린 남자의 실루엣을 바라보았다. 이내 또 한 번 불빛 신호가 깜빡였다. 이전보다 빠른 속도였다. 너무 빨라 횟수를 헤아리기 힘들 정도였다.

"PERICOLO. 페리콜로라. 무슨 뜻이지, 왓슨? '위험'이라는 뜻이었던가? 맞아, 아뿔싸, 이건 위험하다는 경고야! 저기 또 그 남자가 보인다! PERI, 아니! 도대체 왜…."

불빛이 갑자기 사라져버렸다. 불빛에 비치던 창문도 모습을 감췄다. 반짝거리는 여닫이 창문틀로 이루어진 우뚝 솟은 4층 짜리 건물은 순식간에 어둠에 휩싸인 듯 보였다. 마지막 경고의 외침이 갑자기 사라져버린 것이다. 어째서, 누가 그런 것일까? 순간 홈즈와 나의 뇌리에 같은 생각이 동시에 스쳐 지나갔다. 창문가에 웅크리고 있던 홈즈가 벌떡 일어섰다.

"상황이 심각해, 왓슨." 홈즈가 외쳤다. "뭔가 나쁜 일이 일어난 게 틀림없어! 그렇지 않고서야 왜 신호가 갑자기 끊겼겠나? 런던 경찰국에 연락할 때가 온 것 같군! 하지만 이 긴박한 상황에서 자리를 비울 순 없어."

"내가 경찰서에 다녀올까?"

"일단 이 상황을 좀 더 분명하게 알아보세. 별일 아닐 수도 있으니까. 자, 왓슨. 건너편 건물로 가서 어찌 된 일인지 살펴보자고."

II

하우 스트리트를 급히 뛰어가며 나는 우리가 방금 떠나온 건물을 돌아보았다. 희미하게 보이는 꼭대기 층 창문에서 한 사람의 머리 그림자가 보였다. 여성의 머리였다. 여자는 긴장한 채로 그 자리에 서서 어둠을 주시하고 있는 듯했다. 아마도 중단된 신호가 다시 계속되기를 기다리는 것이리라. 하우 스트리트의 건물 문 앞에는 목도리와 방한 코트를 입은 한 남자가 난간에 기대어 서 있었다. 현관 불빛에 우리의 얼굴이 비치자 남자는 화들짝 놀랐다.

"홈즈!" 남자가 외쳤다.

"아니, 그레그슨!" 나의 친구가 런던 경찰국의 경위와 악수를 하며 말했다. "여행은 연인들의 상봉으로 끝난다(셰익스피어 〈십이야〉, 제2막 3장에 나오는 말—옮긴이)'더니, 여긴 무슨 일로 온 겁니까?"

"홈즈 씨랑 같은 이유일 것 같군요." 경위가 말했다. "홈즈 씨가 어떻게 이곳에 오게 됐는지는 모르겠지만 말입니다."

"실마리는 다르지만 결국 결론은 한 가닥으로 이어지는군요. 저는 신호를 지켜보고 있었습니다."

"신호요?"

"예, 창문에서 보낸 신호 말입니다. 갑자기 중간에 끊겨서 이유를 알아내려고 이쪽으로 온 겁니다. 하지만 경위님이 잘

맡아서 하고 있는 걸 보니 난 이만 손을 떼도 되겠군요."

"잠시만요!" 경위가 큰 소리로 외쳤다. "솔직히 말씀드리면, 사건을 수사할 때 홈즈 씨가 곁에 있는 것보다 든든한 건 없어요. 이 집에는 비상구가 하나밖에 없으니 그자는 독 안에 든 쥐입니다."

"그자가 누굽니까?"

"아하, 이번만큼은 우리가 홈즈 씨보다 한발 앞선 것 같군요. 이번에는 인정해주셔야겠습니다." 그레그슨 경위가 지팡이를 바닥에 "탁" 하고 두드리자, 거리 저쪽에 세워져 있던 사륜마차의 마부가 채찍을 들고 어슬렁거리며 이쪽으로 다가왔다. "셜록 홈즈 씨를 소개해드리죠." 경위가 마부에게 말했다. "이쪽은 미국 핑커턴 탐정 사무소에서 온 레버턴 씨입니다."

"롱아일랜드 동굴 미스터리를 해결한 영웅이시군요?" 홈즈가 말했다. "만나 뵙게 돼서 영광입니다."

이 미국인은 꽤 사무적으로 생긴 젊은 청년이었는데, 깔끔하게 면도한 얼굴이 칭찬을 듣자 붉게 달아올랐다. "저는 지금 일생일대의 추적을 하는 중입니다, 홈즈 씨." 청년이 말했다. "조르지아노만 잡을 수 있다면…."

"뭐라고 했습니까? '붉은 원'의 조르지아노요?"

"아, 그자가 유럽에서도 꽤 악명 높은 모양이죠? 우리는 그자가 미국에서 저지른 짓을 전부 알고 있습니다. 무려 쉰 명이나 되는 살인 사건의 배후란 것도 알고 있지만, 그자를 잡아들일 확실한 물증이 없어요. 그래서 뉴욕에서부터 여기까지 뒤를 밟은 겁니다. 일주일 동안이나 런던에서 미행하며 체포할 구실을 찾고 있었죠. 그자가 이 건물로 들어가는 걸 그레그슨 씨와 제가 봤습니다. 이곳에는 문이 하나밖에 없으니 분명 이 안에 있을 겁니다. 빠져나갈 수 없어요. 그자가 들어간 후로 이 문을 통해 나간 사람은 단 세 명뿐입니다. 그중에 그자는 없었어요. 확실합니다."

"홈즈 씨가 무슨 신호에 대해 얘기를 하더군요." 그레그슨 경위가 말했다. "언제나 그렇지만 아마 우리가 모르는 많은 걸 알고 있을 겁니다."

홈즈는 짧고 명쾌하게 우리가 알고 있는 바를 설명해주었다. 미국인은 안타깝다는 듯 두 손을 마주쳤다.

"놈이 우리가 쫓는 것을 알아차렸어요." 레버턴이 소리쳤다.

"왜 그렇게 생각하죠?"

"그거야 뻔하지 않습니까? 여기서 놈이 공범에게 신호를 보낸 거예요. 런던에 그놈 패거리 몇 명이 있거든요. 홈즈 씨가 보셨다시피 그 일당 중 한 명에게 위험하다는 신호를 보내다 멈춘 겁니다. 그게 무슨 뜻인지 뻔하잖아요? 창문에서 우리를 발견했거나, 아니면 위험이 너무 임박해진 것을 느끼고는 신호를 다 보낼 틈도 없이 달아나려고 한 겁니다. 어떻게 생각하세요, 홈즈 씨?"

"올라가서 직접 확인해보는 게 좋을 것 같군요."

"하지만 체포 영장이 없는걸요."

"이자는 범죄가 의심스러운 상황에서 빈집을 무단 점유하고 있습니다." 그레그슨이 말했다. "그거면 일단 체포할 충분한 사유가 되죠. 일단 잡고 난 후에 뉴욕 쪽 도움을 받을 수 있는지 봅시다. 내가 책임질 테니 체포합시다."

우리의 영국 형사는 머리를 쓰는 일은 몰라도, 용기는 그 누구에게도 뒤지지 않았다. 그레그슨 경위는 이 악랄한 살인마를 체포하기 위해 계단을 올라갔다. 마치 런던 경찰국의 계단을 오르듯 아주 조용하고 사무적인 모습이었다. 미국에서 온 핑커턴 사무소의 탐정이 경위를 앞지르려 했지만, 그레그슨 경위는 팔꿈치로 단호히 막아섰다. 런던의 위험은 런던 경찰에게 우선권이 있었다.

3층에 올라서자 왼쪽으로 방문이 조금 열린 방이 보였다. 그레그슨 경위가 문을 확 열어젖히고 방으로 들어갔다. 방은 어둠과 고요함으로 가득했다. 나는 성냥을 켜 경위의 랜턴에 불을 붙였다. 잔잔하던 성냥불이 불꽃을 일으키며 방 안을 밝힌 순간, 우리는 숨이 멎을 만큼 놀랄 수밖에 없었다. 카펫이 깔리지 않은 마룻바닥에 흘린 지 얼마 되지 않은 것으로 보이는 핏자국이 흥건했던 것이다. 빨간 발자국은 우리를 안쪽 방으로 안내하고 있었다. 그레그슨 경위는 굳게 닫힌 안쪽 방문을 거칠게 열어젖히고 랜턴을 비췄다. 그러는 동안 우리는 경위의 어깨 뒤에서 긴장을 늦추지 않으며 진입했다.

빈방 한가운데에는 거구의 사내가 웅크린 상태로 쓰러져 있었다. 말끔히 면도를 한 까무잡잡한 피부의 사내는 얼굴이 처참하게 뭉개져 있었고, 창백한 머리 둘레를 따라 선명한 선홍

빛 피가 햇무리처럼 널따랗게 번져 있었다. 사내의 두 무릎은 세워진 상태였고, 양손은 고통스러운 듯 뻗어 있었다. 갈색의 굵은 목 중간에는 흰 손잡이가 달린 칼이 깊이 박혀 있었다. 사내의 거대한 덩치로 볼 때 불의의 일격을 당한 뒤 마치 도살용 도끼에 찍힌 황소처럼 단번에 쓰러졌을 것이다. 사내의 오른손 옆에는 뿔 손잡이가 달린 무시무시한 양날 단검이 검은색 새끼염소 가죽 장갑과 함께 떨어져 있었다.

"이런, 블랙 조르지아노잖아!" 미국 탐정이 외쳤다. "누군가 선수를 쳤어!"

"신호를 보낼 때 사용한 초가 창가에 있군요, 홈즈 씨." 그레그슨이 말했다. "그 초는 뭐에 쓰시려고?"

질문이 끝나기가 무섭게 홈즈는 방을 가로질러 창가로 갔다. 그러고는 초에 불을 붙여, 창가에 대고 신호를 보내듯 흔들어댔다. 홈즈는 잠시 창밖 어둠을 응시하더니, 이내 불을 훅 불어 끄고는 초를 바닥에 내던졌다.

"흠, 분명 도움이 될 것 같은데 말이야." 홈즈는 이렇게 말하고는 뭔가 골똘히 생각하는지 침묵했다. 그사이 두 전문가는 시체를 조사했다. "당신이 건물 밖에서 기다리는 동안 분명 세 명이 문으로 나왔다고 하셨죠?" 홈즈가 마침내 입을 열었다. "얼굴을 자세히 보았나요?"

"예, 봤습니다."

"혹시 그중 나이는 30대 정도에 키는 중간, 검은 수염과 거무스름한 피부를 가진 자가 있었나요?"

"맞아요! 셋 중 마지막으로 나온 사람이었어요!"

"아마도 범인은 그 사람일 겁니다. 난 그 사람의 생김새를 알고 있습니다. 여기 선명한 발자국도 있으니 찾는 데 문제는 없겠군요."

"충분하다니요, 홈즈 씨. 이 넓은 런던 바닥에서 어떻게 찾는단 말입니까?"

"찾을 수 있습니다. 그래서 제가 바로 그 숙녀분을 이쪽으로 부른 거예요. 도움을 얻기 위해서."

홈즈의 말에 우리는 모두 고개를 돌렸다. 거기, 홈즈가 말한 여인이 문 앞에 서 있었다. 신비에 싸인 블룸스베리 하숙인은 키가 크고 아름다웠다. 여인은 천천히 다가왔는데, 공포와 불길함으로 창백한 얼굴을 찡그리고 있었다. 여인은 겁에 질려 바닥에 쓰러져 있는 어두운 시체를 뚫어지게 바라보았다.

"당신들이 조르지아노를 죽였군요!" 그녀가 나지막이 중얼거렸다. "오, 디오 미오('Oh, my God'에 해당하는 이탈리아어 — 옮긴이)! 당신들이 놈을 죽였어요!" 그녀는 안도의 한숨을 내쉬고는 기쁨의 눈물을 훔치며 펄쩍펄쩍 뛰기 시작했다. 그녀는

방 안을 돌아다니며 손뼉을 치고 춤을 추었다. 그녀의 짙은 눈은 감탄과 환희로 가득 차올랐으며, 입술에서는 아름다운 이탈리아어 감탄사가 쏟아져 나왔다. 이런 현장을 보고 이토록 즐거워하는 모습이 경이로우면서도 섬뜩했다. 그녀는 갑자기 멈춰 서서는 궁금증 가득한 얼굴로 우리를 쳐다봤다.

"당신들 경찰이죠, 맞죠? 당신들이 주세페 조르지아노를 죽인 게 맞죠? 그렇죠?"

"예, 저희는 경찰입니다, 부인."

그녀는 어두운 방 안을 이리저리 살펴보았다.

"그런데 제나로는 어디 있는 거죠?" 그녀가 물었다. "제나로 루카, 제 남편 말이에요. 전 에밀리아 루카라고 합니다. 저희 부부는 뉴욕에서 왔어요. 제나로는 어디 있나요? 남편이 분명히 창문에서 신호로 건너오라고 했어요. 그래서 이렇게 달려온 거고요."

"신호는 제가 보냈습니다." 홈즈가 말했다.

"당신이요? 당신이 신호를 어떻게 아시죠?"

"부인의 암호는 그리 어렵지 않았습니다. 저희는 부인을 이쪽으로 모셔야 했고, 'Vieni('Come'에 해당하는 이탈리아어―옮긴이)'라고 신호를 보내면 오리란 걸 알고 있었습니다."

아름다운 이탈리아 여인은 놀랍다는 듯이 내 동료를 바라보았다.

"그걸 어떻게 알아내셨는지 모르겠군요." 그녀가 말했다. "주세페 조르지아노… 이 사람이 어쩌다가…." 그녀가 잠시 말을 멈추더니, 이내 기쁘고 자랑스럽다는 듯한 표정을 지었다.
"아, 이제 알겠어요! 제나로가 해낸 거군요! 나의 멋지고 사랑스러운 제나로가 해낸 거예요! 저를 안전하게 지켜주었어요! 그렇군요, 그이가 해낸 거예요! 그 강한 두 손으로 이 괴물을 직접 죽인 거예요! 오, 나의 제나로! 이런 멋진 남자가 나의 사람이라니!"

"저, 루카 부인." 그레그슨 경위는 마치 노팅힐의 불량배를 대하듯 냉담한 표정으로 그녀의 소매에 손을 얹으며 말했다. "전 아직 댁이 누구인지, 어떤 사람인지 잘 모르겠습니다만, 하신 말씀만 들어봐도 분명 저희와 같이 가주셔야 할 사람인 것만큼은 확실한 것 같군요. 같이 경찰국으로 가셔야겠습니다."

"잠시만요, 그레그슨 경위." 홈즈가 말했다. "제 생각에 부인은 우리가 필요로 하는 정보를 말해주려고 하는 것 같아요. 부인, 이해하시겠지만 남편분께서는 아마 우리 앞에 쓰러져 있는 이 남자에 대한 살해 혐의로 체포될 것입니다. 부인께서 하시는 말씀은 증거로 사용될 수 있어요. 하지만 만약 부인이 생각하시기에 남편분께서 악의적인 목적이 아닌 다른 이유로 이자를 살해했다면, 그리고 그 내막을 우리에게 공개할 의향이 있으시다면 저희에게 하나도 빠짐없이 다 얘기를 해주시는 게 분명 도움이 될 겁니다."

"이제 저 조르지아노가 죽었으니 우린 두려울 게 없어요." 여인이 말했다. "조르지아노는 악마였고 괴물이었어요. 그런

악마를 죽였다 해서 우리 그이를 벌할 판사는 이 세상 어디에
도 없을 거예요."

"음, 그렇다면." 홈즈가 말했다. "내 생각에는 우리가 발견한
것은 처음 상태대로 놓아두고 문을 잠근 뒤, 부인의 방으로 가
서 자초지종을 들은 뒤 결정하는 게 좋을 것 같군요."

30분 뒤, 우리는 루카 부인의 작은 거실에 앉아, 우리가 우
연히 목격한 그 불길한 사건에 관해 듣기 시작했다. 그녀는 빠
르고 유창하지만 틀에 박히지 않은 형식의 영어로 얘기를 늘
어놓았다. 여기에는 내용을 정확하게 전달하기 위해 문법을
바로잡아 기록한다.

"전 나폴리 근처 포실리포에서 태어났어요." 그녀가 입을 열
었다. "지역 최고의 변호사였고 하원 의원까지 지내신 아버지,
아구스토 바렐리의 딸로 태어났죠. 제나로는 제 아버지 밑에
서 일하던 사람이었는데, 전 그이를 사랑하게 됐어요. 어떤 여
자라도 사랑할 수밖에 없었을 거예요. 그이는 돈도 지위도 없
었어요. 가진 거라고는 오직 아름다움과 용기, 열정뿐이었죠.
아버진 그런 우리의 사랑을 반대하셨어요. 그래서 우리는 바
리로 달아날 수밖에 없었고 그곳에서 결혼했죠. 제 보석을 팔
아 마련한 돈으로 미국까지 오게 됐고요. 이게 4년 전의 일이
에요. 그 후 저희 부부는 뉴욕에서 지냈어요.

처음엔 모든 게 다 잘 풀렸어요. 제나로는 어느 이탈리아 신
사 밑에서 일하게 되었어요. 뉴욕의 바워리 거리에서 그 신사
분을 불량배들로부터 구해준 뒤 우리는 아주 막강한 친구이자

후원자를 얻게 된 거예요. 그분의 이름은 티토 카스탈로테 씨 였어요. '카스탈로테&잠바'라는 뉴욕의 아주 큰 과일 수입상의 사장이셨죠. 동업자인 잠바 씨는 병이 들어, 우리의 친구인 카스탈로테 씨가 회사의 모든 권한을 다 가지고 있었어요. 직원이 300명도 넘는 회사였답니다. 그분께서 우리 그이를 고용하고 부장으로 임명해주는 등 모든 면에서 저희를 도와주셨어요. 카스탈로테 씨는 미혼이었는데 아마도 우리 그이를 아들처럼 여기신 것 같아요. 우리 부부도 그분을 아버지처럼 따르고 사랑했고요. 우리는 브루클린에 작은 살림집도 얻었어요. 모든 미래가 다 완벽해 보일 때쯤, 하늘에 먹구름이 몰려오기 시작했어요.

어느 날 밤, 제나로가 일을 마치고 돌아왔는데 같은 이탈리아인이라며 한 사람을 집에 데려왔어요. 바로 조르지아노였는데, 그 사람도 포실리포 출신이라고 하더군요. 보셨다시피 덩치가 산처럼 커다란 사람이었어요. 덩치만 큰 게 아니라 그 사람의 모든 부분이 괴기스럽고, 크고, 소름 끼쳤어요. 우리 집은 그자의 우람한 팔을 휘두르기에도 비좁았지요. 또 목소리는 얼마나 큰지 좁은 집에서 천둥처럼 울려댔어요. 그자의 생각, 감정, 열정, 모든 게 괴기스러울 만큼 과장됐어요. 그자는 말을 한다기보다는 짐승처럼 으르렁거렸기 때문에 그자가 얘기할 때면 다른 사람들은 그저 앉아서 그 폭풍처럼 쏟아내는 소리를 듣고 있을 수밖에 없었어요. 눈빛은 또 어찌나 무서운지 누구든 주눅이 들었죠. 끔찍하고 놀라운 남자였어요. 그자가 죽었다니 얼마나 고마운 일인지 몰라요!

그자는 시도 때도 없이 우리를 찾아왔어요. 제나로도 저만큼 그자의 방문을 싫어하고 있음을 전 알고 있었죠. 불쌍한 그이는 축 늘어진 채 창백한 표정으로 앉아, 끝날 줄 모르게 미친 듯 떠들어대는 조르지아노의 정치와 사회 문제에 관한 이야기를 들어야 했어요. 제나로는 아무 말도 하지 않았지만, 전 그이를 잘 알고 있었기 때문에 한 번도 본 적 없는 낯선 감정을 그이의 표정에서 읽을 수 있었죠. 처음에는 단순한 혐오인 줄 알았는데, 차츰 두고 봤더니 그건 혐오감 이상이었어요. 그건 두려움이었어요. 깊고 은밀한, 몸을 움츠리게 하는 공포 말이에요. 제가 그이의 표정에서 공포를 알아차린 그날 밤, 전 그이를 꼭 안고서 나에 대한 그이의 사랑에 대고 호소했어요. 아무것도 숨기지 말고 모두 다 말해달라고. 어째서 이 괴물 같은 거구의 사내가 그이의 삶에 그림자를 드리우게 되었는지 말이에요.

그이가 마침내 입을 열었어요. 얘기를 들으면서 제 심장은 마치 차가운 얼음처럼 싸늘해졌어요. 오, 가여운 제나로. 그이가 방황하던 시절, 모든 세상이 그에게 등을 돌리고 있고 불공정한 삶이 그이를 반쯤 미치게 했던 그 시절, 그이는 옛 카르보나리 당과 동맹을 맺었던 나폴리의 조직 '붉은 원'에 가입한 적이 있다고 했어요. 그 조직의 서약과 비밀은 무시무시했는데, 한번 가입하면 빠져나오는 건 불가능했어요. 제나로는 미국으로 도망쳐 오면서 영원히 조직에서 벗어났다고 생각한 거예요. 그런 그이가 어느 날 거리에서 조르지아노를 만났으니 얼마나 무서웠겠어요. 그이를 처음 그 조직에 데리고 간 사람이 조르지아노였으니까요! 조르지아노는 너무 많은 사람을 죽여 남부 이탈리아에서 '저승사자'란 별명을 가지고 있었어요. 그런 사람이 이탈리아 경찰을 피해 뉴욕으로 도망 온 거죠. 그자는 이미 뉴욕에 조직원들을 두고 터도 잡아놓은 상태였어요. 이 모든 얘기를 들려준 그날 제나로는 조직에서 받은 소집장을 제게 보여주었어요. 붉은 원 표시가 그려진 소집장에는 조만간 조직의 집회가 열릴 테니 그이가 꼭 참석해야 한다고 적혀 있었죠.

이것만으로도 충분히 끔찍했지만, 더 큰 불행은 아직 찾아오지 않은 상태였어요. 조르지아노는 줄곧 우리 집을 드나들었는데, 집에 올 때면 저녁에 항상 제게 말을 걸었어요. 심지어는 남편과 얘기를 하는 동안에도, 그 야수 같은 끔찍한 눈빛을 제게 빠히 보내곤 했죠. 그리고 어느 날 밤, 그자가 속내를 드러냈어요. 제가 그자에게 '사랑'이라고 하는 감정을 일깨워준 거예요. 짐승만도 못한 야수의 사랑 말이에요. 그날 밤, 제나로는 아직 집에 돌아오지 않은 상태였어요. 그 거대한 괴물은 문을 박차고 집으로 들어오더니 마치 곰처럼 저를 힘으로 끌어안았어요. 그러고는 키스를 퍼부으면서 자기랑 같이 도망치자고 했죠. 제가 비명을 지르며 몸부림치고 있을 때 제나로가 돌아와서 그자를 공격했어요. 하지만 그 괴물은 그이를 때려 기절시켰고, 집에서 도망친 후 다시는 돌아오지 않았어요. 그날 밤 저희 부부는 아주 끔찍한 적을 만들어버린 거예요.

며칠 후 집회가 열렸어요. 집회에 다녀온 남편의 얼굴에서 뭔가 끔찍한 일이 일어났음을 알 수 있었어요. 우리의 상상을 넘어선 최악의 일이 벌어진 거예요. 그 조직은 지역 내의 부유한 이탈리아인들을 협박해서 모은 돈으로 운영되고 있었는데, 우리의 친구이자 후원자인 카스탈로테 씨가 협박을 당한 거였어요. 카스탈로테 씨는 협박에 굴하지 않고 경찰에 그 일을 신고했어요. 그러자 조직원들 사이에서 또 이런 반발이 생기지 않게, 본보기를 삼아야 한다는 의견이 모인 거예요. 카스탈로테 씨와 그분의 집을 다이너마이트로 폭파하기로 한 거죠. 그래서 폭파를 실행할 사람을 선정하기 위해 제비뽑기를 했는데, 그이가 제비를 뽑으려고 자루 안에 손을 넣는 순간, 조르지아노의 얼굴에는 악마 같은 미소가 번졌다고 했어요. 보나 마나 어떤 식으로든 사전에 조작된 게 분명했어요. 그이가 붉은 원이 그려진 종이를 뽑았거든요. 그건 살인 지령이었어요. 가장 친한 친구이자 후원자를 죽여야 하는 운명에 처하게 된 거예요. 그러지 않으면 그이와 제가 보복을 당하게 돼 있었죠. 이 악마 같은 조직은 조직의 지령을 두려워하거나 거절한 사람을 처벌하는 방식으로, 그 사람만 해치는 게 아니라 그 사람이 사랑하는 사람까지 해쳤거든요. 이런 사실을 잘 알고 있던 나의 불쌍한 제나로는 겁에 질려 반쯤 미치고 말았어요.

그날 밤 우리는 밤새 서로 껴안고 우리 앞에 놓인 시련에 대해 고민했어요. 바로 다음 날 저녁에 지령을 실행해야 했거든요. 정오가 됐을 무렵, 남편과 저는 이미 런던으로 도망친 후였어요. 물론 우리의 후원자에게 이 모든 위험에 대해 알린 상태였고, 후에도 그의 목숨을 노리는 일이 없도록 경찰에도 신고했지요.

그 이후의 일은 여러분이 아시는 그대로예요. 우리는 악마 같은 조직이 그림자처럼 우리를 쫓아올 거란 사실을 알고 있었어요. 조르지아노는 복수를 할 개인적인 이유까지 있었으니까요. 우리는 그 괴물이 얼마나 잔인하고 교활하며 끈질긴지 잘 알고 있었죠. 그자가 얼마나 무서운 힘을 가졌는지는 미국과 이탈리아 모두가 알 정도로 악명이 높았죠. 그리고 지금이 바로 그 힘을 휘두를 때였고요. 제나로는 우리가 런던에 도착한 즉시, 아직 발견되지 않은 틈을 타 그 어떤 위험도 미칠 수 없는 완벽하게 안전한 피난처를 제게 마련해주었어요. 그이는 미국과 이탈리아의 경찰과 연락을 취해야 했기에 숨을 수가 없었어요. 저는 그이가 어디서 어떻게 지냈는지 몰라요. 오직 신문 광고란을 통해서 남편의 소식을 들을 수 있었죠. 그런데 한번은 창밖에서 이탈리아 사람 두 명이 우리 집을 쳐다보는 것을 보고는 조르지아노가 우리 은신처를 찾아냈다고 생각했어요. 신문을 통해 마지막 소식을 전달받은 날, 그이는 창문을 통해 신호를 보내겠다고 했어요. 그런데 조심하라는 얘기밖에 없는 거예요. 그것도 갑자기 끊기고 말았죠. 인제 보니 어떻게 된 일인지 알겠어요. 남편은 조르지아노가 근처에 와 있음을 알았고, 감사하게도 대비를 해놓았던 거죠. 여러분, 이제 제가 여러분께 묻고 싶군요. 도대체 저희가 무슨 법을 어떻게 어겼다는 건가요? 이런데도 우리 그이보고 잘못했다고 말할 판사가 세상에 있다는 말인가요?"

"음, 그레그슨 씨." 미국 탐정이 경위를 보며 말했다. "영국 경찰의 의견은 어떤지 모르겠지만, 뉴욕이었다면 여기 계신 이 부인의 남편께서는 전폭적인 지지와 찬사를 받으셨을 겁니다."

"일단 부인께서는 저를 따라오셔서 국장님을 만나보셔야 할 겁니다." 그레그슨이 대답했다. "만약 부인께서 얘기한 게 사실이라면 부인이나 남편분께서 걱정하실 일은 별로 없을 겁니다. 하지만 제가 정말 궁금한 것은, 홈즈 씨, 도대체 당신이 어떻게 이 일에 뛰어들게 됐냐는 겁니다."

"교육이죠, 그레그슨 씨. 교육 말이에요. 오래된 대학에서 끊임없이 배움을 찾아 헤맨 결과랍니다. 자, 왓슨. 여기 자네의 기괴하고 비극적인 모음집에 추가할 이야기가 하나 더 늘었군. 그나저나 아직 8시도 안 됐으니 서두르면 코벤트 가든에서 열리는 〈바그너의 밤〉 2막은 볼 수 있겠어. 자, 왓슨. 어서 가세."

3
브루스파팅턴호 설계도

1895년 11월 셋째 주, 누렇고 짙은 안개가 런던을 뒤덮고 있었다. 월요일부터 목요일까지 내내, 베이커 스트리트의 우리 집 창문에서 건너편 집을 흐릿하게나마 볼 수 있었던 날이 얼마나 되는지 모르겠다. 첫날 홈즈는 자신의 방대한 자료집에 상호 참조 표시를 하며 시간을 보냈다. 둘째 날과 셋째 날에는 최근 관심을 가지기 시작한 중세 음악에 끈질기게 매달렸다. 하지만 넷째 날, 아침 식사를 마친 뒤 의자를 뒤로 밀어내고는 눈앞에 거칠고 짙은 갈색의 소용돌이가 휘몰아치면서 끈적끈적한 물방울이 유리창에 맺히는 것을 바라보자니, 참을성 없고 활동적인 내 친구는 더는 이 단조로운 생활을 견딜 수 없는 듯했다. 홈즈는 에너지를 발산하지 못해 씩씩거리며 거실을 쉬지 않고 오락가락했다. 손톱을 깨물고 가구들을 툭툭 건드리는 등 나태함에 안달이 나 있었다.

"신문에 재미있는 일 좀 없나, 왓슨?" 홈즈가 말했다.

나는 홈즈가 말하는 재미있는 일이 재미있는 범죄를 뜻한다는 사실을 잘 알고 있었다. 혁명과 전운이 감돈다는 뉴스, 곧 바뀔지도 모르는 정부에 대한 뉴스는 있었지만 이런 건 내 친구의 성에 차는 기사가 아니었다. 흔하지 않고 시시하지 않은 사건은 눈 씻고 찾아봐도 보이지 않았다. 홈즈는 끙끙거리며 계속해서 거실을 어슬렁거렸다.

"런던 범죄자들은 둔해 빠진 게 분명해." 홈즈가 운동 경기에서 진 선수처럼 불평을 늘어놓았다. "창밖을 좀 보라고, 왓슨. 사물의 형상이 흐릿하게 보였다가 다시 구름 같은 안개 더미 사이로 사라지고 있어. 이런 날 도둑이나 살인자라면 호랑이가 정글 속을 헤매듯 런던 거리를 거닐 수 있단 말이야. 희생자를 덮칠 때만, 그것도 희생자에게만 잠시 보일 뿐이겠지."

"시시껄렁한 사건이라면 수두룩해." 내가 말했다.

홈즈는 경멸하듯 콧방귀를 뀌었다.

"이 거대하고 음침한 곳은 좀도둑보다 훨씬 큰 범죄를 위한 무대야." 홈즈가 말했다. "내가 범죄자가 아닌 게 이 사회에게는 엄청난 행운이지."

"그렇고말고." 내가 진심으로 말했다.

"만약 내가 브룩스나 우드하우스였다고 해봐. 또는 내 목숨을 노리는 쉰 명의 범죄자 중 누구라 해도, 과연 내가 얼마나 나로부터 오랫동안 도망칠 수 있었겠나. 한 번의 호출, 한 번의 거짓 약속만으로도 모든 게 끝이 날 테지. 살인이 난무하는 나라, 라틴 아메리카에 안개가 자욱하지 않다는 게 얼마나 다행인가. 오, 드디어! 이 죽을 만큼 단조로운 날을 끝내줄 것 같은 조짐이 보이는군.”

그 조짐은 전보를 가지고 온 하녀였다. 전보를 읽더니 홈즈는 웃음을 터뜨렸다.

“아니, 이게 무슨 일이지!” 홈즈가 말했다. “마이크로프트 형이 오고 있다는군!”

“그게 어때서?”

“그게 어떻다니! 이건 마치 시가 마차(시내에서 특정 노선을 따라 운행하던 여객 마차—옮긴이)가 노선을 벗어나는 일과 같은 거라고. 마이크로프트 형은 자신만의 노선을 가지고 있어서 거기서 벗어나는 법이 결코 없다네. 펠멜 거리의 하숙집과 디오게네스 클럽, 화이트홀만 왔다 갔다 하지. 이곳에 온 적은 딱 한 번뿐이야. 도대체 무슨 큰일이기에 형이 자신의 노선에서 탈선해서 이곳에 오는 걸까?”

“전보에 설명은 없었나?”

홈즈는 전보를 내게 건넸다.

캐도건 웨스트 건 관련해서 만나야겠음. 당장 가겠음.

— 마이크로프트

“캐도건 웨스트? 들어본 적 있는 이름이야.”

“난 처음 들어보는데. 하지만 형이 이렇게 불쑥 나타나다니! 행성이 궤도를 이탈한 거나 다름없어. 그나저나 자네는 마이크로프트 형이 어떤 사람인지 아는가?”

나는 그리스인 통역사 사건 당시의 희미한 기억을 떠올렸다.

"영국 정부 산하의 조그마한 사무소를 갖고 있다고 했지, 아마?"

홈즈가 웃었다.

"난 그때 자네를 잘 알지 못했지. 국가의 중요한 일을 얘기할 때는 항상 신중해야 하는 법이라네. 영국 정부 산하에서 일한다는 건 맞아. 때때로 형이 곧 영국 정부 그 자체라고 해도 과언은 아닐 걸세."

"이런 세상에!"

"자네가 놀랄 줄 알았어. 마이크로프트 형은 연봉 450파운드를 받는 하급 관리로, 어떤 야망도 없고 명예나 작위를 추구하지도 않지만, 영국에 없어서는 안 될 사람이지."

"하지만 어떻게?"

"형의 위치는 아주 독특해. 스스로 만들어낸 직위지. 이전에 형이 하는 일을 하는 사람은 없었어. 앞으로도 그럴 거고. 형은 그 누구보다 논리 정연한 두뇌를 가지고 있고, 기억력도 뛰어나. 내가 이 두뇌를 범죄를 파헤치는 데 사용하는 것처럼 형은 형만의 특별한 일에 사용하는 거지. 정부 모든 부서의 결정이 형에게 넘겨져서 형은 정보 교환 기관과 같은 구실을 하며 중심을 잡아. 다른 모든 사람은 한 분야에 전문가지만, 형은 모든 분야에 전문가라고 할 수 있어. 만약 총리가 해군과 인도, 캐나다와 복본위제(두 가지 이상의 금속을 화폐 가치의 기준으로 삼는 제도. 주로 금과 은을 사용한다—옮긴이) 등이 얽힌 문제에 정보가 필요하다고 가정해보자고. 총리는 해당 부서에서 각각의 조언을 들을 수도 있지만, 마이크로프트 형이라면 모든 문제에 초점을 두고, 즉석에서 각각의 요인들이 서로에게 어떤 영향을 끼치는지 얘기해줄 수 있다는 말이야. 처음에는 지름길처럼 형의 도움을 받기 시작했지만, 이제 형은 없어서는 안 되는 존재가 되었어. 형의 명석한 머리에는 모든 일이 잘 분류되어 있기 때문에 아무 때나 그 정보를 꺼내줄 수 있지. 계속해서 국책을 결정하는 데 형의 결정이 영향을 미치기 시작했고, 이제는 그게 형의 생활이 되었다네. 이제 다른 건 생각지도 않아. 유일하게 내가 찾아가서 사건에 대한 조언을 구할 때만 다른 생각을 하지. 지적 운동이라고나 할까. 하지만 그런 제우스 신께서 오늘 이곳에 행차하신다는군. 도대체 무슨 일일까? 캐도건 웨스트는 또 누구고, 형하고는 무슨 관계인 걸까?"

"아, 찾았어." 내가 소파 위의 신문 더미로 뛰어들며 외쳤다. "맞아, 맞아, 여기 있어. 있고말고! 캐도건 웨스트는 화요일 아침 지하철에서 시체로 발견된 청년이야."

홈즈는 파이프를 반쯤 문 채 솔깃한 듯 일어섰다.

"이거 뭔가 심각한 모양이군, 왓슨. 내 형을 일상에서 벗어나게 할 시체라면 분명 보통 일이 아니야. 도대체 형하고 무슨 상관이 있는 걸까? 그렇게 특이한 사건은 아닌 걸로 기억하는데 말이지. 분명 지하철에서 뛰어내려 자살한 사건이었다고. 도둑맞은 것도 없었고 폭력의 흔적도 없었어. 그렇지 않은가?"

"검시 배심을 했다는군." 내가 말했다. "새로운 사실들이 많이 밝혀졌는데, 좀 더 세심히 지켜보니 이건 분명히 흥미로운 사건이 틀림없어."

"형에게 미친 영향으로만 판단하더라도 무엇보다 특별한 사건인 게 틀림없지." 홈즈가 안락의자에 느긋이 앉으며 말했다. "자, 왓슨, 사실관계를 살펴보자고."

"죽은 청년의 이름은 아서 캐도건 웨스트. 27세에 미혼이고, 울리치 아세널(울리치에 위치한 군사 시설—옮긴이)에서 사무원으로 일하던 자일세."

"공무원이군. 형과 관련이 있어!"

"피해자는 월요일 밤에 갑자기 울리치를 떠났어. 웨스트를 마지막으로 본 건 약혼녀인 바이올렛 웨스트베리 양이었는데, 그날 저녁 7시 30분쯤 그녀를 안개 속에 남겨두고 갑자기 사라져버렸다는군. 두 사람이 다툰 것도 아니라 왜 갑자기 떠났는지는 영문을 모르겠다는 거야. 그리고 알려진 행적으로는 런던 지하철 앨드게이트 역 바로 지나서 있는 철로에서 선로공인 메이슨에 의해 발견된 것이 다일세."

"그게 언제지?"

"시신은 화요일 오전 6시에 발견됐어. 동쪽으로 향한 선로의 왼쪽에 깔린 자갈밭 바깥에 쓰러져 있었지. 터널을 막 빠져나와서 앨드게이트 역에서 가까운 지점이지. 머리가 심하게 부서져 있었네. 아마 기차에서 떨어지면서 생긴 상처겠지. 기차에서 떨어졌다는 가설 말고는 설명되지 않아. 만약 시체가 근처에서 실려 온 거라면 기차역 울타리를 지났어야 하는데, 그곳은 검표원이 항상 지키고 있지. 여기까지는 틀림없어 보이네."

"아주 좋아. 충분히 명백한 사건이야. 이 남자는 살았건 죽었건 기차에서 떨어지거나 뛰어내린 게 분명해. 여기까지는 명확하군. 계속해보게."

"시체가 발견된 선로를 지나는 기차는 서쪽에서 동쪽으로 가는 중이었어. 수도권만 지나는 기차는 물론, 윌스덴에서 근교 환승역까지 운행하는 기차도 다니는 선로지. 그날 밤, 이 청년이 사망했을 때 이 노선 방향으로 여행하고 있었다는 것은 분명하네. 하지만 어느 역에서 올라탔는지는 알 수 없어."

"기차표에 적혀 있을 텐데."

"주머니에서 기차표가 발견되지 않았다네."

"기차표가 발견되지 않았다고? 이럴 수가, 왓슨! 그거 정말 이상한 일이군. 내 경험에 의하면 표를 보이지 않고서 수도권 기차를 타기는 불가능해. 그렇다면 그 청년은 기차표를 가지고 있었다고 가정할 수 있지. 누가 일부러 무슨 역에서 탔는지 숨기기 위해 가져간 걸까? 그럴지도 모르지. 아니면 차 안에서 흘린 걸까? 이 또한 가능한 이야기야. 분명한 것은 아주 흥미롭다는 점이야. 강도를 당한 흔적은 없었다고 했지?"

"없었어. 여기 그 청년의 소지품 목록이 있어. 지갑에 2파운드 15실링이 들어 있었다는군. 또 울리치 지점 캐피털 앤드 카운티스 은행의 수표책도 가지고 있었어. 그의 신원도 수표책을 통해 알아냈지. 그리고 그날 저녁 울리치 극장 특등석 표도 두 장 나왔어. 전문 기술 문서도 몇 장 나왔고."

홈즈는 만족스럽다는 듯 외쳤다.

"드디어 필요한 게 나왔네, 왓슨! 영국 정부와 울리치 아세널 그리고 전문 기술 문서와 마이크로프트 형. 연결 고리가 드디어 완성됐어. 아, 내가 틀린 게 아니라면 직접 얘기해주기 위해 형이 온 모양이군."

잠시 후, 키가 크고 우람한 체격의 마이크로프트 홈즈가 방으로 안내받아 들어왔다. 육중하고 무거워 보이는 체격은 썩 투박하고 그리 활발하지 못한 것처럼 보였다. 하지만 볼품없

는 몸뚱이 위의 모습은 가히 대가다운 모습이었다. 깊게 팬 강철 같은 잿빛의 두 눈과 굳게 다문 입술, 쉽사리 감정을 드러내지 않는 표정이 누구든 그를 처음 본 사람이라면 육중한 몸매 따윈 잊고 단연 우세한 정신만 기억하게 했다.

마이크로프트를 뒤따라 우리의 오랜 친구인 영국 경찰, 레스트레이드 형사가 들어왔다. 마른 체격에 진중한 표정을 짓고 있었다. 둘의 얼굴에 드리운 근엄한 표정이 이번 여정의 심각성을 말해주고 있었다. 형사는 아무 말 없이 악수를 했다. 마이크로프트는 힘겹게 외투를 벗고는 안락의자에 주저앉았다.

"정말 귀찮은 일이야, 셜록." 마이크로프트가 말했다. "난 습관에서 벗어나는 것을 극도로 혐오한단 말이야. 하지만 권력자들은 절대 거절을 못 하게 하지. 시암 왕국(태국의 옛 이름—옮긴이)의 정세가 이런 상황에서 내가 자리를 비우다니. 하지만 상황이 상황인 만큼 어쩔 수 없지. 총리가 이렇게까지 당황한 걸 본 적이 없어. 해군 본부도 마찬가지야. 벌집을 쑤셔놓은 것처럼 난리야. 사건에 관해서는 좀 읽어봤어?"

"방금 읽어봤어. 전문 기술 문서란 게 뭐지?"

"그래, 그게 핵심이지! 다행히 그 사실이 아직 밖으로 새지는 않았어. 만약 기자들이 알았다면 난리가 났겠지. 이 참혹한 종말을 맞은 청년이 주머니에 갖고 있던 문서는 브루스파팅턴호 잠수함 설계도였어."

엄숙한 마이크로프트의 말투에서 얼마나 중요한 사건인지 짐작할 수 있었다. 그의 동생과 나는 내용을 더 듣고자 가만히 앉아 있었다.

"물론 너도 들어봤겠지? 모르는 사람이 없을 테니 말이야."

"이름만 들어봤어."

"문제의 중요성은 이루 말할 수 없을 정도야. 국가 비밀 중에서도 최고 기밀에 속하는 문제지. 브루스파팅턴호 반경 내에서는 그 어떤 해전도 불가능하다고 보면 돼. 2년 전 세출 세입 예산에서 막대한 돈을 빼돌려 잠수함을 만드는 데 쏟아부었지. 그러고는 총력을 기울여 비밀을 지켜온 거야. 설계도는 아주 복잡하고 난해하지. 서른 개가 넘는 특허 기술이 들어가 있는데, 하나하나가 모두 핵심적인 부분이야. 설계도는 아세널 근처 비밀 사무소 금고에 보관돼 있어. 문과 창문에 모두 완벽한 방범 장치가 돼 있는 곳이지. 어떤 경우에도 설계도를 사무실에서 빼내 가는 건 불가능해. 만약 해군 건설 부장이 설계도를 보려고 해도 울리치 사무실을 직접 찾아와야만 하지. 그런데 여기, 런던 한복판에서 죽은 채로 발견된 하급 사무원의 주머니에서 설계도가 발견된 거야. 공직자로서 이건 끔찍한 일이야."

"하지만 다 회수한 거 아니야?"

"아니야, 셜록. 아니라고! 일부만 회수했어. 전부 다는 회수하지 못했다고. 열 장의 문서가 울리치에서 사라졌어. 캐도건 웨스트가 가지고 있던 건 일곱 장뿐이야. 가장 중요한 세 장이 사라졌어. 도둑맞았어. 완전히 사라진 거지. 당장 다른 일은 그만둬, 셜록. 시답지 않은 경찰 관련 사건들은 그만두란 말이야.

여기 네가 해결해야 할 국제 사건이 있어. 캐도건 웨스트는 왜 기밀 서류를 빼돌린 건지, 나머지 세 장은 어디에 있는지, 어떻게 해서 그 사람이 죽게 된 건지, 시체가 발견된 장소는 또 어떻게 된 건지, 이 사건을 도대체 어떻게 해결할 수 있는지. 이 모든 문제를 네가 해결해야 해. 국가를 위해 아주 큰 일을 하게 될 거야."

"형이 직접 해결해도 되잖아? 형도 충분히 해결할 수 있을 텐데 말이야."

"물론 내가 직접 해결할 수도 있겠지, 셜록. 하지만 자잘한 정보 수집이 관건이라고. 네가 수집한 정보들을 나에게 보고하도록 해. 그럼 내가 안락의자에 앉아 전문가의 뛰어난 판단을 내리도록 하지. 하지만 여기저기 돌아다니며 철도 직원들을 조사한다거나 돋보기를 들여다보는 일은 내 분야가 아니야. 그렇기에 네가 이번 일에 적격인 거야. 다음 서훈 명단에 네 이름을 올리고 싶다면…."

내 친구는 씩 웃으며 고개를 내둘렀다.

"난 게임 그 자체를 즐길 뿐이야." 홈즈가 말했다. "하지만 이번 사건은 분명 흥미로운 점이 있더군. 아주 즐거운 마음으로 조사를 시작하도록 하지. 좀 더 자세한 내용을 알려줘."

"여기 더 세세한 사항들을 적어두었어. 조사에 도움이 될 만한 주소들도 있지. 실제로 설계도의 보관을 담당한 사람은 유명한 공직자이자 전문가인 제임스 월터 경인데, 훈장과 직함을 다 적기에는 두 줄을 써도 모자랄 정도지. 평생 공직에 몸

담아온 신사고, 고귀한 가문에서도 즐겨 찾는 손님이시며, 무엇보다 애국심이 무척이나 투철하신 분이야. 설계도가 보관된 금고의 열쇠를 가진 둘 중 한 명이지. 한 가지 덧붙이자면, 월요일 업무 시간에는 설계도가 분명히 사무실에 보관돼 있었다는 점이야. 그 점은 의심할 나위가 없어. 그리고 제임스 경은 3시경에 열쇠를 가지고 런던으로 떠났지. 제임스 경은 이번 사건이 일어나던 저녁 내내 바클레이 광장의 싱클레어 제독의 집에 있었어."

"확인된 사실이야?"

"물론이지. 제임스 경의 동생, 밸런타인 월터 대령이 울리치에서 떠난 시각을 증언해줬어. 런던에 도착한 건 싱클레어 제독이 증언해줬고. 이 때문에 제임스 경은 이 사건과 직접적인 연관이 없다고 보는 게 맞아."

"열쇠를 가진 다른 또 한 사람은 누구지?"

"상급 사무관이자 설계도의 초안자인 시드니 존슨 씨야. 마흔 살인 존슨 씨는 기혼자고 다섯 명의 자녀를 두고 있지. 조용하고 깐깐하지만, 전반적으로 공직 기록은 아주 뛰어난 사람이야. 동료들 사이에서 그리 인기는 없지만 열심히 일하는 부류지. 본인과 아내의 증언밖에 없지만, 여하튼 본인의 증언으로는 월요일 업무 시간 이후에는 줄곧 집에 있었고, 열쇠는 회중 시곗줄에 걸린 채 계속 소지하고 있었다고 했어."

"캐도건 웨스트에 관해 말해줘."

"공직에 십여 년 몸담았고 일은 잘하는 편이었어. 조급하고

결렬한 면이 있지만, 직선적이고 정직한 사람이었다고 평하더군. 그 청년을 나쁘게 말하는 사람은 없었네. 사무실에서는 시드니 존슨의 후임이라 평가받았지. 업무 때문에 설계도를 매일 보는 게 일이었어. 설계도를 다루는 사람은 캐도건 웨스트가 유일했네.”

“그날 설계도를 금고에 넣고 잠근 사람은 누구였는데?”

“상급 사무관인 시드니 존슨.”

“음, 그렇다면 설계도를 빼돌린 자가 누군지는 뻔하군. 하급 사무관 캐도건 웨스트의 주머니에서 발견되었으니, 그 정도면 결정적인 증거 아닌가?”

“물론 그래, 셜록. 하지만 설명되지 않는 게 너무 많단 말이지. 우선, 왜 웨스트가 설계도를 빼돌린 걸까?”

“그만한 값어치가 있었을 테니까.”

“수천 파운드는 쉽게 받아낼 수 있었겠지.”

“팔아넘기려고 한 것 말고, 런던으로 가지고 온 다른 이유가 있었을까?”

“아니, 나도 모르겠어.”

“그렇다면 일단 그걸 유효한 가설로 생각할 수밖에 없어. 젊은 웨스트가 설계도를 빼돌렸다. 그리고 이 가설이 가능하게 하려면 복사한 열쇠를 가지고 있었다고밖에….”

“열쇠가 여러 개 있었어야 해. 건물과 사무실로 들어가는 열쇠도 필요했을 테니까.”

“그렇다면 복사한 열쇠 여러 개를 가지고 있었겠군. 웨스트는 설계도를 몰래 빼내어 런던으로 가져와 팔려고 했어. 분명 다음 날, 아무도 사라진 것을 눈치채기 전, 금고에 되돌려놓으려고 했을 테지. 런던에서 그런 반역 행위를 하다 최후를 맞이한 거고."

"어떻게?"

"웨스트가 살해당하고 기차 밖으로 내던져진 건 울리치로 돌아오던 길이었을 거야."

"하지만 울리치로 가려면 런던교를 지나야 하는데, 시체가 발견된 앨드게이트는 런던교를 한참 지난 후에 나오는 역인걸."

"런던교를 지나친 것은 여러 상황을 생각해볼 수 있어. 객실 안에서 누군가랑 얘기하다 지나쳤을 수도 있지. 그 누군가와의 얘기가 폭력으로 이어져 목숨을 잃게 됐을 수도 있고. 어쩌면 객실을 빠져나오려다 선로로 떠밀려 최후를 맞이한 것일 수도 있고. 객실 문은 다른 사람이 닫았을 테고, 안개가 워낙에 짙어서 목격자는 없을 거야."

"지금 우리가 알고 있는 범위 내에서 그보다 더 정확한 설명은 나오기 어렵겠군. 하지만 셜록, 네가 아직 설명하지 못한 부분이 얼마나 많은지 기억해둬. 일단 젊은 캐도건 웨스트가 실제로 설계도를 빼돌려 런던으로 왔다고 가정하도록 하자. 그렇다면 외국 첩보원과의 만남을 약속해두었을 테고, 그러면 그날 저녁 시간을 비워뒀을 거 아닌가. 하지만 그는 극장에 가기로 돼 있었어. 실제로 약혼녀와 극장으로 가던 길이었지. 그러다 갑자기 사라진 거란 말이야."

"속임수죠." 앉아서 대화를 듣고 있던 레스트레이드가 더는 못 참겠다는 듯 불쑥 끼어들었다.

"눈가림이라면 아주 독특하군요. 그게 바로 첫 번째 문제점이죠. 두 번째 문제점은 바로 이겁니다. 만약 웨스트가 외국 첩자를 만나기 위해 설계도를 가지고 런던으로 왔다고 가정하면 웨스트는 분명 다음 날 아침, 자기가 설계도를 빼돌린 게 발각되기 전에 되돌려놔야 했을 겁니다. 가져간 설계도는 모두 열 장입니다. 하지만 일곱 장만 웨스트의 주머니에서 발견됐어요. 나머지 세 장은 어디 있는 거죠? 스스로 나머지 세 장을 다른 데 뒀을 리는 없어요. 그리고 그렇다면 반역의 대가로 받은 돈은 어디 있나요? 만약 그랬다면 주머니에서 거액의 돈이 발견돼야 했을 겁니다."

"제가 보기에는 아주 명백합니다." 레스트레이드가 말했다. "무슨 일이 일어났는지는 아주 분명해요. 웨스트는 분명히 팔기 위해 설계도를 빼돌렸습니다. 첩보원을 만났겠죠. 하지만 흥정에 실패한 겁니다. 다시 집으로 돌아오려 했지만, 첩보원이 뒤를 쫓은 거예요. 기차에서 첩보원이 웨스트를 죽이고, 중요한 세 장을 가져갔을 겁니다. 그리고 시체는 열차에서 던져버렸겠죠. 그러면 모두 설명이 되는 것 아닌가요?"

"그럼 왜 차표는 발견되지 않았죠?"

"차표를 보면 첩보원이 있는 곳에서 가장 가까운 역이 발각됐을 테니까요. 그래서 웨스트를 살해한 후 차표를 가져간 겁니다."

"좋아요, 레스트레이드 씨, 아주 좋아요." 홈즈가 말했다. "당신의 가설은 분명 맞아떨어집니다. 하지만 그게 사실이라면 이 사건은 더는 조사할 필요가 없어요. 반역자는 이미 죽었고, 브루스파팅턴호의 설계도는 이미 영국을 떠났을 테니까요. 그러면 우리가 할 일이 뭐란 말입니까?"

"행동해야지, 셜록. 행동 말이야." 마이크로프트가 벌떡 일어서며 소리쳤다. "내 모든 직감이 이 가설이 틀렸다고 얘기하고 있어. 네 모든 능력을 발휘해보도록 해! 범죄 현장으로 가보란 말이야! 관계자들도 직접 만나보고! 모든 단서를 다 살펴보도록 해! 네가 이제까지 해온 일 중에 이처럼 나라를 위해 봉사할 기회는 없었어."

"알았어, 알았다고." 홈즈가 어깨를 으쓱하며 말했다. "가지, 왓슨! 그리고 레스트레이드 경위, 한두 시간 정도 우리와 함께 가줄 수 있겠소? 우선 앨드게이트 역부터 가보려고 합니다. 마이크로프트 형, 잘 가. 저녁 전에 보고하도록 하지. 별로 기대는 하지 않는 게 좋을 것 같지만 말이야."

한 시간 후 홈즈와 레스트레이드 그리고 나는 터널에서 막 빠져나와 앨드게이트 역에 이르기 직전의 지점에 서 있었다. 예의 바른 불그레한 얼굴의 노신사가 철도 회사를 대표해 우리를 맞았다.

"젊은이의 시체가 있던 곳이 바로 이곳입니다." 선로에서 1미터 정도 떨어진 지점을 가리키며 노신사가 말했다. "위에서 떨어질 수는 없어요. 보시다시피 벽으로 막혀 있습니다. 그러므로 기차에서 떨어진 게 분명해요. 그리고 우리가 조사한 바로는 그 열차가 월요일 자정 무렵에 이곳을 지나간 게 분명합니다."

"기차 내부는 살펴보셨나요? 몸싸움을 한 흔적은 없었습니까?"

"그런 흔적은 없었습니다. 차표도 발견되지 않았고요."

"열린 채로 있던 문도 못 보셨습니까?"

"못 봤어요."

"오늘 아침 새로운 증거를 몇 개 발견했습니다." 레스트레이드가 말했다. "월요일 저녁 11시 40분경, 일반 수도권 열차를 타고 앨드게이트 역을 지나던 한 승객이 둔탁한, 뭔가 선로에 떨어지는 듯한 소리를 들었다고 합니다. 역에 도착하기 직전에 말입니다. 안개가 짙어 아무것도 보지는 못했다고 하지만요. 그래서 당시에는 아무 신고도 안 한 거죠. 왜 그러시죠, 뭐가 잘못됐나요, 홈즈 씨?"

내 친구는 잔뜩 찡그린 표정을 지은 채 터널을 빠져나와 곡선에 이르는 철길을 뚫어져라 쳐다보고 서 있었다. 앨드게이트 역은 환승역이었는데, 열차가 다른 선로로 연결되는 다양한 포인트 지점들이 있었다. 의욕에 넘치는 낯익은 홈즈의 눈빛이 그 지점들을 강하게 응시하고 있었다. 예리하고 기민한 홈즈는 입은 굳게 다문 채, 콧구멍을 벌렁거리며 무성한 눈썹을 잔뜩 찡그리고 있었다.

"포인트 지점이라." 홈즈가 중얼거렸다. "포인트란 말이지."

"뭣 때문에 그러죠? 왜 그러시나요?"

"이 노선에 포인트 지점이 그리 많지 않죠?"

"예, 매우 드뭅니다."

"곡선 지점도 마찬가지일 테고요. 포인트와 곡선 지점이라. 이런! 만약 그런 거라면!"

"뭔가요, 홈즈 씨, 단서라도 찾으신 겁니까?"

"단지 생각이 하나 떠올랐을 뿐입니다. 암시 같은 거요. 그 이상은 아닙니다. 하지만 점점 사건이 흥미롭게 전개되는군요. 아주 특이해요. 정말 특이합니다. 그런데 왜지? 어째서 선로에 핏자국이 하나도 안 보이는 거죠?"

"핏자국은 거의 없었습니다."

"하지만 부상이 상당하다고 들었습니다만."

"뼈가 다 으스러져 있었죠. 하지만 외상은 그리 크지 않았어요."

"그래도 어느 정도의 피는 흘리기 마련입니다. 안개 속에서 무슨 소리를 들었다던 승객이 타고 있던 차량을 좀 살펴볼 수 있을까요?"

"그건 좀 어려울 것 같군요, 홈즈 씨. 이미 객차가 분리되어 흩어졌습니다."

"제가 보장하죠, 홈즈 씨." 레스트레이드가 말했다. "모든 차량은 제가 직접 샅샅이 살폈습니다."

내 친구의 가장 명백한 약점 중 하나는 자기보다 지능이 떨어지는 사람에 대한 참을성이 없다는 거였다.

"오죽하시겠습니까." 홈즈가 돌아서며 말했다. "차량 내부를 살펴보고자 한 게 아닙니다. 왓슨, 우리가 여기서 할 일은 다 끝난 것 같군. 레스트레이드 경위도 수고하셨습니다. 이제 울리치로 가서 조사를 해야겠습니다."

런던교에서 홈즈는 마이크로프트 형에게 전보를 보냈다. 보내기 전 나에게 보여준 전보에는 이렇게 적혀 있었다.

어둠 속에 약간의 빛이 보임. 하지만 곧 꺼질지도 모름. 그러는 동안 영국에 거주하고 있는 것으로 알려진 모든 외국 첩자 또는 국제 요원들의 명단과 주소를 인편을 통해 베이커 스트리트로 보내줄 것.

— 셜록

"이게 도움이 될 걸세, 왓슨." 울리치로 향하는 기차에 자리를 잡으며 홈즈가 말했다. "이렇게 진기한 사건을 소개해준 형에게 필히 고마워해야겠어."

홈즈의 열띤 얼굴에는 여전히 강하고 뜨거운 에너지가 드리워져 있었다. 홈즈의 표정을 통해 새롭고 의미심장한 환경이 많은 생각을 자극하고 있음을 보여줬다. 폭스하운드가 꼬리를 내리고 맥없이 귀를 늘어뜨린 채 개집 주위에서 빈둥거리는 모습과, 번뜩이는 눈빛과 긴장된 근육으로 냄새를 맡으며 여우의 흔적을 쫓는 모습을 비교해보라. 그날 아침 이후 홈즈는 그렇게 확 달라졌다. 불과 몇 시간 전, 안개 자욱한 방 안에서 쥐색 가운을 입고 빈둥거리던 모습과는 완전히 다른 모습이었다.

"여기 정보와 적용 범위가 모두 있군." 홈즈가 말했다. "그런데도 그 가능성을 생각하지 못했다니 난 둔해 빠진 게 분명해."

"난 여전히 모르겠는걸."

"결말은 나도 여전히 모르겠어. 하지만 우리를 결말에 이르게 해줄지도 모르는 가설은 하나 있지. 그 젊은이는 다른 곳에서 죽임을 당하고, 시체는 객실 '지붕' 위에 얹혀 있었다는 게 바로 그걸세."

"지붕이라니!"

"굉장하지 않은가? 하지만 사실관계를 잘 보라고. 기차가 하필 포인트 지점에 들어서며 덜컹거리게 되는 지점에서 시체가 발견된 게 과연 우연일까? 이 지점이라면 지붕 위의 물체가 떨어질 수도 있지 않았을까? 이 지점에서 기차가 덜컹거린다고 내부의 물체에 영향을 주지는 않았을 거야. 시체가 지붕 위에서 떨어졌거나, 아니면 우연한 일치로 이 자리에 놓여 있었거나 둘 중 하나지. 하지만 핏자국을 생각해보라고. 만약 피를 다른 곳에서 흘린 거라면 당연히 선로에는 핏자국이 묻지 않았을 거야. 모든 사실이 각각 시사하는 바가 있네. 이를 모으면 그 힘은 배가 되지."

"그렇다면 차표 역시!" 내가 소리쳤다.

"그렇지. 우리는 차표가 사라진 까닭을 설명할 수 없었어. 하지만 이 가설로는 설명할 수 있지. 모든 게 맞아떨어져."

"하지만 그렇다고 해도, 여전히 웨스트가 어떻게 죽음을 맞이했느냐에 대한 수수께끼는 풀리지 않아. 오히려 문제가 더 복잡해졌다고."

"그럴지도 모르지." 홈즈가 깊은 생각에 빠진 듯 말했다. "그럴지도 몰라." 홈즈는 다시 고요한 침묵으로 빠져들었다. 그리고 그 침묵은 열차가 울리치 역에 느릿느릿 들어설 때까지 계속됐다. 홈즈는 거기서 마차를 부른 뒤 마이크로프트가 건네준 쪽지를 주머니에서 꺼내 들었다.

"오후에 들를 데가 제법 많아." 홈즈가 말했다. "제임스 월터 경의 집이 가장 시선을 끄는군."

유명한 공직자의 집은 템스 강까지 초록 잔디가 깔린 훌륭한 저택이었다. 우리가 그곳에 도착할 때쯤, 안개가 걷히고 엷은 한 줄기 빛이 비쳤다. 초인종을 울리자 집사가 나와 우리를 맞이했다.

"제임스 경 말씀이십니까?" 집사가 엄숙한 표정을 지으며 말했다. "제임스 경께서는 오늘 아침 돌아가셨습니다."

"이럴 수가!" 홈즈가 놀라 소리쳤다. "어떻게 돌아가셨습니까?"

"우선 들어오셔서 동생분인 밸런타인 대령을 만나보시는 게 낫지 않겠습니까?"

"그러지요. 그게 좋겠습니다."

우리는 조명이 흐릿한 방으로 안내받아 들어섰다. 그리고 잠시 후, 키가 매우 크고 헌칠한, 단정하게 수염을 기른 50대의 남자가 우리를 맞이했다. 죽은 과학자의 동생이었다. 남자의 거친 두 눈과 더러운 두 볼, 헝클어진 머리가 그 집안에 갑자기 들이닥친 뜻밖의 재난을 말해주고 있었다. 남자는 말까지 더듬고 있었다.

"다 끔찍한 소문 때문입니다." 대령이 말했다. "저의 형님, 제임스 경은 명예를 아주 소중하게 여기는 사람이었습니다. 그런 형님은 이번 사건을 견딜 수 없어 했어요. 형님의 마음을 찢어놓은 겁니다. 형님은 자신의 부서에 대한 자부심이 굉장했습니다. 그런데 이번 일 때문에 그 자부심이 산산조각이 난 겁니다."

"우리는 제임스 경이 사건을 해결하는 데 도움을 줄 수 있을 거라 기대했습니다."

"분명히 말씀드리지만, 이번 사건은 여러분만큼이나 형님에게도 수수께끼였습니다. 형님은 이미 아는 모든 사실을 경찰에게 털어놓았어요. 당연히 형님도 캐도건 웨스트가 저지른 짓이라고 믿었습니다. 하지만 그 밖의 어떤 것도 짐작할 수 없었어요."

"혹시 대령님께서 아는 다른 사실은 없으신지요?"

"저도 듣거나 기사에서 읽은 내용 외에는 아는 게 없습니다. 무례를 범하기는 싫으나 홈즈 씨, 이해하시겠지만 저희는 지금 매우 혼란스러운 상황입니다. 질문은 여기까지 해주시죠."

"이건 생각지도 못한 일이야." 마차에 올라타며 내 친구가 말했다. "제임스 경이 자연사한 건지, 아니면 스스로 목숨을 끊은 건지 궁금하군. 만약 후자라면 스스로 의무를 소홀히 한 것에 대한 자책 때문이었을 테지. 이 문제는 나중에 알아보도록 하지. 이제 캐도건 웨스트 쪽을 조사해봐야겠어."

변두리에 있는 작지만 잘 정돈된 집에서 아들을 잃고 상심한 캐도건 웨스트의 어머니를 만날 수 있었다. 노모는 슬픔에 정신을 잃다시피 했기에 우리에게 거의 도움이 되지 않았다. 그 옆에는 하얀 얼굴의 젊은 여성이 있었다. 그녀는 우리에게 자신을 바이올렛 웨스트베리라고 소개했다. 죽은 남자의 약혼녀이자 사건이 있던 날 밤, 그를 마지막으로 본 사람이었다.

"뭐라고 말씀을 드려야 할지 모르겠어요, 홈즈 씨." 그녀가 말했다. "그날 이후로 한숨도 못 잤어요. 밤낮으로 생각, 생각, 또 생각했죠. 도대체 무슨 일이 일어난 건가 하고요. 아서는 누구보다 성실하고 기사다운 애국자였어요. 그 사람은 자기에게 맡겨진 국가 기밀을 팔아넘기느니 차라리 자신의 오른팔을 스스로 잘랐을 그런 사람이에요. 이건 말도 안 되는 일이에요. 불가능한 일이라고요. 그이를 알았던 사람이라면 누구나 상식적으로 이해할 수 없는 일이라고 할 거예요."

"하지만 드러난 사실들이 그렇게 얘기하고 있지 않습니다, 웨스트베리 양."

"예, 예. 저도 변명할 수 없다는 걸 인정해요."

"혹시 돈이 궁한 상태는 아니었나요?"

"전혀요. 그이는 검소한 생활에 충분할 만큼의 월급을 받고 있었어요. 저축해둔 게 몇백 파운드나 돼서, 새해에 결혼할 예정이었다고요."

"정신적으로 흥분한 조짐은 혹시 보이지 않았나요? 어서요, 웨스트베리 양. 우리에게 솔직하게 말해보세요."

내 동료의 재빠른 눈썰미가 그녀의 행동에 약간의 변화가 생긴 것을 눈치챈 것이다. 그녀는 낯을 붉히며 잠시 망설였다.

"예." 그녀가 마침내 입을 뗐다. "그이가 무슨 딴생각을 하고 있다는 느낌이 들었어요."

"그게 오래된 일입니까?"

"지난주만 그랬어요. 생각이 많고 걱정이 있는 듯 보였어요. 한번은 제가 그이를 다그쳤죠. 그러자 무슨 일이 있기는 한데, 일과 관련된 거라고 하더군요. '심지어 당신에게도 말하기 어려울 만큼 중대한 사항이오'라고 말했어요. 더는 어찌할 수가 없었죠."

홈즈는 아주 진지한 눈빛으로 쳐다봤다.

"계속 말씀해보세요, 웨스트베리 양. 그에게 불리해 보이는 것이라도 다 말씀하셔야 합니다. 어떻게 될지는 아무도 모르는 거니까요."

"정말 더는 말씀드릴 게 없어요. 한두 번쯤 그이가 뭔가를 얘기하려고 하는 것 같았어요. 어느 날 저녁에는 그이가 기밀의 중요성에 관해 얘기한 적이 있었어요. 외국 첩자가 충분한 거액을 내고 그 비밀을 가지려고 할 정도의 가치가 있다고 얘기하던 게 기억나요."

내 친구는 더욱 심각한 표정을 지었다.

"다른 건 없었나요?"

"그이가 자기네는 이 문제에 관해 너무 태만하다고 얘기했어요. 만약 배신자가 있다면 설계도를 빼돌리는 건 식은 죽 먹기라고 했죠."

"이런 얘기를 한 게 최근의 일인가요?"

"예, 아주 최근의 일이에요."

"자, 이제 마지막 날 저녁에 관해 얘기해보세요."

"우리는 극장에 가기로 했어요. 안개가 너무 짙게 껴 마차를 탈 수 없었고, 그래서 걷기로 했죠. 극장으로 가는 길이 그이의 사무실 근처였어요. 그런데 그때 갑자기 그이가 안개 속으로 뛰어들어 가 버린 거예요."

"한마디 말도 없이 말인가요?"

"큰 소리로 뭔가를 외쳤어요. 그게 다였죠. 전 그이를 계속 기다렸지만 돌아오지 않았어요. 그래서 전 집으로 돌아왔죠. 다음 날 아침, 출근 시각이 지나고 사무실 사람들이 그이를 찾아 집으로 들이닥쳤어요. 참혹한 그 뉴스를 들은 건 정오 무렵이었고요. 오, 홈즈 씨. 제발 그이의 명예를 되찾아주세요. 그에게는 명예가 전부였어요."

홈즈는 슬프게 고개를 내둘렀다.

"이만 가지, 왓슨." 홈즈가 말했다. "다른 곳을 가봐야겠어. 다음 목적지는 설계도가 사라진 사무실이야. 이 젊은이에 대한 혐의가 이미 매우 짙었는데 조사를 하고 나니 더 짙어졌어." 마차가 출발하자 홈즈가 입을 뗐다. "곧 있을 결혼이 범죄의 동기가 된 게 뻔해. 자연스레 돈이 궁해졌겠지. 웨스트가 말한 걸 봐서는 이미 그럴 생각이 있었던 게 분명해. 약혼녀에게까지 계획을 거의 말할 뻔했어. 그랬다면 그녀를 공범으로 만들었을 테지. 아주 고약한 일이야."

"그렇지만, 홈즈, 성격을 보아하니 그럴 것 같지 않던데? 만약 그렇다 해도, 왜 하필 약혼녀를 길 한복판에 내버려 두고 범죄를 저지르러 쏜살같이 사라졌느냐 이 말이야."

"바로 그거야! 분명 그런 반론이 가능하지. 이 특별한 사건은 바로 그런 문제점들을 해결해야 한다는 걸세."

내 동료의 명함을 본 이는 누구나 그러하듯, 상급 사무원인 시드니 존슨 씨는 사무실에 찾아온 우리를 아주 깍듯이 맞았다. 마른 체격에 목소리는 걸걸하며 안경을 낀 중년 남자였다. 양 볼은 초췌해 보였고, 이번 사건 때문인지 초조함에 양손을 덜덜 떨고 있었다.

"아주 엉망입니다, 홈즈 씨. 모든 게 엉망이에요. 부장님이 돌아가셨다는 얘기 들으셨나요?"

"안 그래도 방금 그 집에 다녀오는 길입니다."

"이곳은 아주 엉망진창입니다. 부장님도, 캐도건 웨스트도 죽고 설계도는 사라졌죠. 월요일 저녁 사무실 문을 닫을 때까지만 해도 여느 정부 산하 단체만큼 우리 부서도 문제없이 돌아가고 있었습니다. 그런데 이럴 수가, 생각할수록 끔찍해요.

웨스트가, 다른 이도 아니고 웨스트가 그런 끔찍한 일을 저지르다니!"

"웨스트의 소행이라고 확신하십니까?"

"달리 생각할 방도가 있습니까? 하지만 저는 그를 전혀 의심하지 않았습니다."

"월요일에 사무실 문을 닫은 시각이 정확히 몇 시였죠?"

"5시였습니다."

"직접 문을 닫으셨습니까?"

"항상 제가 마지막으로 나갑니다."

"설계도는 어디 있었습니까?"

"금고 안에요. 제가 직접 거기 넣었습니다."

"건물에 경비원은 따로 없나요?"

"있습니다. 하지만 다른 부서도 돌아봐야 하죠. 늙은 퇴역 군인인데 아주 믿을 만한 사람입니다. 경비원도 그날 저녁 아무것도 본 게 없다고 하더군요. 물론 안개가 아주 자욱했으니까요."

"캐도건 웨스트가 사무실이 닫힌 후 들어오려고 했다고 가정해보죠. 웨스트가 설계도에 접근하려면 세 개의 열쇠가 필요했을 겁니다. 그렇죠?"

"맞습니다. 바깥문 열쇠, 사무실 열쇠 그리고 금고 열쇠가 필요하죠."

"그 열쇠를 전부 가지고 있는 사람은 제임스 월터 경과 당신 뿐인가요?"

"전 바깥문 열쇠나 사무실 열쇠는 갖고 있지 않습니다. 금고 열쇠만 갖고 있죠."

"제임스 경은 생활이 규칙적인 사람이었나요?"

"예, 그랬습니다. 제가 알기로 제임스 경은 세 열쇠를 열쇠 고리 하나에 모두 끼워 보관했습니다. 종종 본 적이 있어요."

"그럼 제임스 경이 런던에 갈 때 그 열쇠고리를 가져갔나요?"

"그렇다고 들었습니다."

"당신은 열쇠를 항상 소지하고 계셨고요?"

"항상 가지고 있었습니다."

"만약 웨스트가 범인이라면, 복제한 열쇠를 가지고 있었던 게 분명하군요. 하지만 시체에서 발견된 열쇠는 없었어요. 그리고 이건 다른 문제이긴 하지만, 만약 이곳의 사무관이 그 설

계도를 팔아넘기고자 했다면, 설계도 원본을 직접 빼돌리는
것보다 베끼는 게 더 간단하지 않았을까요?"

"설계도를 제대로 베끼려면 상당한 전문 지식이 필요합니
다."

"하지만 당신이나 웨스트 그리고 제임스 월터 경 정도면 그
정도 전문 지식을 갖고 있지 않습니까?"

"물론 그렇습니다. 하지만 제발 저를 이번 일에 끌어들이지
말아 주십시오, 홈즈 씨. 원본이 웨스트에게서 발견됐는데 그
런 가정이 다 무슨 소용입니까?"

"흠, 만약 쉽사리 설계도를 복사할 수 있었고, 그게 원본을
빼돌리는 것과 별반 차이가 없었다면 원본을 훔치는 위험을
감수한 건 분명 특이한 일이니까요."

"분명 특이한 일이긴 하지만 웨스트가 그렇게 하지 않았습
니까?"

"이번 사건은 알면 알수록 더 복잡해지는 구석이 있군요.
자, 그리고 아직 회수하지 못한 세 장의 설계도가 있죠. 제가
알기에는 그 세 장이 아주 중요한 설계도라고 들었습니다만."

"맞습니다."

"그렇다면 그 세 장만 갖고 있다면 나머지 설계도 없이 브루
스파팅턴 잠수함을 제작할 수 있다는 뜻입니까?"

"제독께는 그렇게 보고했습니다. 하지만 오늘 다시 설계도
를 살펴보니 꼭 그런 것만은 아닌 것 같더군요. 회수된 설계도
중 하나에 자동 조절 기구가 있는 이중 밸브에 대한 설계가 그

려져 있었습니다. 외국인이 이 장치를 스스로 발명하지 않는 이상 잠수함을 만들기는 어려울 겁니다. 물론 조만간 이런 문제는 극복해낼 테지만 말입니다."

"그렇지만 사라진 세 장이 여전히 가장 중요한 설계도인 건 맞습니까?"

"의심할 여지가 없습니다."

"흠, 괜찮으시다면 이제 이곳을 좀 둘러보고 싶군요. 더는 여쭤보려고 했던 질문도 생각이 나질 않으니 말입니다."

홈즈는 금고의 잠금장치와 사무실 문을 살펴본 뒤 마지막으로 창가의 철제 덧문을 들여다보았다. 홈즈가 마침내 흥미를 보인 것은 우리가 바깥 잔디밭에 나간 후였다. 그곳에는 월계수 나무 덤불이 있었는데, 나뭇가지 여러 개가 심하게 꺾이거나 부러져 있었다. 홈즈는 돋보기를 가지고 찬찬히 살펴본 뒤, 땅바닥에 희미하게 남아 있던 발자국을 살펴보았다. 그러고 나서 홈즈는 상급 사무관에게 창문의 철제 덧문을 닫아달라고 부탁했다. 홈즈는 그 철제 덧문이 완전히 닫히지 않는 것을 가리켰다. 누구나 마음만 먹으면 밖에서 방 안을 들여다볼 수 있었던 것이다.

"사흘이나 지났기 때문에 흔적들이 잘 남아 있지 않아. 큰 의미일 수도, 별 의미 없는 것일 수도 있지만 말이야. 음, 왓슨. 울리치에서 볼일은 다 본 것 같군. 큰 수확은 없었지만 말이야. 런던은 좀 나을지 보자고."

하지만 우리는 울리치 역을 떠나기 전 곡식 한 다발을 더 수

확할 수 있었다. 그곳의 역무원이 월요일 밤, 캐도건 웨스트의 얼굴을 두 눈으로 똑똑히 봤다고 증언한 것이다. 그리고 역무원은 웨스트가 8시 15분 열차로 런던의 런던교로 향했다고 말했다. 일행은 없었으며 혼자 삼등석 한 자리를 끊었다고 했다. 역무원이 말한 바로는 웨스트는 그날 몹시 흥분한 상태로 안절부절못했다고 했다. 실제로 너무 부들부들 떨어서 잔돈도 제대로 집지 못해 자신이 도와줬다는 것이다. 시간표를 보니 8시 15분 열차는, 7시 30분에 웨스트가 약혼녀를 떠난 후 탈 수 있는 가장 빠른 기차였다.

"재구성해보도록 하지, 왓슨." 30분 정도 침묵을 지키던 홈즈가 입을 뗐다. "우리가 같이 조사해온 사건 중에 이번 건처럼 복잡한 사건은 없었던 것 같군. 뭔가 새로운 사실을 발견하면 또 다른 의문점만 커질 뿐이니 말일세. 하지만 우리는 분명 상당한 진전을 이룬 게 틀림없어.

우리가 울리치에서 알아낸 사실은 젊은 캐도건 웨스트에게 불리한 게 사실이야. 하지만 창가에서 발견한 단서들은 어쩌면 그에게 좀 더 유리한 가설을 세울 수 있게 해주고 있네. 예를 들면 말이야, 어떤 외국 첩보원이 그에게 접근해왔다고 가정해보자고. 물론 이에 대해서는 발설하지 않겠다고 맹세를 했겠지. 하지만 약혼녀에게 말한 것과 같은 생각을 하게 됐을 게 분명해. 아주 좋아. 그리고 이번에는 캐도건 웨스트가 약혼녀랑 안개 속에서 극장으로 향하던 중 그 외국인 첩보원이 사무실로 향하는 모습을 발견했다고 가정해보는 걸세. 젊은이는 충동적으로 결정을 내렸을 거야. 의무를 지켜야 한다고 생각했겠지. 그 첩보원을 따라갔을 걸세. 창문으로 다가가 설계도를 꺼내는 모습을 보고는 도둑을 쫓겠다고 마음먹었겠지. 이 설명이라면 왜 베끼지 않고 굳이 원본을 가져갔느냐는 의문점이 해결되지. 침입자는 원본을 가져가야만 했던 거야. 여기까지는 모든 게 맞아떨어져."

"그다음은 어떻게 된 건가?"

"이제부터가 문제지. 그런 상황에서 젊은 캐도건 웨스트가 했을 법한 행동은 그 악당을 잡고 주변에 알리는 것이었을 거야. 하지만 왜 그러지 않았을까. 어쩌면 설계도를 빼돌린 게 그의 상관이어서는 아니었을까? 그렇다면 웨스트의 행동이 설명되지. 그게 아니라면, 그 상관이 안개 속에서 웨스트를 따돌린 탓에 웨스트가 런던으로 바로 달려가 상관의 집에서 배반자를 잡으려 했던 건 아닐까? 상관이 어디 사는지 안다고 가정하면 말일세. 아마 상황이 매우 급했을 거야. 그렇지 않고서 약혼녀를 안개 속에 내버려 두고 아무 말도 없이 사라지진 않았을 테지. 여기서부터는 냄새를 못 맡겠어. 그리고 이 두 가설 모두 웨스트의 시체가 일곱 장의 설계도를 가지고 열차 지붕 위에서 발견된 것과는 상당한 간격이 있어. 자, 내 직감에 따르면 이제 반대쪽에서부터 추리해야 할 시점이네. 마이크로프트 형이 주소지 명단을 줬다면, 어쩌면 다른 방향에서 용의자를 추적할 수 있을지 모르겠군."

과연 명단이 베이커 스트리트에서 우리를 기다리고 있었다.

정부 배달인이 속달로 가져온 것이었다. 홈즈는 쪽지를 살펴보더니 나에게 건넸다.

조무래기들은 많지만, 이번 사건처럼 큰 건을 다룰 만한 거물은 몇 안 돼. 의심해볼 가치가 있는 자는 아돌프 마이어(웨스트민스터, 그레이트조지 스트리트 13번지), 루이 라 로티에르(노팅힐, 캠던 맨션스), 휴고 오버스타인(켄싱턴, 콜필드 가든스 13번지), 이 세 명뿐이다. 마지막 인물은 월요일까지 런던에 있었으나 지금은 떠난 걸로 보고되었다. 희미한 빛이라도 비춘다니 다행이다. 내각은 너의 최종 보고를 굉장히 기다리고 있다. 가장 높은 곳에서도 다급한 독촉이 내려왔다. 만약 필요하다면 국가가 전력을 다해 널 도울 것이다.

— 마이크로프트

"이거 두렵군." 홈즈가 씩 웃으며 말했다. "여왕 폐하의 모든 말과 부하를 보내도 소용이 없을 테니 말이야." 홈즈는 런던 지도를 펼쳐놓고는 골똘히 굽어보았다. "그렇지, 그렇고말고." 홈즈는 곧 만족의 탄성을 질렀다. "드디어 우리에게 빛이 보이는 것 같네. 그렇고말고 왓슨, 결국 우리가 해낼 거라고 난 믿어." 홈즈는 갑자기 유쾌한 듯 내 어깨를 툭 쳤다. "잠깐 나갔다 오겠네. 살펴만 보고 올 거야. 내 신뢰하는 동지이자 전기 작가를 대동하지 않고서 심각한 일을 벌이지는 않을 거라고. 여기서 기다리게. 아마 한두 시간 안에 돌아올 거야. 기다리기

지겹거든 풀스캡 용지와 펜을 꺼내 우리가 어떻게 나라를 구하게 됐는지 머리말이나 쓰기 시작하게."

그럴 만한 이유가 있지 않고서야 평소의 진지한 태도를 버리고 이토록 기뻐할 리 없는 홈즈였기에, 나 역시 덩달아 우쭐해졌다. 그렇게 난 11월의 긴 밤을 보내며 홈즈가 돌아오기만을 기다렸다. 결국, 9시가 조금 지난 후, 배달부가 편지를 가지고 왔다.

> 켄싱턴, 글로스터 로드에 있는 골디니 레스토랑에서 식사 중. 당장 이리로 올 것. 짧은 쇠지레, 각등, 끌 그리고 리볼버 권총을 가지고 올 것.
>
> — S.H.

점잖은 시민이 흐리고 안개 자욱한 거리에서 지니고 다니기엔 참 묘한 장비였다. 난 물건들을 외투 속에 잘 챙겨 마차를 잡아타고는 쪽지에 적힌 장소로 향했다. 그곳에 도착하니 화려한 이탈리아 식당 입구 쪽 작은 원탁에 앉아 있는 나의 친구가 보였다.

"뭐 좀 먹었는가? 아니면 여기 나랑 같이 커피와 퀴라소를 좀 들도록 해. 이곳 시가도 한 대 태워보고 말이야. 생각보다 독하지 않지? 연장은 챙겼는가?"

"여기 외투 속에 있어."

"잘했어. 간단하게 내가 무엇을 했는지와 앞으로 무엇을 할지 알려주겠네. 자, 왓슨. 이제 자네도 명백히 알아차렸겠지만 젊은 웨스트의 시체가 열차 지붕 위에 놓여 있었다는 점은 분명해. 시체가 객실 안이 아니라 지붕에서 떨어졌다고 파악한 순간부터 분명한 사실이었지."

"다리에서 떨어졌을 가능성은 없나?"

"그건 불가능해. 지붕을 살펴보면 평평하지 않고 둥그스름하다는 것을 알 수 있지. 가장자리에 난간도 없네. 이걸로 봐서 분명 젊은 캐도건 웨스트는 열차 지붕 위에 놓였던 게 분명해."

"하지만 어떻게 거기 올려놓을 수 있단 말인가?"

"그게 바로 우리가 찾아내야 할 숙제였지. 방법은 하나뿐이야. 자네도 지하철이 터널을 벗어나는 곳은 웨스트엔드의 몇 군데밖에 없다는 것을 잘 알고 있을 걸세. 예전에 그곳을 지나다 터널 바로 밖 위쪽으로 건물들이 있던 게 기억나더군. 자, 이제 열차가 그 건물들 창문 아래에서 잠시 멈췄다고 생각을 해보라고. 그렇게 되면 열차 지붕 위로 시체를 올리는 것 정도는 식은 죽 먹기 아니었겠는가?"

"설마 그랬을리가."

"모든 예측이 엇나간다면, 아무리 가능성이 희박해 보일지라도 남게 되는 그 마지막이 사실이라는 옛 격언을 떠올려 볼 필요가 있어. 우리의 모든 예측은 엇나갔네. 얼마 전 런던을 떠난 손꼽히는 국제 첩보원이 지하철에 인접한 집에 살고 있었다는 것을 알아챈 나는 경박스러울 정도로 너무 기뻐했지. 자네가 꽤 놀랄 정도로 말일세."

"아, 그래서 그랬던 거로군?"

"맞아, 그래서 그랬지. 휴고 오버스타인. 콜필드 가든스 13번지에 사는 인물이 내 목표가 된 거야. 글로스터 로드 역에서 작전을 시작했는데, 아주 친절한 역무원이 나와 함께 선로를 걸어주었어. 콜필드 가든스의 뒤쪽 계단 창문이 선로 쪽으로 열려 있었을 뿐만 아니라, 더 중요한 건, 바로 그 자리에서 노선이 교차하기 때문에 열차가 종종 몇 분씩이나 멈춘다는 사실도 알아낼 수 있었네!"

"멋지군, 홈즈! 자네가 해낸 거야!"

"아직은 이르네, 왓슨. 아직은 일러. 분명 진전은 있지만, 아직 결승점은 멀었어. 콜필드 가든스의 뒤쪽을 본 후 앞쪽으로 가봤는데, 역시나 새는 이미 날아가고 없더군. 상당히 큰 집이었는데, 내가 본 것에 의하면 적어도 2층에는 가구도 갖춰지지 않았어. 오버스타인은 그곳에서 하인 한 명과 살았어. 아마도 모든 걸 믿을 수 있는 하인이었겠지. 기억해야 할 것은 오버스타인은 도망가기 위해서가 아니라 단순히 전리품을 처리하기 위해서 영국을 떠나 대륙으로 넘어갔다는 점이야. 수색 영장을 두려워할 이유도 없으니 나 같은 탐정이 찾아올 것이라곤 상상도 못 하겠지. 하지만 우리가 지금 하려는 게 바로 그거야."

"영장을 받아 합법적으로 들어갈 수는 없는 건가?"

"증거가 부족해."

"들어가면 뭘 할 수 있지?"

"무슨 편지라도 찾을 수 있을지 모르는 일이잖아."

"썩 내키지 않는군, 홈즈."

"이봐, 친구. 자네는 밖에서 망이나 보라고. 범법 행위는 내가 다할 테니 말이야. 사소한 걸 따질 때가 아니라고. 마이크로프트 형의 편지를 생각해봐. 각료와 제독, 그리고 가장 높은 곳에서 소식을 기다리고 있을 그분을 생각해보란 말이야. 우리는 가야만 해."

난 탁자에서 일어나는 걸로 대답을 대신했다.

"자네 말이 맞아, 홈즈. 우린 가야 해."

홈즈는 벌떡 일어나더니 내 손을 잡고 흔들었다.

"자네가 물러서지 않을 줄 알았네." 홈즈가 말했다. 잠깐이지만, 그 눈빛 속에서 이전에 본 적이 있는 어떤 눈빛보다도 더 부드러운 빛이 어른거리는 것을 볼 수 있었다. 하지만 이내 홈즈는 노련하고 사무적인 모습으로 되돌아왔다.

"800미터쯤 되는 거리지만 서두를 필요는 없어. 천천히 걷자고." 홈즈가 말했다. "연장을 떨어뜨리지 않도록 조심해. 수상쩍은 인물로 체포되기라도 한다면 정말 골치 아플 테니 말이야."

콜필드 가든스는 전면이 평평하고 주랑 현관이 있는 집들 가운데 하나였는데, 이는 런던 웨스트엔드 지역의 빅토리아 중기 시대 모양을 띤 유명한 건축물이었다. 옆집에서는 아이들이 잔치라도 벌이는 듯 즐겁게 뛰어노는 웃음소리와 피아노

소리가 밤하늘에 울려 퍼졌다. 아직 걷히지 않은 안개가 친절하게도 우리의 모습을 숨겨주었다. 홈즈는 랜턴을 켜고 육중한 문 위를 비추었다.

"이거 아주 문제가 심각하군." 홈즈가 말했다. "자물쇠는 물론 빗장까지 걸어 잠갔어. 지하 출입구로 가는 게 낫겠네. 저 아래쪽에 멋진 아치 출입구가 있어. 거기라면 아무리 열렬한 경찰이라고 해도 쫓아오지 못할 거야. 나를 먼저 잡아주게, 왓슨. 다음에는 내가 잡아줄 테니까."

잠시 후 우리는 지하 출입구로 내려왔다. 어두운 그림자마저 닿지 않는 곳에 몸을 숨기자마자, 위쪽에서 경찰관의 발소리가 들렸다. 이윽고 규칙적인 발소리가 잦아들자 홈즈는 아래 문을 따기 시작했다. 홈즈는 몸을 굽힌 채 몇 번이고 문을 억지로 잡아당겼다. 그리고 곧 끼익하는 날카로운 소리와 함께 문이 열렸다. 우리는 어두운 통로에 들어선 뒤 뒷문을 닫았다. 홈즈는 카펫이 깔리지 않은 곡선 계단을 앞장서 올라갔다. 홈즈가 들고 있던 랜턴의 노란 부채꼴 빛이 아래쪽 창문을 비추었다.

"드디어 도착했군, 왓슨. 여기가 분명해." 홈즈가 창문을 열었다. 어둠 저 멀리에서 나지막이 들리던 기차 소리가 서서히 커지더니 마침내 우렁찬 소리를 내면서 우리를 지나 어둠 속으로 사라졌다. 홈즈가 랜턴으로 창턱을 비추었다. 창턱에는 지나가는 기차 엔진에서 뿜어낸 그을음이 검고 두껍게 덮여 있었는데, 군데군데 그을음이 쓸려나간 자리가 보였다.

"시신을 올려놓은 자리가 보이는군. 이봐, 왓슨! 이게 뭐지? 이건 분명 핏자국이야!" 홈즈가 목조 창틀 부분에서 희미하게 변색된 곳을 가리키며 소리쳤다. "여기 돌계단에도 자국이 남아 있어. 완벽한 증거야. 기차가 멈출 때까지 기다려보세."

오래 기다릴 필요 없었다. 바로 다음 기차가 이전 기차처럼 우렁찬 소리를 내며 터널을 빠져나오더니, 곧 속도를 줄였다. 그러고는 철커덩거리는 브레이크 소리와 함께 바로 우리 아래쪽에서 멈추어 섰다. 창문에서 기차 객실 지붕까지의 거리는 채 1.2미터도 안 되었다. 홈즈는 살며시 창문을 닫았다.

"지금까지 우리의 추리가 옳았어." 홈즈가 말했다. "왓슨, 자네는 어떻게 생각하는가?"

"완벽해. 자네가 이처럼 잘해낸 적은 없었어."

"그 말에는 동의할 수 없군. 시체가 객실 지붕 위에 놓여 있었을 거라는 생각을 한 순간부터 모든 건 필연적인 결과일 뿐이었어. 물론 그 추리도 그리 어려운 건 아니었고 말이야. 이제까지 이 일과 관련된 엄청난 이해관계만 아니었다면, 이번 일은 그리 대단한 일에 끼지도 못할 거야. 여전히 우리 앞에는 난관이 놓여 있어. 하지만 여기서 도움이 될 만한 것을 찾을 수 있을 거야."

우리는 부엌 계단을 통해 올라가 2층의 여러 방을 살펴보았다. 첫 번째 들른 곳은 식당이었는데, 가구도 없이 아주 간소하게 꾸며져 있던 터라 전혀 대수로울 게 없었다. 두 번째 방은 침실이었는데, 이곳도 마찬가지로 거의 텅 비어 있었다. 나머지 방은 사정이 좀 나아서 내 동료는 좀 더 체계적인 조사에 착수할 수 있었다. 책과 서류들이 어지럽게 흐트러져 있는 것으로 보아 서재로 쓰였던 방이 틀림없었다. 홈즈는 재빠르고도 꼼꼼하게 서랍과 찬장을 일일이 살펴보았다. 하지만 홈즈의 엄숙한 표정에 빛을 밝혀줄 발견은 없었다. 한 시간이 지난 후에도 처음보다 나아진 건 없었다.

"그 교활한 녀석이 흔적을 죄다 지운 모양이군." 홈즈가 말했다. "꼬리를 밟힐 만한 건 아무것도 남겨놓지 않았어. 위험한 서신들은 모두 파기하거나 옮겨버렸어. 이제 기대할 건 이것뿐일세."

그건 책상 위에 놓여 있던 조그마한 양철 금고였다. 홈즈는 끌을 지레 삼아 금고를 열었다. 안에는 내용에 대한 설명은 없

이 그림과 수식만 잔뜩 적힌 종이 몇 장이 들어 있었다. '수압',
'제곱인치당 압력' 같은 용어만 반복되는 걸로 봐서 잠수함과
관련이 있어 보였다. 홈즈는 짜증을 내듯 서류들을 한쪽으로
던졌다. 남은 건 신문 쪼가리들이 들어 있는 봉투 하나뿐이었
다. 홈즈는 봉투 안의 것들을 탁자 위에 쏟아놓았다. 순간 나는
홈즈의 얼굴에서 희망이 솟구치는 것을 단번에 알아차릴 수
있었다.

"이게 뭐지, 왓슨? 응? 이게 무엇처럼 보이냔 말이야. 계속
해서 메시지를 보낸 신문 광고를 모아놓은 것이로군. 신문지
종이와 글씨체를 보아하니 〈데일리 텔레그래프〉의 광고란이
분명해. 신문의 오른쪽 윗부분이지. 날짜는 없지만 여기 메시
지들이 날짜순으로 정리된 것 같군. 이게 첫 번째인 거 같은데.

신속하게 소식을 전하기 바람. 조건에 동의함. 명함에 적힌 주
소로 편지할 것. 피에로.

여기 다음 메시지.

설명하기는 너무 복잡함. 전체 보고서가 필요함. 물건을 건네
주는 대로 현금 지급 준비 완료. 피에로.

그리고 또 다음.

상황이 심각함. 계약대로 이행되지 않으면 제안은 철회할 것임. 편지로 약속을 정할 것. 광고로 확인하겠음. 피에로.

이게 마지막이야.

월요일 아홉 시 이후. 두 번 노크할 것. 우리끼리만. 너무 많이 의심하지 말 것. 물건 건네주면 현금 지급할 것임. 피에로.

상당히 완전한 기록이야, 왓슨! 이제 광고를 주고받은 상대만 알아내면 돼!" 홈즈는 생각에 잠긴 채 자리에 앉아 손가락으로 탁자를 두드렸다. 마침내 홈즈가 벌떡 일어섰다.

"음, 어쩌면 그리 어려운 일은 아닐 수도 있겠군. 여기서 더 알아볼 건 없는 것 같아, 왓슨. 데일리 텔레그래프 신문사 사무실에 들러보는 게 좋겠어. 거기서 마무리를 한번 잘 해보자고."

마이크로프트 홈즈와 레스트레이드 형사는 다음 날 아침 식사 후 약속한 대로 찾아왔다. 홈즈는 전날 우리가 알아낸 성과에 관해 자세히 알려주었다. 레스트레이드 형사는 우리가 고백한 가택 침입죄를 듣고는 고개를 저었다.

"경찰이라면 그런 일을 할 수 없죠, 홈즈 씨." 형사가 말했다. "이러니 우리보다 좋은 수사 결과를 얻어낼 수밖에요. 하지만 언젠가 홈즈 씨나 친구분이 도가 지나쳐 문제를 일으키게 될 겁니다."

"잉글랜드와 가정과 미인을 위하여! 그렇지 않은가, 왓슨? 나라의 제단 위에 바쳐진 순교자 같은 거지. 형은 어떻게 생각하시나?"

"아주 잘했어, 셜록! 정말 대단해! 하지만 그 사실들을 이제 어떻게 이용할 거지?"

홈즈는 탁자 위에 놓인 〈데일리 텔레그래프〉지를 집어 들어 보였다.

"오늘 자 신문에 실린 피에로의 광고를 아직 못 본 모양이군."

"뭐라고? 또 광고가 실렸어?"

"응, 이거야."

오늘 밤. 같은 시각. 같은 장소. 두 번 노크할 것. 절대적으로 중요함. 당신의 안전이 걸린 문제임. 피에로.

"이런!" 레스트레이드가 소리쳤다. "이자가 광고를 보고 온다면 우린 놈을 바로 잡은 거나 다름없어요!"

"바로 그래서 내가 광고를 낸 겁니다. 둘 다 오늘 밤 8시에 콜필드 가든스로 같이 가죠. 좀 더 일을 쉽게 해결할 수 있을 겁니다."

홈즈의 뛰어난 장점 중 하나는 아무리 골똘히 매달려 봤자 더는 뾰족한 수가 떠오르지 않을 때는, 아무 때고 두뇌 활동을 멈추고는 즉시 가벼운 일만 생각하도록 두뇌를 완전히 전환

시킨다는 점이다. 내가 기억하는 그날, 홈즈는 모든 것에서 손을 놓고, 온종일 라소(네덜란드의 작곡가—옮긴이)의 무반주 다성 성가곡에 대한 논문 집필에만 매달렸던 것을 난 잊을 수 없다. 나 같은 경우 그렇게 초연할 능력이 전혀 없었기 때문에 그날 하루가 어쩌나 더디게 갔는지 모른다. 사건이 국가적으로 중대한 사항이기도 했거니와 높으신 분들마저 긴장하고 있었고, 또 우리가 시험 중이던 모든 것이 불확실했기 때문에 이 모든 점이 한데 뒤엉켜 나의 신경을 날카롭게 만들고 있었다. 간단하게 저녁 식사를 마치고 마침내 우리의 원정길에 오르고 나서야 나는 조금 안정을 찾을 수 있었다. 레스트레이드와 마이크로프트 홈즈는 글로스터 로드 역 앞에서 약속대로 우리와 만났다. 오버스타인의 지하실 문은 전날 밤과 같이 열려 있었다. 마이크로프트 홈즈가 난간을 넘어가길 단호하고 완강히 거부하는 바람에 내가 먼저 안으로 들어가 안에서 문을 열어 줘야 했다. 9시가 다 됐을 무렵, 우리는 모두 서재에 앉아 인내를 가지고 범인을 기다리기 시작했다.

한 시간이 지나고, 또 한 시간이 지났다. 시계가 11시를 가리켰을 때, 거대한 교회 종소리가 희망의 비가처럼 들려왔다. 마이크로프트 홈즈와 레스트레이드는 안절부절못한 채 엉덩이를 들썩이며, 1분에 두 번씩 시계를 들여다보았다. 홈즈는 조용하고 진정된 상태로 앉아 있었다. 눈은 반쯤 감겨 있었으나, 모든 경계의 촉각을 곤두세우고 있음이 분명했다. 홈즈가 갑자기 고개를 홱 쳐들었다.

"오고 있군." 홈즈가 말했다.

수상쩍은 발걸음 소리가 문을 지나쳐 갔다. 그리고 이내 다시 돌아오는 소리가 났다. 잠시 서성이더니 날카롭게 두 번 노크하는 소리가 들렸다. 홈즈는 우리에게 앉아 있으라는 손짓을 하며 일어섰다. 통로에는 가스등의 희미한 불빛이 전부였다. 홈즈가 문을 열었다. 어둠 속의 사내가 홈즈를 지나 통로로 들어선 순간, 홈즈는 재빨리 문을 걸어 잠갔다. "이쪽으로!" 홈즈가 말하는 소리가 들렸고, 잠시 후 그 사내는 우리 앞에 섰다. 깜짝 놀란 사내가 뒤돌아서 소리를 지르려던 순간, 그 뒤를 바짝 따르던 홈즈가 사내의 멱살을 잡고 방 안으로 밀어 넣었다. 우리의 포로가 균형을 채 잡기도 전, 홈즈는 방문을 등지고 막아섰다. 사내는 주변을 살펴보고는 휘청거리더니, 의식을 잃고 땅바닥에 쓰러졌다. 쿵하는 소리와 함께, 사내의 머리에 얹혀 있던 챙이 넓은 모자가 떨어지고, 입을 감싸고 있던 목도리가 흘러내리자, 단정하고 길게 기른 수염에 부드럽고 섬세하게 생긴 훤칠한 남자의 얼굴이 드러났다. 밸런타인 월터 대령이었다.

홈즈는 놀랐는지 휘파람을 불었다.

"이번에는 내가 멍청했다고 적어도 좋아, 왓슨." 홈즈가 말했다. "내가 생각한 사람이 아니거든."

"이자가 누군데?" 마이크로프트가 진지한 목소리로 물었다.

"잠수함 부서의 부서장이었던 고 제임스 월터의 동생입니다. 그래, 그렇군. 이제 모든 패가 보이는군. 곧 정신이 들 겁니다. 심문은 내게 맡겨두는 게 좋을 것 같군요."

우리는 기절한 남자를 소파로 옮겼다. 우리의 포로는 곧 정신을 차리고 앉아 겁에 질린 듯한 표정으로 주위를 둘러보았다. 그러고는 도저히 이 상황을 믿을 수 없다는 듯 이마를 쓸어 넘겼다.

"이게 어떻게 된 겁니까?" 대령이 물었다. "난 오버스타인 씨를 만나러 왔습니다."

"다 들통 났습니다, 월터 대령." 홈즈가 말했다. "어떻게 영국의 신사가 그런 행동을 할 수 있는지 도저히 이해가 가질 않는군요. 하지만 당신과 오버스타인의 관계 그리고 그와 주고받은 서신에 관해서는 샅샅이 다 알고 있습니다. 캐도건 웨스트의 죽음과 관련된 것도 마찬가지입니다. 지금이라도 죄를 참회하고 사실대로 자백해서 조금이나마 명예를 회복하라고 조언하고 싶군요. 당신이 우리에게 알려줄 수 있는 사소한 사항 몇 가지가 있으니 말입니다."

대령은 신음 소리를 내며 얼굴을 두 손에 파묻었다. 한참을 기다렸지만, 대령은 여전히 침묵을 지켰다.

"단언컨대 이미 핵심적인 내용은 다 밝혀졌습니다." 홈즈가 말했다. "당신이 급하게 돈이 필요했다는 것도 알고 있고, 그래서 형이 지니고 있던 열쇠를 복제했다는 것도 다 알고 있습니다. 그리고 오버스타인과 서신을 주고받았고, 오버스타인은 〈데일리 텔레그래프〉의 광고란을 통해 당신한테 회신했죠. 우리는 당신이 안개가 자욱하던 월요일 밤 사무실로 갔고, 그때 젊은 청년 캐도건 웨스트에 의해 추적당했다는 사실도 알고 있었습니다. 아마도 웨스트는 사전에 당신을 의심할 만한 사유가 있었을 테죠. 당신이 설계도를 훔치는 것을 보았지만, 런던에 있는 형에게 가지고 가는 것일 수도 있었기 때문에 즉시 누군가에게 알리지 못했을 겁니다. 웨스트는 선량한 시민답게 개인사는 뒷전으로 두고 안개 속에서 당신 뒤를 쫓았어요. 당신이 이 집에 도착할 때까지 말입니다. 그리고 여기서 당신을 덮치자, 대령은 반역 행위도 모자라 끔찍한 살인죄까지 더하게 된 겁니다."

"제가 그런 게 아닙니다! 제가 죽이지 않았단 말입니다! 신께 맹세합니다. 제가 죽이지 않았어요." 우리의 비참한 포로가 울부짖었다.

"그럼 말해보시죠. 당신이 캐도건 웨스트를 기차 객실 지붕 위에 올려놓기 전, 그가 어떻게 죽음을 맞이하게 된 건지 말입니다."

"말하겠습니다. 맹세하건대 다 말하겠어요. 나머지는 다 제가한 게 맞소. 자백합니다. 당신이 말한 그대로예요. 증권 거래소에 빚을 진 게 있었습니다. 돈이 몹시 필요했어요. 오버스타인이 5000파운드를 제시하더군요. 파멸에서 저를 구하려면 그 돈이 필요했습니다. 하지만 살인에 관해서 만큼은 결백합니다."

"그럼 무슨 일이 있었던 겁니까?"

"웨스트는 이전부터 저를 의심했어요. 그래서 홈즈 씨가 말한 것처럼 저를 뒤쫓아왔죠. 이곳에 도착하기 전까지 뒤를 밟고 있다는 사실을 전혀 알아채지 못했어요. 안개가 어찌나 심한지 3미터도 채 내다볼 수 없었습니다. 제가 노크를 두 번 했고, 오버스타인이 문을 열었어요. 그때 그 젊은이가 불쑥 튀어나오더니 우리보고 설계도를 어쩔 건지 추궁하더군요. 오버스타인에게는 짧은 호신용 지팡이가 있었죠. 항상 가지고 다녔어요. 웨스트가 집 안으로 밀고 들어오려고 하자, 오버스타인이 지팡이로 웨스트의 머리를 때린 겁니다. 치명적이었죠. 5분도 안 돼 숨이 멎었어요. 현관에 쓰러져 있는 그를 보고 우리는 어찌할지 몰랐습니다. 그때 오버스타인이 뒤쪽 창문 아래에 멈추는 기차를 생각해냈어요. 하지만 그보다 먼저 제가 가져온 설계도를 먼저 살펴보더군요. 그중 세 장이 핵심이라면서 자신이 가져야겠다고 했어요. '그럴 순 없습니다'라고 제가 말했습니다. '만약 돌려놓지 않는다면 울리치에서 난리가 날 겁니다'라고 했습니다. 그랬더니 '이건 매우 전문적인 거라 시간 내에 복사하는 건 불가능하니 가져가야겠습니다'라고 하더군요. 그래서 전, '하지만 오늘 밤 안에 모두 되돌려놓아야 합니다'라고 했습니다. 오버스타인은 잠시 생각에 잠기더니 설계도를 가져야겠다고 외쳤어요. '세 장은 내가 가져가야 합니다.' 오버스타인이 말했어요. '나머지는 이 젊은 친구 주머니 속에 넣어두면 되잖소. 이자가 설계도를 가진 채 발견되면, 모든 책임은 이 친구가 뒤집어쓸 겁니다'라고 했어요. 달리 방법이 보이지 않아 오버스타인이 제안한 대로 한 겁니다. 30분 정도 창문에서 기다리니 기차가 와서 멈췄어요. 안개가 너무 자욱해 아무것도 보이지 않았죠. 덕분에 별 무리 없이 웨스트의

시체를 기차 지붕 위에 올려둘
수 있었습니다. 이게 제가 관
련된 이번 일의 전부입니다."

"그렇다면 당신 형님은요?"

"형님은 아무 말도 하지 않
았지만, 제가 형님의 열쇠를
가지고 있는 것을 한 번 본 적
이 있었어요. 그래서 형님
이 나를 의심하고 있다고
생각했죠. 분명 나를 의심하
는 눈빛이었어요. 아시다시피, 일
이 있고 난 후 형님은 다시는 고개를
들지 못했습니다."

　방 안에는 침묵이 흘렀다. 마침내 마이크로프트 홈즈가 침
묵을 깼다.

"엎질러진 물이긴 하지만 그래도 잘못을 바로잡아보는 게
어떻겠소? 형량은 물론 양심의 가책도 조금은 덜 수 있을 테
니 말이오."

"제가 어떻게 하면 됩니까?"

"설계도를 가지고 사라진 오버스타인은 지금 어디 있습니
까?"

"모릅니다."

"어디 있겠다고 주소를 남기지 않았나요?"

"파리의 루브르 호텔로 편지를 보내라고 했습니다. 그러면 자기가 받을 수 있을 거라고 했어요."

"대령께서 바로 잡을 수 있는 일이 있을 거 같군요." 셜록 홈즈가 말했다.

"뭐든지 할 수 있는 게 있다면 하겠습니다. 오버스타인에게 좋은 감정이 있는 것도 아니니 말입니다. 그자는 날 파멸의 길로 몰아넣었을 뿐이에요."

"여기 종이와 펜이 있습니다. 이 책상에 앉아 내가 말하는 대로 받아쓰세요. 파리의 그 호텔로 주소를 쓰고요. 좋아요. 이제 이렇게 받아쓰세요.

오버스타인 씨께,

귀하는 지금쯤 우리의 거래와 관련하여 아주 핵심적인 내용 하나가 빠진 것을 알아차리셨을 겁니다. 필요하신 부분을 채워줄 복사본을 제가 갖고 있습니다. 어쨌거나 이것을 얻기 위해 특별히 고생을 더 했으니 500파운드를 더 요구할 수밖에 없군요. 이것을 우편으로 부치진 않을 겁니다. 또 금과 지폐 외에는 어떤 것도 받지 않겠습니다. 당신께 직접 찾아가 받고 싶지만, 지금 상황에서 제가 외국으로 자리를 비운다면 의심을 받을 것이 뻔합니다. 그러니 토요일 정오, 채링 크로스 호텔 흡연실에서 뵙기로 하죠. 영국 지폐나 금만 받을 거라는 점을 명심하십시오.

그거면 충분한 거 같군요. 이걸 보고도 나타나지 않는다면 도리어 내가 놀랄 겁니다."

홈즈의 계획은 적중했다. 그건 역사적인 사건이었다. 종종 한 나라의 정사보다 훨씬 흥미롭고 상세한 비사 같은 것 말이다. 일생일대의 성과를 마무리하기 위해 안달이 나 있던 오버스타인은 아무 의심 없이 미끼를 물었고, 영국 감옥에서 15년 형을 받았다. 그의 가방에서 우리는 오버스타인이 유럽의 모든 해군 본부에 경매로 내놓은 평가할 수 없을 만큼 귀중한 브루스파팅턴호 설계도를 찾을 수 있었다. 월터 대령은 형을 선고받고, 2년을 채우기 직전 감옥에서 사망했다.

한편, 홈즈는 집으로 돌아와 다시 라소의 무반주 다성 성가곡에 관한 논문을 쓰는 일에 몰두했다. 논문은 이후 한정본으로 발행해 주변 지인들에게 돌려졌는데, 전문가들에 따르면 홈즈의 논문은 이 분야의 어느 논문보다 뛰어나다는 찬사를 받았다고 했다. 몇 주가 지나고 나는 우연히 나의 친구가 윈저 궁에서 하루를 보내고 왔다는 사실을 알게 되었다. 그곳에서 돌아온 나의 친구는 눈에 띌 만큼 대단히 멋진 에메랄드 넥타이핀을 꽂고 있었다. 산 거냐고 내가 묻자 홈즈는 운 좋게 어느 작은 임무를 맡은 적이 있는데, 그때 알게 된 우아한 여인이 준 선물이라고 했다. 그리고 그 이상은 말하지 않았다. 하지만 난 그 숙녀의 존귀한 이름을 알 것만 같았다. 그리고 나는 나의 친구가 그 에메랄드 핀을 볼 때마다 언제든지 브루스파팅턴호의 설계도 모험을 떠올릴 거라는 것도 믿어 의심치 않았다.

4
죽어가는 탐정

홈즈가 묵고 있는 하숙집 주인 허드슨 부인은 참을성이 많은 여성이었다. 홈즈가 묵고 있는 2층 하숙방에는 별난 사람들이 수시로 드나들었고, 홈즈의 괴상하고 불규칙한 생활 방식은 허드슨 부인의 인내심을 시험하기 충분했다. 엉망진창으로 해놓은 집 안 꼴과 한밤중에도 음악 연주를 하고, 방에서 종종 울려 퍼지는 권총 연습 소리와 고약한 악취를 풍기는 괴상한 과학 실험 그리고 항상 폭력과 위험한 분위기를 몰고 다니는 홈즈는 그야말로 런던 최악의 하숙인이 분명했다. 하지만 적어도 하숙비만큼은 후하게 내는 편이었다. 내가 홈즈와 지낸 몇 년 동안 지급한 하숙비만 모아도 그 집을 사고도 남았을 것이다.

그런 홈즈의 모습을 잘 알면서도 허드슨 부인은 마음속 깊이 홈즈를 존경하고 있었다. 홈즈가 어떤 기상천외한 행동을 해도 결코 잔소리하는 법이 없었다. 심지어 부인은 홈즈에게 호감까지 가지고 있었는데, 이는 홈즈가 항상 여성에게 예의

바르고 매너 있게 대했기 때문이다. 홈즈는 원래 여성을 신뢰하거나 좋아하는 편이 아니었지만, 늘 기사다운 모습으로 여성을 대하곤 했다. 나는 홈즈에 대한 허드슨 부인의 진심 어린 존경심을 잘 알고 있었다. 그래서 내가 결혼한 지 2년째 되던 날, 부인이 내게 찾아와 나의 친구가 얼마나 위독한 상태인지 얘기했을 때 귀 기울여 들을 수밖에 없었다.

"홈즈 씨가 매우 위독해요, 왓슨 선생님." 부인이 말했다. "사흘 동안 점점 쇠약해지고 있는데, 오늘을 넘길 수 있을지 모르겠어요. 그런데도 제가 의사 선생님을 데려오려고 하면 만류하는 거예요. 오늘 아침에도 피골이 상접한 모습을 해서는 눈만 번쩍이고 있는데, 더 이상은 견딜 수가 없었어요. '홈즈 씨가 허락하든 말든 당장 의사 선생님을 데려오겠어요'라고 했더니, '그럼 왓슨을 데려오세요.' 이렇게 말하더라고요. 나라면 서두르겠어요, 선생님. 안 그러면 살아 있는 모습을 못 볼지도 모른다고요."

나는 화들짝 놀랄 수밖에 없었다. 홈즈가 아프다는 얘기는 여태껏 들어본 적이 없었기 때문이다. 나는 황급히 코트와 모자를 챙겨 마차를 잡아탔다. 가는 동안 부인에게 좀 더 자세한 상황을 물어보았다.

"말해줄 게 별로 없어요, 선생님. 로더히드에서 발생한 사건을 조사해왔는데, 템스 강 근처 어느 골목에서 병을 얻어왔지 뭐예요. 수요일 오후에 드러누운 이후로는 꼼짝도 못 하고 있어요. 사흘 동안 아무것도 먹지도, 마시지도 못하고 있다고요."

"맙소사! 왜 진작 의사를 부르지 않았습니까?"

"허락을 해줘야 말이지요, 선생님. 홈즈 씨가 얼마나 권위적인지 잘 아시잖아요. 감히 그 말을 어길 수 없었어요. 하지만 이제 살날이 얼마 안 남았어요. 그건 직접 보면 바로 알 거예요."

실제로 홈즈의 상태는 비통할 정도였다. 안개 짙은 11월의 날이 흐린 탓에 방 안은 어두컴컴했지만, 침대에서 나를 바라보는 홈즈의 야윈 얼굴을 알아본 나는 가슴이 철렁 내려앉았다. 열이 오른 홈즈의 눈은 이글거렸고, 양 볼은 소모열(하루에 체온이 1도 이상 오르내려서 체력이 약해지는 미열—옮긴이)에 걸린 듯 붉게 물들어 있었다. 입술은 다 헐어 딱지가 덕지덕지 앉아 있었고, 야윈 두 손은 이불 위에서 줄곧 경련을 일으키고 있었다. 목소리는 다 쉬어 가늘게 떨렸다. 내가 방에 들어서자 침대에 축 늘어져 있던 홈즈는 그래도 나를 알아보고는 눈을 빛냈다.

"아, 왓슨. 아무래도 불행한 시절이 우리를 찾아온 것 같아."

홈즈는 쇠약하지만 전과 다름없는 장난스러운 말투로 말했다.

"이 친구야!" 내가 다가서며 외쳤다.

"물러서! 어서 물러서!" 홈즈가 날카로운 목소리로 외쳤다. 긴박한 상황에서만 들을 수 있는 목소리였다. "왓슨, 더 이상 내게 가까이 온다면 당장 이 집에서 쫓아내겠네."

"아니, 도대체 왜 그러는 건가?"

"내가 그렇게 하고 싶기 때문이야. 이거면 충분하지 않나?"

허드슨 부인의 말이 맞았다. 홈즈는 그 어느 때보다 더 권위적이었다. 그럼에도 불구하고 이토록 탈진한 모습을 보자니 여간 안쓰러운 게 아니었다.

"난 자네를 도와주고 싶을 뿐일세!" 내가 해명했다.

"말 잘했어! 내가 하라는 대로 해주는 게 날 돕는 거야."

"물론이지, 홈즈."

홈즈는 그제야 딱딱한 표정을 누그러뜨렸다.

"화나지 않았나?" 홈즈가 가쁜 숨을 몰아쉬며 물었다. 그러나 맙소사, 이렇게 비참하게 누워 있는 친구를 보며 어느 누가 화를 낼 수 있단 말인가.

"다 자네를 위해서야, 왓슨." 홈즈가 쉰 목소리로 말했다.

"나를 위해서라고?"

"내가 무슨 병에 걸렸는지는 잘 알고 있어. 수마트라의 '쿨리'라는 풍토병이지. 우리보다는 네덜란드 사람들에게 더 잘 알려져 있는 병이지만, 그들도 아직 잘 모르긴 마찬가지야. 한 가지 확실한 건, 매우 치명적이고 전염성이 높다는 거야."

홈즈는 이제 열에 들뜬 목소리로 얘기하며, 떨리는 긴 손으로 물러서라는 시늉을 했다.

"접촉으로 감염되는 병일세, 왓슨. 그래, 만지기만 해도 감염이 되지. 그러니 떨어져 있게. 그러면 괜찮아."

"여보게, 홈즈! 내가 감염 따위를 잠시라도 두려워할 것 같은가? 모르는 사람이 아프다고 해도 피하지 않을 텐데, 하물며 오랜 친구가 아픈 상황에서 내가 몸을 사릴 것 같으냔 말일세!"

내가 다시 다가서자 홈즈는 더욱 화난 표정을 지으며 나를 물리쳤다.

"자네가 떨어져 있겠다면 얘기를 나누겠네만, 그렇지 않다면 당장 이 방에서 나가게!"

나는 홈즈의 비범한 재능을 존경했기에 말이 안 되는 부탁이라도 항상 들어주는 편이었다. 그렇지만 지금은 내 모든 직업적 본능이 반기를 들고 있었다. 다른 때라면 내가 홈즈의 말을 따랐겠지만, 지금은 환자인 홈즈가 의사인 내 말을 따라야할 때였다.

"홈즈." 내가 말했다. "자네는 지금 제정신이 아니야. 환자는 아이와 같지. 나도 자네를 아이처럼 대하겠네. 자네가 좋든 싫든 난 자네의 증상을 살펴보고 치료해야겠어."

그러자 홈즈는 악의에 찬 눈으로 나를 쏘아보았다.

"내가 좋든 싫든 치료해야겠다면, 적어도 내가 신뢰할 만한 의사를 불러주게." 홈즈가 말했다.

"나는 못 믿겠다는 말인가?"

"우정이야 믿고말고. 하지만 사실은 사실이야, 왓슨. 결론만 말하면, 자네는 일반 개업의로서 아주 부족한 경험과 실력의 소유자지. 이런 말을 해서 마음 아프지만, 자네가 날 몰아붙이니 어쩔 수 없이 하는 말일세."

나는 가슴이 쓰라렸다.

"홈즈, 자네답지 않은 소리를 하는군. 그런 말을 하는 것만 봐도 자네가 제정신이 아니란 게 분명해. 하지만 날 못 믿겠다면 굳이 내가 진료를 하진 않겠네. 재스퍼 미크 경이나 펜로즈

피셔, 그도 아니면 런던 최고의 의사라도 데려와서 자네를 치료하게 하겠네. 그걸로 결정됐어. 내가 직접 자네를 돕거나 다른 사람더러 도와달라 하지도 않고 여기 그냥 서서 자네가 죽어가는 것을 보고만 있을 거라고 생각했다면, 그건 친구를 잘못 안 거야."

"자네 마음을 모르는 게 아니야, 왓슨." 흐느낌인지 신음인지 모를 소리로 홈즈가 말했다. "내가 굳이 자네의 무지를 증명해야 속이 시원하겠는가? 자네, 타파눌리 열병에 대해서 뭘 아는가? 블랙 포모사 부패증은?"

"둘 다 들어본 적 없어."

"동양에는 수많은 종류의 질병이 있고, 다양한 희소병들이 있단 말일세, 왓슨." 홈즈는 힘이 부치는지 한마디 할 때마다 말을 멈추곤 했다. "나는 최근에 의료 범죄 사건을 조사하면서 많은 것을 알게 됐지. 이 병도 사건을 조사하다 걸린 거야. 자네가 할 수 있는 일은 없어."

"그럴지도 모르지. 하지만 난 열대병에 관해서는 최고 권위자인 에인스트리 박사가 지금 런던에 와 있다는 사실만은 알고 있어. 아무리 둘러대 봐야 소용없을 걸세, 홈즈. 내가 당장 박사를 데려오겠어." 나는 단호하게 문 쪽으로 향했다.

그 순간, 나는 전에 없이 화들짝 놀랐다. 순식간에 마치 호랑이가 뛰어오르듯 죽어가던 홈즈가 내 앞을 막아선 것이다. 열쇠를 돌려 방문을 잠그는 소리가 들렸다. 다음 순간 홈즈는 에너지를 다 소진한 듯 헐떡거리며 침대로 돌아가 쓰러져 누웠다.

"힘으로 열쇠를 뺏을 생각은 하지 않는 게 좋을 거야, 왓슨. 내가 이겼어, 친구. 이왕 왔으니 내가 가라고 할 때까지 여기 있도록 해. 내가 즐겁게 해주겠네." (이 모든 말을 하는 동안 홈즈는 숨을 헐떡거리며 말하는 사이사이 숨을 힘겹게 몰아쉬었다) "왓슨, 자네가 나를 진심으로 위하고 있다는 사실은 잘 알고 있어. 곧 자네가 하자는 대로 할 테니 기운 차릴 시간을 좀 주게. 지금은 아니야, 왓슨. 지금은 아니라고. 이제 4시군. 6시가 되면 자네를 보내주겠네."

"이건 미친 짓이야, 홈즈."

"두 시간이면 돼, 왓슨. 6시면 보내주겠다고 약속하지. 괜찮겠나?"

"선택의 여지가 없군."

"없고말고. 고마워, 왓슨. 옷은 혼자 입을 수 있으니 부디 가까이 다가오지 말아줘. 자, 왓슨. 한 가지 조건이 더 있네. 나를 도와줄 사람을 찾겠다면, 자네가 말한 그 사람 말고 내가 말하는 사람한테 가서 도움을 청해줄 수 있겠나?"

"물론이지."

"이 방에 오고 나서 유일하게 말이 되는 소리를 하는군, 왓슨. 저기 보면 책이 몇 권 있을 거야. 내가 기운이 없어서 말이야. 절연체로 전기를 다 쏟아낸 배터리 같은 기분이랄까? 6시가 되면, 그때 다시 얘기하자고."

하지만 우리는 6시가 되기 훨씬 전에 이야기를 다시 이어나가게 되었다. 홈즈가 나를 방에서 못 나가게 하려고 침대에서 벌떡 뛰쳐나와 문을 잠갔을 때처럼 다시금 나를 놀라게 했기 때문이다. 나는 몇 분 동안 침대 곁에 서서 홈즈가 조용히 침대에 누워 있는 모습을 바라보고 있었다. 홈즈는 침대 시트로 얼굴을 덮고 잠든 것 같았다. 그 후 나는 다소곳이 책을 읽고 앉아 있을 수가 없어서, 천천히 방을 거닐며 사방에 붙어 있는 악명 높은 범죄자들의 얼굴을 살펴보다가, 아무 생각 없이 벽난로 앞에 이르렀다. 벽난로 위에는 파이프 몇 개와 담배 주머니, 주사기, 작은 주머니칼, 권총 탄창 등 잡동사니가 어지럽게 널려 있었다. 그중 미닫이 뚜껑이 달린 희고 검은 작은 상아 상자가 하나 있었다. 아주 정교하게 만들어진 그 상자를 자세히 보려고 내가 막 손을 뻗을 찰나였다.

순간, 홈즈는 바깥에서도 들릴 만큼 무시무시한 굉음을 내질렀다. 벼락같은 그 소리를 들으니 소름이 돋고 머리칼이 곤두설 정도였다. 홱 돌아서 보니 홈즈가 씩씩거리며 눈에서 광기를 내뿜고 있었다. 어안이 벙벙해진 나는 상자를 손에 든 채 온몸이 굳고 말았다.

"그 상자 당장 내려놓게, 왓슨! 당장!" 내가 벽난로 위에 상자를 다시 내려놓자 비로소 홈즈는 베개에 머리를 파묻으며 안도의 한숨을 내쉬었다. "누가 내 물건에 손대는 건 정말 질색이야, 왓슨. 자네도 잘 알지 않는가. 왜 이렇게 날 불안하게 만드는 거야! 명색이 의사라는 자네가 환자를 정신병자로 만들어도 되는 건가? 가만히 좀 앉아 있어. 나 좀 쉬게 내버려 두란 말이야!"

나는 이 일로 말할 수 없을 정도의 불쾌함을 느꼈다. 까닭도 없이 막무가내로 흥분하고서는, 평소의 온화함이라고는 찾아볼 수 없는 잔인한 말을 내뱉다니. 이것만 봐도 홈즈가 얼마나 정신적으로 쇠약해져 있는지 잘 알 수 있었다. 모든 상실 중에서도 고귀한 정신이 망가진다는 것이야말로 가장 비통한 것이 아니면 무엇이겠는가! 나는 의기소침한 상태로 자리에 앉아 정해진 시간이 가기만을 기다렸다. 홈즈도 나처럼 시계를 바라보고 있는 듯했다. 6시가 되자마자 아까와 같이 흥분한 말투로 이야기를 다시 시작했기 때문이다.

"아, 왓슨. 혹시 주머니에 잔돈 좀 가지고 있나?" 홈즈가 말했다.

"응."

"은화는?"

"꽤 있어."

"하프 크라운은?"

"다섯 개 가지고 있어."

"아, 너무 적어! 부족해! 참 불행한 일이군, 왓슨! 어쨌거나 그거라도 회중시계 주머니에 넣어두도록 해. 그리고 나머지는 왼쪽 바지 주머니에 넣어두고. 고마워. 그렇게 하면 자네의 몸이 훨씬 더 균형 잡힐 거야."

이건 정말 미친 헛소리였다. 홈즈는 부들부들 떨며, 다시 기침인지 흐느낌인지 모를 소리를 냈다.

"자, 왓슨. 이제 가스등을 켜주게. 하지만 아주 조심하도록 해. 잠깐이라도 불꽃이 반 이상 올라오지 않게 조절해야 해. 아주 간곡히 부탁하는 거야. 제발 조심해줘. 고마워. 아주 좋아. 아니, 커튼을 칠 필요는 없네. 이제 저 편지와 신문들을 내 손이 닿을 수 있도록 여기 탁자 위에 좀 가져다줘. 고마워. 저기 벽난로 위의 물건도 이리 주고. 잘했어, 왓슨! 저기 설탕 집게가 있으니 그걸 사용해서 아까 그 상자를 집어보게. 자, 그럼 여기 신문 위에 올려놔. 좋아! 이제 자네는 로어버크 스트리트 13번지로 가서 컬버턴 스미스 씨를 모셔오게."

사실 나는 의사를 불러올 마음이 사라진 상태였다. 홈즈의 증상이 심각해져 정신이 오락가락한 상태였기 때문이다. 이런 상황에서 환자를 두고 떠나는 것은 위험했다. 그러나 홈즈는 자기가 말한 그 사람으로부터 그토록 거부하던 진료를 꼭 받고 싶어 했다.

"그런 이름은 들어본 적이 없는걸." 내가 말했다.

"아마 못 들어봤을 거야, 왓슨. 이 세상에서 지금 내 병을 가장 잘 알고 고칠 수 있는 사람이 의사가 아니라 농장주라는 사실을 알면 아마 놀라겠지. 컬버턴 스미스 씨는 유명한 수마트라 사람인데 지금 런던을 방문 중이지. 의사의 도움을 받기에는 너무 멀리 떨어져 있던 자신의 농장에서 이 병이 창궐해 어쩔 수 없이 스스로 연구를 하기 시작했는데, 뜻밖에 큰 성과를 거두었어. 스미스 씨는 매우 규칙적인 사람이어서 6시 이후에 가야 한다고 한 걸세. 그전에 가봤자 서재에서 나올 생각을 하지 않을 게 뻔하거든. 자네가 스미스 씨를 설득해서 데리고 올

수만 있다면, 그가 취미로 지속하고 있는 이 질병에 대한 연구 경험으로 우리를 도와준다면, 분명 나는 살 수 있을 거야."

홈즈가 한 말을 이렇게 쭉 이어서 기록하긴 했지만, 이 말을 하는 내내 홈즈가 숨을 가쁘게 몰아쉬며 계속되는 고통에 두 손을 움켜쥐고, 얼마나 더듬더듬 말했는지는 굳이 묘사하지 않겠다. 내가 있던 몇 시간 만에 홈즈의 상태는 더 나빠진 것 같았다. 소모열 반점은 더 또렷해졌고, 더 움푹해진 두 눈은 더욱 이글거렸으며, 이마에는 식은땀이 맺혔다. 하지만 홈즈는 여전히 쾌활하면서도 정중한 말투를 고수했다. 죽는 순간까지도 대가인 양 행동할 그였다.

"내 상태를 본 그대로 스미스 씨에게 전해주게." 홈즈가 말했다. "자네가 보고 느낀 그대로 말이야. 죽어가는 사람. 죽어가면서 정신까지 이상해진 그런 사람 말일세. 그러고 보니 왜 바다 밑바닥은 딱딱한 굴로 뒤덮이지 않은 건지 이해가 안 되는군. 그렇게 번식력이 강한데 말이야. 아, 내가 무슨 말을 하는 거지! 뇌가 뇌를 어떻게 조종하는지 정말 신기하단 말이지! 왓슨, 내가 무슨 말을 하고 있었지?"

"가서 컬버턴 스미스 씨를 모셔오라고 했어."

"아, 그렇군. 기억이 나네. 내 목숨이 달려 있어. 스미스 씨에게 가서 간청해줘, 왓슨. 그 사람과 나는 사이가 썩 좋지 않아. 그의 조카 때문이지. 난 스미스 씨의 조카가 나쁜 일을 저질렀다고 생각해서 그에게 그 사실을 알렸다네. 그 조카는 아주 끔찍하게 죽었지. 그래서 스미스 씨는 나에게 악감정을 품고 있어. 부디 그자를 좀 달래주게, 왓슨. 싹싹 빌면서 부탁해보게. 어떻게라도 그를 여기 데리고 와야 해. 오직 스미스 씨만이 날 살릴 수 있어! 오직 그 사람만이!"

"그러면 강제로라도 마차로 데리고 오겠네."

"그렇게 하면 안 돼. 반드시 설득해서 모셔오게. 그리고 자네는 스미스 씨보다 먼저 돌아오게. 무슨 핑계를 대서든 그자와 함께 와서는 안 돼. 잊지 말게, 왓슨. 내 말을 꼭 지켜줘야 해. 자네는 한 번도 나를 실망시킨 적이 없지. 굴의 번식을 막는 천적이 있는 게 분명해. 왓슨, 자네와 나. 우리는 우리가 해야 할 일을 다 했어. 이제 굴이 전 세계를 뒤덮으려나? 아니야, 안 돼! 정말 끔찍한 일이야! 자네가 여기서 느낀 모든 걸 그대로 전해주게."

나는 이 대단한 지식인이 마치 바보 아이처럼 횡설수설하는 인상을 가득 간직한 채 방을 나섰다. 홈즈는 내게 방 열쇠를 건네주었다. 적어도 이젠 홈즈가 방 안에서 문을 잠그진 못하겠다는 생각에 다행이라고 여기며 열쇠를 받았다. 허드슨 부인은 문밖 복도에서 나를 기다리며 흐느껴 울고 있었다. 집을 나서는 내 뒤로 정신착란 상태의 홈즈가 노래하듯 중얼거리는 소리가 들려왔다. 높고 가느다란 목소리였다. 아래층에 내려와 마차를 부르고 기다리는데, 안개 사이로 한 남자가 나타났다.

"홈즈 씨 상태는 좀 어떻습니까? 선생님." 남자가 물었다.

오랜 지인인 런던 경찰국의 모턴 경위였다. 경위는 경찰복

이 아닌 트위드 정장을 입고 있었다.

"매우 위독한 상태입니다." 내가 대답했다.

경위는 매우 이상한 눈빛으로 나를 바라보았다. 그 표정이 섬뜩하지 않았더라면, 채광창의 불빛에 비친 경위의 얼굴이 웃음을 머금고 있다고 생각했을 것이다.

"소문은 들었습니다만." 경위가 말했다.

마침 마차가 와서 나는 모턴 경위와 헤어져야 했다.

로어버크 스트리트에 가보니 노팅힐과 켄싱턴 사이의 어중간한 경계에 멋진 주택이 즐비했다. 마부가 나를 내려준 집은 고풍스러운 철제 난간과 커다랗고 반짝이는 황동으로 만들어진 대문이 위풍당당한 모습을 자아내는 저택이었다. 등 뒤로 비치는 연한 전등 빛 덕에 분홍색 광채를 띠며 나타난 엄숙한 집사는 저택과 아주 잘 어울렸다.

"예, 컬버턴 스미스 씨는 안에 계십니다. 왓슨 선생님이시라고요! 잘 알겠습니다. 명함을 전달해드리겠습니다."

그러나 나의 이름과 직함이 컬버턴 스미스 씨에게는 대수롭지 않은 모양이었다. 반쯤 열린 문 사이로 변덕스럽고 날카로운 고음의 목소리가 들려왔다.

"이 사람이 대체 누구야? 원하는 게 뭔데? 이런 맙소사, 스테이플스. 내가 서재에 있을 땐 방해하지 말라고 그렇게 말하지 않았나?"

집사가 점잖은 목소리로 뭐라 뭐라 해명하는 소리가 들렸다.

"스테이플스, 그 사람한테 만날 수 없다고 전해. 연구를 방해받을 수는 없어. 집에 없다고 전해. 급하면 내일 아침에 오라고 해."

다시 한 번 집사의 점잖은 목소리가 들려왔다.

"됐어, 그러니까 그 사람에게 그렇게 전해. 아침에 다시 오든가 말든지 하라고 해. 연구를 방해받는 건 딱 질색이야."

나는 침대에서 고통에 힘들어하고 있을 홈즈를 떠올렸다. 홈즈는 내가 도와줄 사람을 데리고 오기만을 간절히 바라고 있을 것이다. 지금은 예의를 따질 때가 아니었다. 홈즈의 목숨이 내가 얼마나 신속히 행동하느냐에 달려 있었다. 송구스러운 표정을 한 집사가 말문을 열기도 전에 나는 집사를 밀치고 집 안으로 뛰어들어 갔다.

벽난로 뒤 안락의자에 앉아 있던 남자는 버럭 화를 내며 일어났다. 노랗고 커다란 얼굴에 우악스럽고 개기름이 번지르르한 이중 턱의 남자는 무성하고 까칠한 눈썹 아래, 언짢고 위협적인 잿빛 눈으로 날 노려보았다. 대머리의 남자는 분홍빛 이마 한쪽으로 작은 벨벳 흡연 모자(담배 냄새가 배지 않도록 쓰는 모자—옮긴이)를 눌러쓰고 있었다. 머리가 유난히 커 두개골 용량이 막대한 듯했다. 하지만 머리를 굽어보고 있자니 체구는 깜짝 놀랄 만큼 왜소하고 약해 보였다. 등과 어깨는 어릴 때 구루병을 앓기라도 한 것처럼 굽어 있었다.

"이게 무슨 짓입니까?" 스미스가 카랑카랑한 목소리로 소리쳤다. "이렇게 허락도 없이 쳐들어오다니! 내일 보겠다고 전달받지 못했습니까?"

"죄송합니다만" 하고 내가 말했다. "내일까지 미룰 수 없는 사정이 있어서 그랬습니다. 실은, 셜록 홈즈 씨가…."

내 친구의 이름을 들은 작은 체구의 그 남자 표정이 돌변했다. 순간 그의 얼굴에 분노의 표정이 스쳐 지나갔고, 이목구비는 바짝 경계하며 날카롭게 바뀌었다.

"홈즈 씨한테서 오는 길입니까?" 남자가 물었다.

"예, 집에서 오는 길입니다."

"홈즈 씨는 어떻습니까? 잘 지내고 있나요?"

"매우 위중합니다. 그래서 이리로 온 겁니다."

남자는 나에게 의자를 가리켜 보이고, 안락의자에 다시 앉았다. 남자가 의자에 앉는 동안 나는 벽난로 위 거울에 비친 그의 얼굴을 보았다. 맹세컨대 악의로 가득 찬 가증스러운 미소를 머금고 있었다. 하지만 나는 그 표정이 그저 내 말에 놀란 남자가 일으킨 신경질적인 반응일 거라 스스로 설득해야만 했다. 남자가 이내 순수하게 걱정스러운 얼굴로 바뀌었기 때문이다.

"유감이군요." 남자가 말했다. "홈즈 씨와는 일 때문에 몇 번

만난 게 다지만 전 항상 그의 재능과 인품을 존경하고 있습니다. 홈즈 씨는 범죄 연구자이지요. 내가 병을 연구하듯이 말이오. 그가 악당을 상대한다면 나는 세균을 상대하듯. 이게 바로 제 포로들입니다." 스미스는 옆 탁자 위에 줄지어 세워놓은 병과 단지를 가리키며 이야기를 이어갔다. "이 젤라틴 배양균 중에는 이 세상에서 가장 악랄한 세균도 몇 놈 있답니다."

"홈즈 씨가 당신을 만나고자 하는 이유도 바로 당신의 그런 전문 지식 때문입니다. 홈즈 씨는 당신을 아주 높게 평가하고 있어요. 런던에서 오직 당신만이 자신의 목숨을 구해줄 유일한 사람이라고 생각하고 있습니다."

작은 체구의 스미스가 깜짝 놀라 벌떡 일어서자 그의 이마에서 흡연 모자가 미끄러져 바닥으로 떨어졌다.

"어째서죠?" 스미스가 물었다. "홈즈 씨는 어째서 내가 자신을 도울 수 있다고 생각하는 겁니까?"

"당신이 동양 질병에 대해 잘 알기 때문입니다."

"그런데 홈즈 씨는 어째서 자신이 동양의 병에 걸렸다고 생각하는 겁니까?"

"홈즈가 어떤 조사를 하던 중에 부두에서 중국인 선원과 접촉한 적이 있어서라고 하군요."

컬버턴 스미스는 유쾌한 미소를 지으며 흡연 모자를 집어 들었다.

"아, 그랬군요? 아마 당신이 생각하는 것처럼 큰 문제는 아닐 겁니다. 아픈 지는 얼마나 됐나요?"

"사흘쯤 됐습니다."

"정신착란 증세도 보이던가요?"

"종종이요."

"쯧쯧! 생각보다 심각한 모양이군요. 이런 상황에서 도와주지 않는다면 인간으로서 도리가 아니죠. 내 연구를 방해받는 건 질색이지만, 분명 이런 경우라면 예외지요. 왓슨 선생님, 지금 당장 같이 가도록 하시죠."

난 홈즈의 지시를 떠올렸다.

"아, 저는 다른 약속이 있어서…." 내가 말했다.

"좋습니다. 그럼 혼자 가도록 하죠. 홈즈 씨의 주소를 적어둔 게 있어요. 늦어도 30분 안에 도착할 겁니다."

먼저 돌아온 나는 마음을 졸이며 홈즈의 침실로 들어왔다. 내가 자리를 비운 사이 최악의 상황이 벌어졌을 수도 있는 노릇이었다. 천만다행으로 그사이 홈즈의 상태는 상당히 회복되어 있었다. 안색은 여전히 창백했지만, 정신착란 증세는 보이지 않았다. 목소리는 여전히 허약했지만, 평소보다도 더욱 또렷하고 맑았다.

"만나보았는가, 왓슨?"

"응, 곧 올 걸세."

"정말 잘했어, 왓슨! 잘했어! 자네는 정말 최고의 심부름꾼이야!"

"함께 가자고 하더군."

"그건 곤란하지, 왓슨. 그래서는 절대 안 될 일이야. 내가 어디가 아픈지 물어보았겠지?”

“그래서 이스트엔드의 중국인 이야기를 들려줬네.”

“그렇지! 잘했어, 왓슨. 좋은 친구가 해줄 수 있는 모든 걸 다해주었군. 이제 자네는 이 현장에서 사라져도 되겠어!”

“나도 여기서 기다렸다가 스미스 씨의 소견을 들어야 하네.”

“물론 그래야지. 하지만 스미스 씨는 나와 단둘이 있다고 생각할 때 더 솔직하고 가치 있는 소견을 말해줄 거야. 내 침대 머리맡에 공간이 있네, 왓슨.”

“설마!”

“다른 방법이 없어, 왓슨. 여긴 누가 숨어 있다고 의심을 살 만큼 숨어 있기에 적합하진 않아. 하지만 충분히 숨을 수는 있을 거야, 왓슨.” 홈즈는 갑자기 상체를 벌떡 일으키며 초췌한 표정에 긴장한 기색까지 띠었다. “마차 소리가 들리는군. 왓슨, 서두르게. 날 믿는다면 어서 내가 시키는 대로 해줘. 그리고 무슨 일이 있더라도 움직이지 말게. 알겠나? 말도 하면 안 돼. 움직이지도 말고! 그냥 모든 상황을 듣고만 있어.” 그렇게 말하고는 갑자기 기운이 빠지기라도 한 듯, 힘차고 단호하던 홈즈의 목소리는 정신착란 증세를 보이는 환자의 희미한 중얼거림으로 변했다.

침대 머리맡에 재빨리 몸을 감춘 나는, 계단을 올라와 문을 열고 방으로 들어오는 발소리에 귀를 기울였다. 놀랍게도 꽤 긴 침묵이 이어졌다. 환자의 무겁고 헐떡이는 숨소리만이 침묵을 깨뜨렸다. 우리의 손님은 침대 옆에 서서 환자를 내려다

보고 있는 듯했다. 마침내 그 이상한 침묵이 깨졌다.

"홈즈!" 남자가 소리쳤다. "홈즈!" 잠든 사람을 깨우듯 강렬한 목소리였다. "들리는가, 홈즈?" 환자의 어깨를 거칠게 흔드는지 부스럭거리는 소리가 들렸다.

"스미스 씨, 당신인가요?" 홈즈가 중얼거렸다. "당신이 설마 와주리라고는 상상도 못 했어요."

상대는 웃음을 터뜨렸다.

"나도 이럴 줄 몰랐어." 스미스가 말했다. "그렇지만 말이야, 보다시피 이렇게 왔다네. 머리 위에 숯불을 쌓는다는 게 이런 거 아니겠나('네 원수가 주리거든 먹이고 목마르거든 마시우라 그리함으로 네가 숯불을 그 머리에 쌓아놓으리라'라는 성경 〈로마서〉의 구절을 이용한 은유. 사도 바울은 이 구절을 가지고 악을 선으로 갚으라고 훈계했다—옮긴이)? 홈즈, 머리 위에 숯불 말이야."

"친절하시군요. 정말 훌륭한 마음입니다. 저는 당신이 특별한 지식을 가지고 있다는 것을 잘 알고 있습니다."

우리의 손님은 킬킬거리며 웃었다.

"그럴 테지. 다행히도 자네는 런던에서 유일하게 그 사실을 알고 있는 인물이란 말일세. 자네의 병이 뭔지 알고 있는가?"

"바로 그 병이죠." 홈즈가 말했다.

"아! 증상을 알고 있군?"

"너무나 잘 알고 있습니다."

"흠. 너무 놀라지는 말게, 홈즈. 만약 그게 같은 병이라 해도 놀랄 것 없어. 자네에게 썩 좋은 일은 아닐 테지만 말이야. 불쌍한 빅터는 나흘째 되던 날 숨을 거두었지. 튼튼하고 밝은 젊은이였는데 말이야. 자네 말처럼 런던 한복판에서 저 멀리 아시아의 병, 그것도 내가 연구해온 그 병을 얻었다는 건 분명 놀라운 일이었지. 참으로 신기한 우연의 일치이긴 해. 그걸 알아차린 자네도 참 영리하고 말이야. 하지만 그렇다고 해서 인과관계가 마치 나에게 있다는 듯 이야기를 퍼뜨린 건 너무했단 말이지."

"당신이 범인이란 걸 알고 있었습니다."

"그래? 알고 있었다고? 글쎄, 증명하진 못했지. 대체 나에 대한 악의적인 소문을 왜 퍼뜨린 거지? 그러고 병에 걸리니까 이제는 나에게 도움을 청하다니, 이게 도대체 뭐하는 건가, 응?"

홈즈의 숨이 거칠고 힘겨워지는 신음이 들렸다. "물 좀 주시오!" 홈즈가 헐떡거리며 외쳤다.

"이봐, 이제 슬슬 갈 때가 되어가는군. 하지만 내가 할 말을 다하기 전에 죽어서는 안 되지. 그래서 물을 주는 거야. 조심해, 쏟아지잖아! 그래, 내 말 알아듣겠나?"

홈즈가 끙끙거렸다.

"제발 나를 치료해주십시오. 지난 일은 다 잊어버립시다." 홈즈가 속삭였다. "당신이 한 말은 다 잊겠어요. 맹세합니다. 제발, 치료만 해주십시오. 그럼 다 잊어버리겠습니다."

"뭘 잊겠단 말인가?"

"빅터 새비지의 죽음에 대해서 말입니다. 당신이 방금 그랬다고 인정한 것이나 마찬가집니다만, 그 사실을 다 잊어버리 겠습니다."

"그러거나 말거나, 마음대로 하게. 자네는 아마 증인석에 서 지 못할 테니. 이봐, 홈즈. 내 장담컨대 자네는 증인석이 아닌 다른 상자에 들어가게 될 걸세. 내 조카가 어떻게 죽었는지 자 네가 알거나 말거나 내게는 문제가 되지 않아. 지금 우리가 얘 기하고 있는 건 내 조카가 아니라 바로 자네니까 말이야."

"맞습니다. 맞아요."

"나를 데리러 온 그 친구, 그 친구 이름이 뭐더라? 그 친구가 말하길 자네가 이스트엔드 뱃놈 사이에서 병을 얻었다더군."

"그렇게밖에 설명할 수 없었습니다."

"홈즈, 자네는 자네가 똑똑한 걸 잘 알고 있지? 스스로 꽤 잘 났다고 생각하지 않느냐는 말이야. 이번에는 자네보다 더 똑 똑한 사람을 만난 걸세. 자, 다시 생각해봐, 홈즈. 정말 그렇게 병에 걸린 걸까?"

"그래요, 정신이 나가서 머리가 돌아가지 않아요! 제발, 나 를 좀 도와주세요!"

"물론, 도와주지. 자네가 어떻게 하다 그 병을 얻게 되었는 지 죽기 전에 내가 알려주겠네."

"제발, 통증을 줄이는 약을 좀 주세요."

"아플 거야, 아프고말고. 쿨리들도 죽을 때가 되면 비명깨나 지르곤 했지. 경련도 일 텐데?"

"맞아요. 경련이 일어요."

"흠, 그래도 듣는 데는 문제없을 거야. 자, 생각해봐! 자네에게 이 증상이 나타나기 시작했을 무렵, 뭐 이상한 일이 있지 않았나?"

"아니오, 아무 일도 없었습니다."

"다시 생각해봐."

"너무 아파서 생각할 수가 없어요!"

"그렇다면 내가 도와주지. 우편으로 뭔가 받은 것 없었나?"

"우편이요?"

"상자 같은 것 말이야."

"기절할 것 같아요! 죽겠어요!"

"정신 차려, 홈즈!" 죽어가는 사람을 흔들어 깨우는 듯한 소리가 났다. 하지만 내가 할 수 있는 일이라고는 조용히 숨어 있는 것뿐이었다. "내 말 들리지? 들릴 거야. 그 상아 상자 기억하나? 상아 상자 말이야. 수요일에 배달되었을 거야. 그 상자, 열어봤지? 기억나는가?"

"예, 기억나요. 제가 열었어요. 안에 날카로운 용수철이 들어 있었어요. 누가 장난친 줄⋯."

"그건 장난이 아니었어. 쓰라린 대가를 치르고 곧 알게 될 테지만 말이야. 이 어리석은 녀석. 자네 정도라면 알아차렸어야지. 알아차렸어야 하고말고. 나를 방해하라고 누가 요청이라도 했나? 내 앞길을 막지만 않았어도 자네를 해치진 않았을 거야."

"기억납니다." 홈즈가 헐떡이며 말했다. "그 용수철! 피가 났어요. 그 상자…. 그건 탁자 위에 있어요."

"맞아, 조지가 만든 바로 그 상자지! 이건 내가 가져가는 게 좋겠군. 자, 이렇게 자네가 지닌 마지막 증거물은 사라지는 거야. 하지만 이제 진실을 알게 되었으니 내가 자네를 죽였다는 사실을 안 상태로 죽으면 되는 거야. 자네는 빅터 새비지의 운명에 대해 너무 많은 걸 알고 있어. 그래서 그 운명까지 공유하라고 상자를 보냈지. 자, 홈즈. 이제 거의 끝나가는군. 그럼 여기 앉아서 자네가 죽는 걸 지켜보겠네."

홈즈는 이제 거의 들리지 않을 정도로 속삭이고 있었다.

"뭐라고?" 스미스가 말했다. "가스등을 켜달라고? 아, 어둠이 내리기 시작했군. 그런가? 물론, 등을 켜주지. 불을 켜면 자네가 더 잘 보이겠군." 스미스가 방 반대편으로 건너가고, 갑자기 방 안에 불이 밝혀졌다. "이봐, 친구. 더 필요한 건 없는가?"

"성냥과 담배."

나는 놀라움과 기쁨으로 하마터면 소리를 지를 뻔했다. 홈즈가 평상시의 목소리로 얘기하고 있는 것이다. 다소 약해 보이기는 했으나 그 목소리는 분명 내가 기억하는 홈즈의 목소리 그대로였다. 한동안 침묵이 흘렀다. 나는 컬버턴 스미스가 놀란 채로 멍하니 서서 내 친구를 바라보고 있음을 알 수 있었다.

"이게 어떻게 된 일이지?" 마침내 스미스가 건조하고 칼칼한 목소리로 말했다.

"성공적인 연기를 하는 가장 좋은 방법은 바로 그 자체가 되는 거죠." 홈즈가 말했다. "예컨대 당신이 조금 전 내게 물을 주기 전까지 내가 지난 사흘 동안 아무것도 먹지도 마시지도 않은 것처럼 말입니다. 하지만 제일 참기 힘든 건 담배더군요. 아, 여기 담배가 있군." 성냥불을 켜는 소리가 들렸다. "이제야 좀 살겠군! 어라? 이게 웬 친구 발소리지?"

밖에서 발소리가 나더니 문이 열리면서 모턴 경위가 나타났다.

"모든 게 다 해결되었습니다. 이 사람이 범인이오." 홈즈가 말했다.

경위는 평소대로 피의자 고지를 했다.

"당신을 빅터 새비지에 대한 살인 혐의로 체포합니다"라며 경위는 말을 마쳤다.

"셜록 홈즈에 대한 살인 미수 혐의를 추가해도 될 겁니다." 내 친구가 나직이 웃으며 말했다. "경위, 스미스 씨는 선량하게도 경위에게 보내는 신호인 가스등을 직접 켜주기도 했답니다. 아, 그리고 피의자 오른쪽 주머니에 있는 그 상자도 잘 압수해두는 게 좋을 거요. 고마워요. 아주 조심히 다루는 게 좋습니다. 여기에 두세요. 재판에서 아주 중요한 역할을 할 겁니다."

순간 도망가려는 소리와 몸싸움을 하는 소리가 들렸다. 그러고는 쇳소리와 스미스의 비명도 들렸다.

"그래 봤자 당신만 다칠 겁니다." 경위가 말했다. "가만히 있

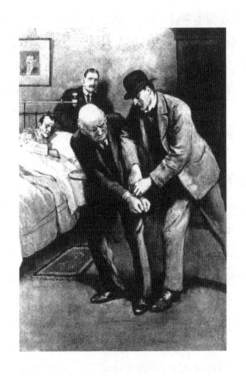

어요." 수갑 채우는 소리가 들렸다.

"멋진 함정이군!" 으르렁거리는 고음의 목소리가 들렸다. "재판에 서야 할 사람은 내가 아니라 자네야, 홈즈. 자네라고! 네 친구가 치료를 해달라고 해서 난 왔어. 난 홈즈에게 유감이 있는데도 왔단 말이야. 이제 분명 있지도 않은 말을 지어내 말도 안 되는 의심을 하더니 내게서 자백을 들은 양 얘기하겠지. 자네 마음대로 거짓말해봐, 홈즈. 아마 내 말을 믿는 사람이 더 많을 거야!"

"아차!" 홈즈가 외쳤다. "까맣게 잊고 있었군! 이봐, 왓슨. 정말 미안하게 됐네. 자네를 깜빡 잊고 있었다니! 자네에게 굳이 컬버턴 스미스 씨를 소개할 필요는 없겠지. 이미 만났을 테니 말이야. 아래에 마차 대기시켜놓았나요? 옷 좀 입고 바로 따라 가겠습니다. 경찰서에서 내가 도울 일이 있을 것 같으니까요."

"정말 배고파서 혼났어." 홈즈는 옷을 챙겨 입는 동안 클라레 포도주와 비스킷 몇 개를 입에 넣으며 말했다. "알다시피 내 식습관이 워낙 불규칙해서 말이야. 다른 사람들에 비하면 별일도 아니지. 허드슨 부인에게는 진짜로 아픈 듯한 인상을 주는 게 중요했어. 허드슨 부인이 자네한테 얘기하고, 자네가 또 스미스 씨에게 내 소식을 전했어야 하니까. 화난 건 아니지, 왓슨? 자네는 재주가 많지만, 속마음을 숨기는 솜씨는 영 아니야. 자네가 만약 내 비밀을 알았더라면 절대로 스미스에게 다급히 이리 와야 한다는 인상을 주지 못했을 거야. 그 부분이 바로 이번 계획의 핵심이었지. 나는 스미스 씨가 나에게 앙심을 가진 걸 알고 있어서, 반드시 자기 솜씨를 확인하러 올 거란 걸 알고 있긴 했어."

"그런데 홈즈, 자네의 그 핼쑥한 얼굴은 뭔가?"

"사흘 동안 완전히 단식하면 그 누구도 안색이 좋을 수 없지, 왓슨. 그 외에는 스펀지가 다 해결해주었어. 이마에는 바셀린을 약간 바르고, 눈가에는 벨라돈나를 살짝 발랐지. 양 볼에 붉은 화장을 살짝 하고, 밀랍 가루를 입가에 묻혔더니 썩 그럴싸한 작품이 나오더군. 꾀병에 관해서는 논문을 써도 될 정도란 말이야. 중간중간 하프 크라운이니 굴이니 하는 엉뚱한 소리까지 해대니 정말 정신착란자 같았겠지."

"그렇다면 당연히 감염될 리 없는데 왜 가까이 가지 못하게 한 건가?"

"당연한 걸 왜 묻나, 왓슨! 내가 정말 자네의 의사로서의 재능을 얕잡아 본다고 생각하는가? 내가 아무리 허약한 연기를 했더라도 자네가 진찰하면 맥박도 그대로고 체온도 정상이었을 텐데, 자네의 그 예리한 판단력으로 당연히 알아차리지 않았겠는가? 4미터 정도는 떨어져 있어야 자네를 속일 수 있을 거라고 생각했지. 내가 자네를 속이지 못했다면 누가 스미스를 유인할 수 있었겠나? 안 돼, 왓슨. 그 상자는 건드리지 말게. 대충 보기만 해도, 뚜껑을 살짝 열면 독사의 이빨 같은 용수철이 튀어 오르게 장치되어 있는 걸 알 수 있지. 단언컨대 그 괴물은 부동산 상속에 방해가 되었던 불쌍한 빅터도 이런 장치를 이용해 죽였을 거야. 하지만 자네도 알다시피 난 워낙 다양한 우편물을 받다 보니, 내게 오는 우편물에 대해서는 좀 조심스러운 편이지. 그런데 난 이 계획이 성공했다고 스미스가 착각하면 분명 자백할 거라고 확신했어. 그래서 마치 예술가처럼 완벽한 연기를 해낸 거지. 고맙네, 왓슨. 외투 입는 것 좀 도와줘. 경찰서에서 일을 다 마치고 나와도 심슨 클럽의 영양가 높은 요리는 아직 남아 있을 거야."

5
프랜시스 카팩스 여사의 실종

"왜 하필 터키식이지?" 홈즈가 내 부츠를 뚫어져라 쳐다보며 물었다. 난 의자에 몸을 젖힌 채 발을 쭉 내밀고 앉아 있었는데, 언제나 예리한 홈즈의 시선이 내 발에 머문 것이다.

"이건 영국제인걸." 흠칫 놀라며 내가 답했다. "옥스퍼드 스트리트의 래티머 가게에서 샀네만."

홈즈는 답답하다는 듯한 표정으로 씩 웃었다.

"목욕 말이야, 목욕!" 홈즈가 외쳤다. "왜 하필 비싸고 나른하게 만드는 터키식 목욕을 한 거냐고. 기운을 북돋아 주는 영국식을 두고서 말이야."

"요 며칠 늙었는지 몸이 처지는 데다, 류머티즘 때문에 힘들어서 그랬네. 터키식 목욕은 의사들 사이에서는 체질 개선 요법으로 불리지. 몸을 새롭게 해준다고나 할까. 그런데 말이야, 홈즈." 내가 말했다. "도대체 내 부츠랑 터키식 목욕이 무슨 관계가 있는 건가? 물론 자네처럼 논리적인 사람에게는 상관관계가 또렷이 보였겠지만 말이야. 좀 알려주지 않겠나?"

"그렇게 어려운 추리는 아니네, 왓슨." 홈즈가 장난기 가득한 목소리로 말했다. "아주 초보적인 유추였다고. 마치 자네가 아침에 누구랑 같이 마차를 타고 왔다고 추론할 수 있는 것처럼 말이지."

"그 쉽다는 추론도 깔끔한 설명이라 인정할 수는 없겠군." 내가 무뚝뚝하게 말했다.

"좋아, 왓슨! 아주 당당하고 논리적인 항변이군. 어디 보자, 무슨 얘기를 하고 있었지? 마차 얘기부터 해보자고. 자네도 자네 외투 왼쪽 소매와 어깨에 흙탕물 자국이 보이지? 자네가 만약 마차 중간에 앉았더라면 흙탕물이 튀지 않았거나, 튀었더라도 한쪽으로 치우치지 않았을 거야. 따라서 자네는 분명 한쪽에 앉았다는 말이 되고, 그 말인즉 자네에게 동행이 있었다는 추론이 가능하지."

"굉장히 명백하군."

"아주 평범한 추론이야, 안 그런가?"

"그럼 부츠와 터키식 목욕은 어떻게 된 건가?"

"그것도 쉽기는 마찬가지일세. 자네는 부츠 끈을 항상 일정한 방식으로 매지. 하지만 오늘 보니 자네의 평소 방식과 달리 아주 정성 들인 2중 매듭으로 묶여 있지 않은가. 그 말은 자네가 벗어놓은 신발을 누군가가 매줬다는 거지. 누가 그랬을까? 구두 수리공이나 목욕탕 구두닦이 정도 아니겠는가. 자네 부츠야 거의 새것이니 수리공일 리는 없을 것 같고. 그렇다면 목욕탕밖에 안 남지. 어렵지 않지? 그나저나, 자네 터키식 목욕의 목적을 달성하였군."

"무슨 목적?"

"새로운 출발을 위해 목욕을 하고 왔다고 하지 않았나? 자네에게 줄 새로운 일거리가 있어. 왓슨, 스위스 로잔에 다녀오는 게 어떤가? 일등석 좌석은 물론 모든 경비를 최고로 대주겠네."

"멋진데! 그런데 무슨 일로?"

홈즈는 안락의자에 앉더니 주머니에서 수첩을 꺼내 들었다.

"세상에서 가장 위태로운 부류 중의 하나는 말일세." 홈즈가 말했다. "이곳저곳을 홀로 유람하는 여인이야. 누구에게도 해를 끼치지 않고, 남들에게 큰 도움을 주기도 하지. 하지만 어쩔 수 없이 범죄의 표적이 되기도 해. 그 누구도 도와줄 수 없는 철새 같은 존재라고나 할까. 이 나라 저 나라를 떠돌아다니고, 호텔에서 호텔로 옮겨 다닐 충분한 부를 가졌지. 그러다 종종 외딴곳의 하숙집을 전전하다 실종되고 말지. 여우 굴에서 길을 잃은 병아리 같은 존재라고. 잡아먹히면 그걸로 끝장이야. 프랜시스 카팩스 여사에게도 그런 불길한 일이 생긴 게 아닐까 걱정일세."

일반적인 여성의 얘기에서 갑작스레 구체적인 특정 여성의 얘기로 전개되자 난 깜짝 놀라 가슴을 쓸어내렸다. 홈즈는 수첩을 쳐다보며 말했다.

"프랜시스 여사는 작고한 러프턴 백작 가문의 혈통을 이어받은 유일한 생존자야. 자네도 기억하겠지만, 집안 대부분의 재산은 남자 후손이 상속받았지. 프랜시스 여사는 아주 일부만 물려받았는데, 그중에는 아주 진기한 고대 스페인의 은 제품과 아주 매력적인 세공을 자랑하는 다이아몬드가 포함돼 있네. 여사가 어찌나 아끼는지, 은행 금고에 보관하지도 않고 항상 직접 지니고 다닐 정도야. 좀 측은한 여자일세, 프랜시스 여사 말이야. 이제 막 중년의 나이에 접어들었지만 여전히 아주 아름다운 여성인데, 어쩌다 보니 20년 전엔 근사한 함대였다가 지금은 낙오한 유령선 같은 신세가 되고 말았어."

"여사에게 무슨 일이라도 일어난 건가?"

"아, 프랜시스 여사에게 무슨 일이 생긴 거냐고? 여전히 살아 있는지가 더 걱정이야. 그게 바로 우리가 알아내야 할 문제이기도 하지. 여사는 아주 규칙적인 분이야. 지난 4년간 한 번도 빠짐없이 미스 도브니에게 2주에 한 번씩 편지를 보냈으니 말이야. 미스 도브니는 프랜시스 여사의 옛 가정교사인데 오래전에 은퇴해서 캠버웰에 살고 있지. 내게 이 일을 의뢰해온 것도 미스 도브니였다네. 벌써 아무 소식도 듣지 못한 지가 5주나 됐다고 말이야. 마지막으로 편지를 보낸 곳이 로잔의 내셔널 호텔이야. 듣자 하니 호텔에 아무 연락처도 남기지 않고 떠났다고 하더군. 가족들 걱정이 큰 데다 엄청난 부자인지라, 사건만 해결한다면 돈은 아끼지 않고 받을 걸세."

"미스 도브니 말고 또 정보를 가진 사람은 없는가? 다른 사람에게도 편지를 보냈을 법한데 말이야."

"아, 물론 있고말고, 왓슨. 바로 은행일세. 독신 여성이라도 생활은 해야 하니까. 여사에게 통장은 마치 간결한 일기장과 같은 거라고. 프랜시스 여사는 실베스터 은행과 거래를 해. 여사의 계좌 내용을 이미 살펴보았네. 마지막 바로 전에 수표를 끊은 곳이 로잔인데, 액수가 꽤 큰 걸로 봐서는 아마 충분한 현금을 가지고 있을 걸세. 그 이후로는 딱 한 번 더 수표를 끊은 것으로 나타나더군."

"어디서 누구에게 말인가?"

"마리 드뱅 양에게로 돼 있었어. 어디서 발행했는지는 알 수 없더군. 수표는 몽펠리에의 크레디 리오네라는 은행에서 3주 정도 전에 현금으로 교환되었고, 금액은 총 50파운드였어."

"마리 드뱅이란 사람은 누구인가?"

"물론 그것도 알아냈지. 마리 드뱅 양은 프랜시스 여사의 하녀였어. 왜 그녀에게 수표를 끊어 줬는지는 아직 알아내지 못했네. 자네가 곧 알아낼 거라고 믿지만 말이야."

"내가 말인가?"

"건강 때문이라도 로잔에 다녀오도록 하게. 자네도 알다시피 에이브러햄스 노인이 여전히 생명의 위협을 받고 있는 마당에 내가 어떻게 런던을 떠나겠나. 게다가 난 웬만해서는 이 나라를 벗어나지 않는 게 좋아. 영국 경찰들이 내가 없으면 쓸쓸해하거든. 범죄자들도 활개를 칠 테고 말이야. 그럼 가보게, 왓슨. 혹시라도 나의 변변찮은 조언이 한 단어에 2펜스나 하는 말도 안 되게 비싼 전보를 보낼 만큼 값어치가 있다면, 내 밤낮으로 전보를 보내도록 하지."

이틀 후 나는 로잔의 내셔널 호텔에 도착했다. 그곳에서 나는 호텔의 유명한 지배인 M. 모저로부터 아주 극진한 대접을 받았다. 들은 대로 프랜시스 여사는 그곳에서 여러 주나 묵었다고 했다. 그곳의 모든 사람은 프랜시스 여사를 좋아했는데, 마흔이 채 넘지 않은 나이에 여전히 아리따웠고, 젊었을 때의 아름다운 매력을 고스란히 간직하고 있었다. M. 모저는 프랜시스 여사의 값진 보석에 대해서는 아는 게 없었는데, 직원들에 의하면 여사의 방 안에는 항상 잠겨 있는 무거운 트렁크가 있었다고 했다. 하녀인 마리 드뱅도 주인만큼이나 인기가 많았다. 알고 보니 그 하녀는 호텔의 수석 웨이터 중 한 명과 약혼한 사이였고, 덕분에 하녀의 주소를 쉽게 알아낼 수 있었다. 주소는 몽펠리에, 트라장 루드 11번지였다. 난 이 모든 정보를 수첩에 갈겨 적으며, 홈즈도 이렇게 능숙하게 사실관계를 파악해내지는 못했을 거라고 생각했다.

하지만 여전히 한 가지 풀리지 않는 의문이 남아 있었다. 프랜시스 여사가 갑자기 떠난 이유에 대해서는 그 어떤 실마리도 찾을 수 없었다. 여사는 로잔에서 아주 행복했다. 모든 정황상 프랜시스 여사는 호수가 내다보이는 화려한 객실에서 한동안 지내려고 한 것이 분명했다. 그런데도 여사는 하루 전에 통보하고 그곳을 떠났다. 선지급한 일주일 치 숙박비도 포기하면서 말이다. 여사의 하녀인 마리 드뱅의 약혼자, 쥘 비바르만이 갑작스럽게 떠난 이유를 어렴풋이 짐작했다. 약혼자의 말에 의하면 여사가 갑작스럽게 떠난 것은 하루 이틀 전 호텔로 여사를 찾아온 키가 크고 피부가 검은, 수염을 기른 남자와 관련이 있는 것 같다고 했다. "윙 소바주, 윙 베리타블 소바주("야만인, 정말 야만인이었어요!"라는 뜻의 프랑스어―옮긴이)!" 약혼자가 외쳤다. 그 남자는 시내 어딘가에서 묵었다. 쥘 비바르는 그 남자가 호숫가 산책로에서 여사와 진지하게 얘기하는 모습을 본 적이 있다고 했다. 그러고 나서는 호텔로 여사를 다시 찾아오기까지 했는데, 프랜시스 여사는 만나기를 거절했다. 그 사내는 영국인이었는데 이름에 대한 기록은 없었다. 여사는 그 직후 그곳을 떠났다. 쥘 비바르는 물론, 더 중요한 프랜시스 여사의 하녀도 사내의 방문과 여사가 갑작스럽게 떠난 것에는 인과 관계가 있다고 생각했다. 단 한 가지, 약혼자 쥘도 얘기하지 않으려던 것이 있었는데, 그건 바로 자신의 약혼녀 마리가 여사를 떠난 이유였다. 쥘은 그 점에 대해서는 말할 수도 없고, 말하지도 않으려고 했다. 반드시 알아야겠다면 몽펠리에로 가서 마리에게 직접 물어보라는 것이다.

내 수사의 첫 장은 이렇게 끝이 났다. 두 번째 장은 프랜시스 여사가 로잔을 떠나 어디로 향했느냐에 초점이 맞춰졌다. 행선지가 비밀스러운 점을 봤을 때 여사는 누군가를 따돌릴 생각으로 떠난 게 틀림없었다. 그렇지 않고서야 짐 가방에 바덴으로 향한다고 떳떳하게 행선지를 붙여두지 않을 이유가 없었을 것이다. 프랜시스 여사와 짐은 몇 군데를 거쳐 독일 라인 강 유역의 온천지에 도착했다. 난 이 모든 정보를 지역의 쿡 여행사 매니저로부터 알아낼 수 있었다. 난 홈즈에게 지금까지의 경과를 알리고, 농담조의 칭찬이 적힌 전보를 받은 뒤, 다음 행선지인 바덴으로 향했다.

바덴에서 프랜시스 여사의 행적을 쫓는 것은 그리 어려운 일이 아니었다. 여사는 엥글리셔 호프에서 2주 동안 묵었다. 프랜시스 여사는 그곳에서 남아메리카 출신 선교사인 슐레징거 박사 내외와 알게 되었다. 혼자 사는 여성이 대부분 그렇듯, 프랜시스 여사 역시 종교에서 평안과 일거리를 찾았다. 슐레징거 박사의 뛰어난 인격과 독실한 신앙, 그리고 박사가 사도의 의무를 수행하다가 병을 얻게 되었고 회복 중이라는 사실은 여사에게 큰 감동을 주었다. 프랜시스 여사는 슐레징거 부인을 도와 회복 중인 성자를 간호했다. 엥글리셔 호프 지배인의 설명에 따르면, 슐레징거 박사가 베란다에 놓인 안락의자에 앉아 휴식을 취할 때면 양쪽에서 두 부인이 정성스레 박사를 돌봐주었다고 했다. 슐레징거 박사는 성경에 나오는 미디안 종족에 관한 논문을 작성하고 있었는데, 이와 관련하여 성지의 지도를 그릴 준비를 하고 있었다. 마침내 건강을 회복한 박사 내외는 런던으로 돌아갔고, 프랜시스 여사도 동행했다. 매니저는 3주 전 이들이 떠나고 나서는 더는 들은 소식이 없다고 했다.

하녀인 마리는 이 모든 일이 있기 며칠 전, 다른 하녀들에게 평생 일을 그만두게 되었다고 알린 뒤 하염없이 눈물을 흘리며 떠났다고 했다. 프랜시스 여사를 포함한 일행의 비용은 슐레징거 박사가 떠나기 전 모두 지불했다고 했다.

"그나저나." 집주인이 말을 정리하며 말했다. "프랜시스 카팩스 여사에 대해서 묻고 다니는 사람이 당신 말고도 또 있었습니다. 바로 일주일 정도 전에 똑같은 일 때문에 어떤 남자가 찾아왔죠."

"그 사람 이름을 아시나요?" 내가 물었다.

"아니요. 하지만 영국 사람이었어요. 특이한 유형이기는 했지만요."

"야만인처럼 생긴 유형 말씀이신가요?" 난 나의 저명한 친구가 그러하듯, 내가 알아낸 사실을 바탕으로 추론하며 물었다.

"맞아요. 듣고 보니 딱 야만인같이 생겼어요. 덩치가 크고 수염을 기른 데다, 피부는 까맣게 그을린 게 고급 호텔보다는 시골 여관이 더 잘 어울리는 모습이었어요. 아주 사납고 거칠어 보였어요. 함부로 건드려서는 안 되겠다고 생각했죠."

안개가 걷히고 그 속에 숨었던 등장인물들이 점점 또렷해지면서, 수수께끼는 이미 하나하나 풀려가는 듯했다. 여기 독실한 신앙심을 가진 착한 여인이 무자비하고 불길한 사내에 의해 쫓기고 있었다. 로잔을 떠나온 걸로 봐서 여인은 분명 사내를 두려워하고 있었다. 하지만 사내는 여전히 여사를 쫓고 있었고, 여사를 찾아내는 것은 시간문제였다. 이미 찾아낸 걸까? 그래서 소식이 끊기고 만 걸까? 여사와 동행하던 그 좋은 사람들은 이 협박과 폭력에서 여사를 보호해주지 못한 걸까? 이 기나긴 추적 뒤에 숨은 사내의 끔찍한 목적과 깊은 음모는 무엇일까? 이는 내가 지금부터 풀어야 할 문제였다.

난 홈즈에게 얼마나 빨리, 그리고 정확히 이번 문제의 본질을 파악하게 됐는지 적어 보냈다. 이에 대한 답으로 홈즈는 슐레징거 박사의 왼쪽 귀 생김새를 물어왔다. 홈즈의 농담은 때로는 이상하고 종종 불쾌하기도 했기에, 난 이 엉뚱한 농담을 무시했다. 그리고 사실 난 홈즈의 전보를 받기 전에 이미 하녀 마리를 쫓아 몽펠리에에 도착한 상태였다.

마리를 찾아 그녀가 아는 모든 이야기를 듣는 것은 그리 어려운 일이 아니었다. 마리는 아주 헌신적인 사람이었다. 마리는 다가오는 결혼식 때문에 어쩔 수 없이 프랜시스 여사를 떠나야 했지만, 여사가 안전한 사람들의 보호를 받고 있음을 확인하고서야 일을 그만두었다고 했다. 마리의 마음 아픈 고백에 따르면, 프랜시스 여사는 바덴에 있는 동안 안절부절못하고 짜증을 내는 모습을 보였다고 했다. 심지어 한번은 하녀의 정직성을 의심하는 질문을 했는데, 그 덕분에 한결 가벼운 마음으로 여사를 떠날 수 있었다고 했다. 프랜시스 여사는 결혼 선물로 50파운드를 주었다고 한다. 나와 마찬가지로 마리도 프랜시스 여사를 로잔에서부터 뒤쫓아 온 그 사내를 아주 수상하게 여기고 있었다. 마리는 호숫가 산책길에서 사내가 거칠게 프랜시스 여사의 팔목을 잡아채는 모습을 직접 보았다고 했다. 사내는 난폭하고 끔찍했다. 마리는 자신의 여주인이 이 사내를 두려워하여 슐레징거 부부와 런던까지 동행했다고 믿고 있었다. 여사가 직접 얘기한 적은 없었지만, 여기저기 드러난 다양한 징후를 봤을 때, 마리의 여주인은 늘 불안하고 초조한 상태에 놓여 있는 것이 분명했다. 이야기가 이쯤 이르렀을 때, 마리가 갑자기 의자에서 벌떡 일어났다. 그녀의 얼굴은 놀라움과 두려움으로 떨리고 있었다. "저기 봐요!" 마리가 소리쳤다. "저 사악한 인간이 여기까지 쫓아오다니! 제가 말한 사람이 바로 저 사람이에요!"

열린 거실 창밖으로 거대하고 피부는 거무스름하며 까칠한 검은 수염을 기른 사내가 보였다. 사내는 길 한복판을 천천히 거닐며 이집 저집 살피고 있었다. 분명 저자도 나처럼 프랜시스 여사를 쫓아 하녀를 찾고 있음이 분명했다. 순간적인 충동에 사로잡힌 나는 밖으로 뛰쳐나가 사내를 불러 세웠다.

"당신 영국 사람이군요." 내가 말했다.

"그렇다면 어쩔 거요?" 사악해 보이는 얼굴을 찡그리며 사내가 대답했다.

"성함을 여쭤봐도 되겠습니까?"

"아니, 안 되오." 사내는 딱 잘라 말했다.

어색한 상황이었지만, 때로는 이런 상황일수록 직접적으로 말하는 게 가장 좋은 방법이기도 했다.

"프랜시스 카팩스 여사는 어디 있는 거요?" 내가 물었다.

사내가 놀란 표정으로 바라보았다.

"여사에게 무슨 짓을 한 거요? 왜 그녀를 뒤쫓는 거죠? 어서 대답하시오!" 내가 말했다.

사내는 버럭 화를 내더니 호랑이처럼 나를 덮쳤다. 나도 몸싸움이라면 자신이 있는 편이었지만, 사내의 아귀힘은 무쇠처럼 격렬했다. 목이 졸린 내가 거의 정신을 잃을 찰나, 텁수룩하게 수염을 기른 파란 작업복 차림의 프랑스인이 건너편 카바레에서 곤봉을 들고 뛰쳐나왔다. 공격자는 곤봉으로 팔뚝을 맞고 나서야 나를 손아귀에서 풀어주었다. 그 사내는 잠시 으르렁거리더니, 내게서 등을 돌리고 내가 방금 나온 그 집으로 들어갔다. 난 나를 구해준 남자에게 고마움을 표시하기 위해 고개를 돌렸다. 남자는 옆에 서서 나를 바라보고 있었다.

"이봐, 왓슨." 남자가 말했다. "일 망쳐놓은 것 좀 보라고! 당장 야간 급행열차를 타고 나랑 런던으로 돌아가는 게 낫겠어!"

한 시간 후, 평소의 차림새와 모습으로 돌아온 셜록 홈즈는 내가 묵고 있던 호텔 방에 앉아 있었다. 갑자기 튀어나와 나를 구해준 홈즈의 이야기는 아주 간단했다. 잠시 런던을 떠나도 된다는 사실을 알게 된 홈즈는 내가 향할 행선지에 먼저 도착해 나를 기다릴 셈이었던 것이다. 작업복을 입고 위장한 채 카바레에 앉아 내가 나타나기만을 기다리고 있었다고 했다.

"자네는 보기 드물게 뛰어난 조사를 해줬네, 왓슨." 홈즈가 말했다. 지금까지 봐서는 크게 무언가를 빼먹지는 않은 것 같

군. 아직 확실히 알아낸 건 아무것도 없지만, 전반적으로 봤을 때 자네 덕분에 범인에게 경각심을 일으킨 것 같네."

"자네가 직접 조사했어도 아마 나보다 더 잘해내지 못했을 걸세." 내가 퉁명스럽게 말했다.

"말도 안 되는 소리. 난 '이미' 자네보다 잘해냈는걸. 여기 필립 그린 경이라는 사람이 있어. 당신과 같은 호텔에 묵고 있지. 아마 그에게 가면 좀 더 성공적인 조사를 시작할 수 있을 거야."

명함을 담은 금속 쟁반이 들어오고, 그 뒤로 좀 전에 나를 공격한 털보 악당이 따라 들어왔다. 나를 바라본 그가 흠칫 놀랐다.

"이게 어떻게 된 일인가요, 홈즈 씨?" 남자가 물었다. "당신의 쪽지를 받고 바로 왔습니다만, 이자는 무슨 관계가 있는 겁니까?"

"이쪽은 내 오랜 친구이자 동료인 왓슨 선생입니다. 이번 일을 도와주고 있죠."

낯선 이는 몇 마디 사과의 말과 함께 햇볕에 탄 거무스름하고 거대한 손을 내밀며 악수를 청해왔다.

"저 때문에 다치지 않으셨는지 모르겠군요. 프랜시스 여사를 제가 어떻게 하기라도 한 듯 말씀하셔서 이성을 잃고 말았습니다. 그렇다고 저를 탓하실 수는 없을 겁니다. 요즘은 마치 감전이라도 된 듯 신경이 너무 곤두서 있습니다. 하지만 제가 할 수 있는 일이 아무것도 없어요. 제가 무엇보다 알고 싶은 것은 말입니다. 홈즈 씨, 당신이 어떻게 저를 알게 되었나 하는 겁니다."

"프랜시스 여사의 가정교사였던 미스 도브니가 알려줬습니다."

"몹캡(실내에서 착용하는 주름 장식이 달린 모자—옮긴이)을 쓰던 수잔 도브니! 기억나는군요. 아주 잘 알죠!"

"미스 도브니도 당신을 잘 기억하고 있더군요. 아주 오래전 일이라고 했습니다. 당신이 남아프리카로 떠나겠다고 하기 전 말이에요."

"아, 나에 대해 다 알고 오셨군. 아무것도 숨길 필요가 없겠소. 홈즈 씨, 단언컨대 세상 그 어떤 남자도 제가 프랜시스를 향해 가졌던 것만큼 뜨거운 사랑을 한 남자는 없을 겁니다. 그 시절, 저한테는 분명 거친 면이 있었습니다. 저도 잘 알아요. 하지만 제가 속한 부류의 사람들은 대개 그랬어요. 그런데 프랜시스의 마음은 정말 눈만큼이나 하얗습니다. 그녀는 상스러운 것은 견딜 수 없어 했어요. 그래서 제 과거를 알게 된 그녀는 더 이상 저랑 이야기도 하지 않으려고 했지요. 하지만 프랜시스는 여전히 저를 사랑했지요. 놀랍지 않습니까? 저를 너무도 사랑해 남은 평생을, 오로지 나를 위해, 독신으로 살고 있단 말입니다. 세월이 흐르고 바버턴(남아프리카에 위치한 도시로, 금광이 발견된 후 이곳으로 골드러시가 이어졌다—옮긴이)에서 큰돈을 번 뒤, 전 이제 그녀를 찾아가 마음을 달래줄 수 있을 거라 생각했습니다. 여전히 결혼하지 않았다는 소식을 들은 저는 로잔으로 그녀를 찾아가서는 내가 할 수 있는 모든 방법을 시도했지요. 조금 마음이 약해졌다고 생각했는데 여전히 단호하더군요. 그리고 다음번에 찾아갔을 때는 로잔을 떠나버린 후였지요. 프랜시스를 쫓아 바덴까지 왔는데, 얼마 후 그녀의 하녀가 이곳에 살고 있다는 얘기를 들었습니다. 전 거친 사람입니다. 평생을 그렇게 살아왔지요. 그래서 왓슨 선생님이 아까 제게 그런 얘기를 했을 때 이성을 잃은 겁니다. 이제 제발 도대체 프랜시스에게 무슨 일이 일어난 건지 좀 알려주십시오."

"우리도 알아보고 있는 중입니다." 셜록 홈즈는 아주 진지한 목소리로 말했다. "런던 어디에 묵고 있나요, 그린 씨?"

"랭엄 호텔에 묵을 겁니다."

"그렇다면 런던으로 돌아가셔서 내가 필요로 할 때 바로 만나볼 수 있게 기다려주시겠습니까? 헛된 희망을 안겨드리긴 싫습니다만, 분명 프랜시스 여사의 안전을 위해 할 수 있는 한 최선을 다하겠다는 약속은 드리죠. 지금은 더 이상 해드릴 말이 없군요. 여기 명함을 드릴 테니 필요하면 연락하세요. 자, 왓슨. 자네가 짐을 꾸리는 동안 난 허드슨 부인한테 전보를 보내고 오겠네. 내일 아침 7시 30분에 찾아갈 허기진 두 여행자를 위해 최선을 다해 준비를 좀 해달라고 말이야."

베이커 스트리트의 우리 방에 도착했을 때, 전보 하나가 우리를 기다리고 있었다. 홈즈는 흥미롭다는 듯 감탄사를 내뱉으며 읽고는 나에게 던져주었다. 바덴에서 온 전보에는 '들쭉날쭉 또는 찢어진'이라고 적혀 있었다.

"이게 뭔가?" 내가 물었다.

"그게 전부야." 홈즈가 대답했다. "자네, 내가 그 슐레징거 박사의 왼쪽 귀 생김새를 물었던 좀 엉뚱해 보이던 전보 기억나나? 답장을 안 했지."

"이미 바덴을 떠나서 물어볼 수가 없었어."

"맞아. 그래서 똑같은 전보를 엥글리서 호프 지배인에게도 똑같이 물어봤지. 이게 그 답장이야."

"그래, 뭐 알아낸 거라도 있는가?"

"있고말고! 왓슨, 우리는 아주 특별나게 교묘하고 위험한 인간을 상대하고 있는 게 분명해졌어. 남아메리카에서 온 슐레징거 박사라는 이 선교사는 홀리 피터스라는 자야. 오스트레일리아 출신의 가장 악질적인 악당 중 한 명이지. 신생국에서는 보기 드문 아주 굉장한 악당이야. 이자의 주특기가 바로 독신 여성에게 종교적인 감정을 이용해 접근하는 걸세. 아내로 알려진 영국 여자 프레이저는 동료로서 아주 안성맞춤이지. 범죄 방법을 보아하니 그자인 것 같더군. 1889년 애들레이드 술집에서 싸움을 하다 심하게 귀를 물어뜯긴 적이 있는데, 생김새가 일치하는 걸 듣고는 내 직감이 맞음을 확신했지. 불쌍한 프랜시스 여사는 무슨 일을 저지를지 모르는 가장 악마 같은 커플의 손아귀에 잡혀 있는 걸세, 왓슨. 이미 살해당했다 해도 이상한 일이 아니야. 아직 살해당한 게 아니라면 어디 갇혀 있는 게 분명해. 미스 도브나 다른 친구들에게 편지를 쓰지 못하도록 말이지. 처음부터 런던에 오지 않았거나, 이미 왔다 떠났을 수도 있어. 하지만 전자일 가능성은 희박해. 유럽 대륙 경찰의 등록 시스템이 상당히 까다롭기 때문에 외국인이 쉽게 속일 수 없으니까. 후자도 가능성이 낮기는 마찬가지야. 이 악당들에게 영국만큼 사람을 숨기기 좋은 곳도 드물지. 내 모든 직관으로 볼 때 프랜시스 여사는 영국에 있는 게 분명해. 하지만 정확히 그 장소가 어딘지 알 방도가 없으니, 지금으로서는 평소대로 해야 할 일을 하는 수밖에. 저녁을 먹고 인내심을 가지고 기다리는 거야. 저녁 늦게 친구인 레스트레이드와 얘기를 좀 하러 영국 경찰국에 가야겠네."

그러나 영국 경찰은 물론, 홈즈의 작지만 효율적인 조직도 수수께끼를 풀어줄 답을 갖고 있지는 않았다. 수백만의 런던 시민 사이에서 우리가 찾는 세 명의 인물은 마치 태어난 적도 없는 듯 어디에서도 흔적을 찾을 수 없었다. 광고를 내보기도 했지만 소용없었다. 이런저런 단서를 쫓았지만 번번이 실패했다. 슐레징거 같은 범죄자가 들를 만한 장소도 모두 찾아보고, 그자의 옛 동료들도 모두 살펴보았지만 찾아낼 수 없었다. 그렇게 일주일이 지났을 무렵, 불안에 초조해하던 우리에게 한 줄기 빛이 비쳤다. 브릴리언트 펜던트가 달린 옛 스페인식 은목걸이를 웨스트민스터 도로에 있는 베빙턴 전당포에 저당 잡혔다는 소식이 들려온 것이다. 저당 잡은 사람은 덩치가 크고 깔끔히 면도를 한, 성직자처럼 보이는 남자라고 했다. 전당포에 기록한 이름과 주소는 모두 가짜였다. 귀 생김새를 제대로 볼 순 없었지만 분명 슐레징거의 모습과 일치했다.

랭엄 호텔에서 기다리고 있던 우리의 털보 친구는 소식을 듣기 위해 세 번이나 우리를 찾아왔다. 세 번째 방문은 수사에 새로운 진전이 있은 지 한 시간도 채 되지 않았을 때였다. 그 사이 그의 거대한 몸에 걸친 옷이 헐렁해 보였다. 아마도 걱정 때문에 야위어가는 듯했다. "내게 시킬 일이 있다면 주시오!" 남자는 한결같이 통곡했다. 결국 홈즈는 남자의 부탁을 들어 주었다.

"그놈들이 드디어 물건을 저당 잡기 시작했습니다. 지금 잡아야 해요."

"프랜시스 여사에게 끔찍한 일이라도 생겼다는 뜻인가요?"

홈즈는 매우 엄숙하게 고개를 저어 보였다.

"지금까지 여사를 잡아두었다고 봤을 때, 프랜시스 여사를 그냥 풀어주는 것은 스스로를 파괴하는 행위란 걸 잘 알고 있을 겁니다. 우리는 최악의 결과에도 대비해야 합니다."

"내가 뭘 하면 됩니까?"

"이자들이 당신의 생김새를 알고 있습니까?"

"모릅니다."

"이들이 다른 전당포를 찾아갈 수도 있어요. 그렇게 되면 우리는 처음부터 다시 시작해야 합니다. 하지만 이전 전당포에서 아무것도 묻지 않은 데다 가격도 잘 쳐주었기 때문에 급전이 필요할 경우 베빙턴의 전당포를 다시 찾을 가능성이 높아요. 여기 쪽지를 써줄 테니 가서 보여주십시오. 그럼 가게에서 기다릴 수 있게 해줄 겁니다. 만약 그자가 나타나면 그자의 집까지 쫓아가도록 해요. 하지만 무분별하게 행동해서는 안 됩니다. 무엇보다, 어떤 경우에도 폭력은 절대 써서는 안 됩니다. 당신의 명예를 걸고 내 허락 없이 섣불리 행동하지 않을 거라 맹세하십시오."

그 후 이틀 동안 필립 그린 경(이제 그가 크림 전쟁에서 아조프 해 함대의 지휘를 맡았던 유명한 제독의 아들이었다는 점을 밝혀도 될 것 같다)에게서 아무 소식도 들을 수 없었다. 사흘째 되던 날 저녁, 그린은 창백하게 질린 모습으로 전율하듯 온몸을 떨며 우리 거실로 뛰어들어 왔다. 그의 거대한 몸의 근육 하나하나가 흥분에 떨리고 있었다.

"놈을 찾았습니다! 놈을 찾았어요!" 그린이 소리쳤다.

말까지 떨릴 정도로 감정이 심하게 요동치고 있었다. 홈즈는 그런 남자를 안정시킨 뒤 안락의자에 앉혔다.

"자, 어떻게 된 일인지 말씀해보세요." 홈즈가 말했다.

"한 시간 전에 그 여자가 찾아왔습니다. 이번에는 슐레징거의 아내가 왔어요. 여자가 가져온 물건은 지난번에 가져온 목걸이와 한 쌍이었죠. 키

가 크고 창백한 얼굴에 족제비 같은 눈을 하고 있는 여자였습니다."

"그 여자가 분명하군요." 홈즈가 말했다.

"전당포를 떠나 여자를 쫓아갔어요. 케닝턴 로드를 따라 올라가더군요. 저도 계속 뒤를 밟았습니다. 곧 어떤 가게로 들어가더군요. 홈즈 씨, 거기는 장의사였습니다."

내 친구는 깜짝 놀란 목소리로 물었다. "그래서요?" 홈즈의 떨리는 목소리가 냉정한 회색 표정 뒤에 활활 타오르는 영혼이 숨겨져 있음을 말해주고 있었다.

"여자는 계산대 뒤의 여직원과 대화를 나누고 있었습니다. 저도 가게로 들어갔습니다. '좀 늦군요.' 그 여자가 이런 비슷한 대화를 하는 것을 들었어요. '진작 가져다 드렸어야 하는데 일반적이지 않아서 좀 더 오래 걸렸어요.' 직원은 이런 평계를 대고 있었습니다. 둘이 얘기를 멈추고는 날 쳐다보더군요. 그래서 뭘 좀 물어보고는 바로 가게를 나왔습니다.

"아주 잘하셨습니다. 그러고는 어떻게 하셨습니까?"

"여자도 가게를 나오더군요. 전 문 쪽에 몸을 숨기고 있었습니다. 여자가 주위를 두리번거리는 게 뭔가 경계하는 것 같았어요. 바로 마차를 불러 세우더니 어디로 사라졌어요. 운 좋게 저도 바로 다른 마차를 잡아타고는 뒤를 쫓을 수 있었습니다. 여자는 브릭스턴, 폴트니 광장 36번지에서 내렸어요. 난 일단 그곳을 지나친 뒤 모퉁이에 내려서 그 집을 살폈습니다."

"집에 누가 있던가요?"

"1층 창문 하나 말고는 다 불이 꺼져 있더군요. 커튼이 처져 있어 아무것도 볼 수 없었습니다. 집을 지켜보며 뭘 해야 할지 생각하고 있을 때쯤, 두 남자가 탄 짐마차가 다가오더군요. 두 남자는 짐마차에서 뭔가를 내리더니, 그 집 현관으로 날랐습니다. 홈즈 씨, 그건 바로 관이었어요!"

"아!"

"순간적으로 나도 그 집으로 뛰어들어 가려 했습니다. 관을 집 안으로 들여야 했기 때문에 문이 열려 있었죠. 문을 연 건 아까 그 여자였습니다. 그리고 그 여자가 서 있던 나를 발견했어요. 나를 알아보는 것 같더군요. 화들짝 놀랐는지 급히 문을 닫았습니다. 그리고 홈즈 씨와 약속한 게 생각나 이리로 달려왔습니다."

"정말 잘하신 겁니다." 홈즈가 종이 반 장에 무언가를 휘갈겨 쓰며 말했다. "영장 없이 합법적으로 할 수 있는 일은 아무것도 없습니다. 이 쪽지를 경찰국으로 가져가 영장을 받아오는 게 지금으로서는 최선의 방법입니다. 영장 받는 게 까다로울 수 있지만, 보석을 전당 잡은 것만으로 아마 충분할 겁니다. 나머지는 레스트레이드가 알아서 해줄 겁니다."

"하지만 그러는 동안 프랜시스 여사를 살해할지도 모릅니다. 그러지 않고서야 관이 왜 필요하겠소? 그녀를 죽이려는 게 분명하단 말입니다!"

"우리가 할 수 있는 모든 조치를 취할 겁니다, 그린 씨. 한순간도 낭비하지 않을 거예요. 그러니 우리한테 맡겨주십시오.

자, 왓슨." 우리의 의뢰인을 급하게 떠나보내며 홈즈가 말했다. "자, 그런 씨가 정규군을 데리고 올 걸세. 비정규군인 우리는 평소처럼 우리의 방식대로 움직여야 하네. 지금 상황이 최악인 만큼 극단적인 방법도 정당화될 걸세. 폴트니 광장까지지금 당장 달려가야 해."

"상황을 재구성해보자고." 우리가 탄 마차가 국회의사당과 웨스트민스터 다리를 건너는 동안 홈즈가 말했다. "이 악당들은 불행한 프랜시스 여사를 먼저 충실한 하녀로부터 떼어놓은 뒤 런던까지 데리고 왔네. 그러는 동안 여사가 편지 같은 걸 썼다면 그들이 가로챘겠지. 아마 공범을 통해 가구가 모두 갖춰진 집을 구했을 거야. 일단 집 안으로 들어간 뒤부터는 여사를 가뒀겠지. 그러고는 원래의 목적대로 프랜시스 여사의 보석을 빼앗았을 게 분명해. 벌써 보석 일부를 처리하기 시작했어. 프랜시스 여사의 운명 따위에 관심을 가질 사람이 없을 거라 생각했을 테니 안전하다고 생각했겠지. 여사를 풀어준다면 신고할 게 분명하니 풀어줄 리는 없어. 그렇다고 평생 가두어둘 수도 없는 노릇이고. 그러니 살해만이 유일한 해결책인 거지."

"정말 그렇겠군."

"자, 이제 다른 방향에서 추리를 해보세. 두 개의 다른 방향에서 생각을 해보면 말이야, 왓슨. 두 개의 다른 이야기가 마주치는 지점이 있기 마련이야. 바로 진실이 교차하는 곳이지. 그럼 이번에는 이야기를 여사가 아닌 관의 관점에서 시작해보자고. 관을 집에 들일 정도면 말이야, 끔찍하지만 아마 프랜시스 여사는 이미 분명 살해당했을 걸세. 그리고 또 하나, 관을 준비시켰다는 것은 의사의 사망 진단과 관공서에서 제대로 된 허가를 받아서 정식으로 장례 절차를 따르고 있다는 거지. 여사를 이미 살해한 거라면 뒷마당에 파묻었을 거야. 하지만 보다시피 모두 공개적으로 정식적인 장례 절차를 치르고 있다고. 이게 무슨 뜻일까? 그건 분명히 여사의 죽음이 자연사인 것처럼 의사를 속였다는 뜻이지. 독살 같은 걸로 말이야. 하지만 말이야, 의사가 공범도 아닌데 직접 시신을 보게 했다는 건 도저히 이해가 안 돼."

"사망 진단서를 위조했을 수도 있지 않은가?"

"위험해, 왓슨. 아주 위험해. 아니, 그렇게 하지는 않았을 거야. 마부, 마차를 당장 세워요! 여기가 바로 그 장의사 가게일 거야. 전당포를 조금 전에 지나쳤으니 말이야. 들어가 보겠나, 왓슨? 자네는 신뢰를 주는 얼굴을 지녔거든. 내일 폴트니 광장에서 열리는 장례식이 몇 신지 물어봐 주게나."

가게의 여주인은 아무런 의심도 없이 장례식이 아침 8시에 있다고 대답해주었다. "자, 보라고 왓슨. 이제 모든 수수께끼는 풀렸어! 명명백백하게 말이야! 어떻게 했는지는 모르겠지만, 법적인 절차는 모두 제대로 따른 게 분명해. 그래서 두려울 게 없는 거지. 자, 이제 직접 공격을 하는 것 외에는 방법이 없어 보이는군. 무기로 쓸 만한 게 뭐가 있나?"

"내 지팡이!"

"좋아, 좋아. 그거면 충분할 것 같군. '정의로운 싸움을 하는 자의 힘은 세 배 더 강하도다(셰익스피어의 〈헨리 6세〉 제3장 2막에 나오는 말—옮긴이).' 지금 우리에겐 경찰을 기다릴 시간이 없어. 그러니 법의 사각 링에 올라설 겨를도 없지. 마부, 어서 출발합시다. 자, 왓슨. 이제 우리가 지난날 종종 그랬듯이 운에 한번 맡겨보자고."

홈즈는 폴트니 광장 중앙에 있는 크고 어두운 집의 초인종을 시끄럽게 울렸다. 바로 문이 열리더니 키 큰 여인이 희미한 불빛 속에 모습을 드러냈다.

"무슨 일로 오셨지요?" 어둠 속에서 우리를 노려보는 여자의 목소리가 날카로웠다.

"슐레징거 박사를 만나러 왔소." 홈즈가 말했다.

"여기에 그런 사람은 없어요." 이렇게 대답하고 여자는 문을 닫으려 했다. 하지만 홈즈가 발을 밀어 넣으며 여자를 막았다.

"그렇다면 이름이 뭐가 됐든 여기 사는 남자를 만나 봐야겠습니다." 홈즈가 단호하게 말했다.

여자는 잠시 우물쭈물하더니 문을 열어주었다. "흠, 들어오세요, 그럼." 여자가 말했다. "제 남편은 이 세상 그 누구와 만나는 것도 두려워하지 않아요." 여자는 문을 닫고는 우리를 오른편에 있는 거실로 안내했다. "피터스 씨가 금방 오실 거예요." 가스등을 켠 뒤 여자는 우리를 남겨두고 사라졌다.

여자의 말은 사실이었다. 우리가 먼지 가득하고 좀먹은 실내를 미처 둘러볼 겨를도 없이 거실 문이 열리더니 우람한 체격의, 면도를 깔끔히 한 대머리의 남자가 거실로 들어섰다. 남자는 크고 붉은 얼굴에 볼은 축 늘어져 있었으며, 겉으로 얼핏 보기에는 인정이 많아 보였지만 잔인하고 고약하게 생긴 입매가 그런 인상을 망치고 있었다.

"신사분들께서 분명 무슨 착오가 있으신 것 같군요." 남자가 지나치게 상냥하고 싹싹한 목소리로 말했다. "길을 잘못 찾으신 것 같습니다. 길을 좀 더 따라 내려가 보시는 게…."

"그만하시오. 이렇게 낭비할 시간 없소이다." 내 동료가 단호하게 말을 끊었다. "당신은 애들레이드의 헨리 피터스요. 바덴과 남아메리카의 선교사 슐레징거 박사이기도 하고. 그건 내 이름이 셜록 홈즈가 분명한 것처럼 확실한 사실이오."

나도 이제부터 피터스라고 불러야 할 이 남자는 깜짝 놀라며 자신을 강하게 몰아붙이는 추적자를 노려보았다. "당신이라고 내가 두려워할 것 같소, 홈즈 씨?" 남자가 차갑게 말했다. "양심에 거리낄 게 없는 사람을 당황하게 할 수는 없는 법, 내 집에 찾아온 용건이 뭐이오?"

"프랜시스 카팩스 여사를 어떻게 했는지 당장 말하시오. 당신이 바덴에서 데리고 온 분 말이오."

"나도 그녀가 어디로 사라졌는지 알고 싶습니다." 피터스가 차분하게 말했다. "내가 그녀한테 받아야 할 돈만 거의 백 파운드입니다. 그런데 아무도 쳐다보지 않는 이 겉보기만 그럴싸한 목걸이만 남기고 사라졌단 말이오. 그녀는 바덴에서 나와 내 아내에게 접근했어요. 내가 그때 다른 이름을 사용하고 있던 건 사실이지만 말이오. 그리고 런던에 올 때까지 우리 곁에 찰싹 달라붙어 있었습니다. 난 그녀의 경비와 차표도 다 대주었단 말입니다. 런던에 오자마자 그녀는, 아까 말씀드렸듯이 이 싸구려 보석을 주고는 사라졌어요. 홈즈 씨, 당신이 그녀를 좀 찾아주시오. 그럼 내가 신세를 갚겠소."

"안 그래도 여사를 찾으려고 하던 참입니다." 홈즈가 말했다. "그러기 위해서 여사를 찾을 때까지 이 집을 뒤져봐야겠소!"

"영장은 있는 거요?"

홈즈는 주머니에서 권총을 반쯤 꺼내 들었다. "더 나은 게 올 때까지 이걸로 대신하도록 하지요."

"아니, 당신 강도요?"

"마음대로 생각해도 상관없습니다." 홈즈가 들뜬 목소리로

말했다. "여기 내 동료도 꽤 난폭한 위인이죠. 나와 함께 당신 집을 수색할 겁니다."

우리의 적은 문을 열었다.

"경찰에 신고해, 애니!" 남자가 말했다. 복도 끝에서 치맛자락이 펄럭이는 소리가 들리

더니 현관문이 열렸다 닫혔다.

"시간이 별로 없는 것 같군, 왓슨." 홈즈가 말했다. "피터스, 우리를 막으려 했다가는 분명 피를 보게 될 것이오. 집에 들여 놓은 관은 어디 있소?"

"관은 뭣 때문에 그러는 겁니까? 관은 사용 중이오. 시체가 들어 있단 말입니다."

"시체를 확인해야겠소."

"절대 허락할 수 없소이다."

"그렇다면 허락 없이 볼 수밖에." 홈즈는 재빨리 남자를 복도 한쪽으로 밀치고 나갔다. 반쯤 문이 열린 방이 우리 바로 앞에 있었다. 우리는 그 안으로 들어갔다. 그곳은 부엌이었다. 반쯤 켜진 상들리에 아래 놓인 식탁 위에 관이 있었다. 홈즈는 가스등을 더 밝게 켜고 관 뚜껑을 열었다. 깊숙한 관 안쪽으로 야윈 인물이 누워 있었다. 위에서 내리쬐던 가스등의 불빛이 말라비틀어진 할머니의 얼굴을 밝혔다. 그 어떤 잔인한 행동도, 굶주림도, 질병에 시달렸다고 해도 이 늙은 시신이 아름다운 프랜시스 여사일 리가 없었다. 홈즈의 표정에 놀란 기색이 역력했다. 그리고 놀라움 사이로 안도하는 모습도 비쳤다.

"정말 다행이군." 홈즈가 중얼거렸다. "다른 사람이야."

"아, 당신 이번에 아주 큰 실수를 저질렀군요, 그래, 셜록 홈즈 씨." 우리를 따라 부엌으로 들어온 피터스가 말했다.

"이 여성은 누굽니까?"

"흠, 꼭 알아야겠다면 말해주지요. 그분은 아내의 옛 보모

였던 로즈 스펜더라는 분입니다. 브릭스턴 빈민 수용 시설 진료소에서 찾아냈지요. 여기에 모시고 온 뒤 호솜 의사 선생을 불러서, 아, 홈즈 씨, 주소 좀 받아 적으시겠소? 퍼뱅크 빌라스 13번지, 의사를 불러서 기독교인답게 아주 정성껏 돌보게 했지요. 이분은 사흘째 되던 날 돌아가셨습니다. 진단서에 의하면 노환으로 사망했죠. 하지만 그건 의사의 소견일 뿐이고 뭐, 당신이 더 잘 알겠군요. 우리는 케닝턴 로드에 있는 스팀슨 장의사에 연락해 장례를 치르기로 했어요. 내일 아침 8시에 매장하러 올 겁니다. 자, 아직도 트집 잡으실 게 남았나요, 홈즈씨? 아주 어리석은 실수를 하셨습니다. 이제 인정하는 게 좋을겁니다. 당신이 프랜시스 여사를 찾을 줄 알고 관 뚜껑을 열었다가 아흔 살의 불쌍한 노인만 발견했을 때 입을 딱 벌린 채 놀라던 모습을 사진으로 찍어뒀어야 하는 건데 말이오."

적의 조롱을 받으면서도 홈즈의 표정은 여느 때와 마찬가지로 침착했다. 하지만 꽉 움켜잡은 주먹은 격렬한 분노를 그대로 드러내고 있었다.

"집 안을 살펴봐야겠소." 홈즈가 말했다.

"아니, 그런데도 이 사람이!" 피터스가 소리쳤다. 이때, 복도 끝에서 여자의 목소리와 무거운 발걸음 소리가 들려왔다. "어디 한번 봅시다. 이쪽입니다, 경찰관님. 이쪽으로 오세요. 여기이 사람들이 내 집에 멋대로 들어왔는데 쫓아낼 수가 없습니다. 제발 좀 내쫓아 주십시오."

경사와 순경이 문간 앞에 서 있었다. 홈즈는 명함첩에서 명함을 꺼내 보였다.

"여기 내 이름과 주소가 있습니다. 이쪽은 내 친구 왓슨 선생입니다."

"아, 선생님이시군요! 잘 알고말고요." 경사가 말했다. "하지만 영장도 없이 여기 계시면 안 됩니다."

"물론 잘 알고 있습니다."

"그 사람을 체포하시오!" 피터스가 소리쳤다.

"우리는 이분을 체포할 경우 어디로 가야 하는지 잘 알고 있습니다." 경사가 위엄 있는 목소리로 말했다. "홈즈 씨, 하지만 여기서 나가주셔야겠습니다."

"그래, 왓슨. 우리는 이만 가는 게 좋겠어."

잠시 후 우리는 다시 길 위에 서 있었다. 홈즈는 여느 때보다 침착해 보였지만 난 분노와 굴욕감 때문에 열이 받아 있었다. 경사가 우리를 따라 나왔다.

"죄송합니다, 홈즈 씨. 하지만 법이 그래서요."

"그래요, 경사. 어쩔 수 없는 거 압니다."

"충분한 이유가 있으니까 거기 계셨을 거라 생각합니다. 제가 도와드릴 일이라도⋯."

"실종된 여성이 있습니다, 경사. 그리고 우리는 그 여성이 저 집 안에 있다고 생각해요. 곧 영장이 도착할 겁니다."

"그렇다면 제가 한시도 눈을 떼지 않고 감시하겠습니다, 홈즈 씨. 무슨 일이 생기면 반드시 알려드리겠습니다."

아직 9시밖에 되지 않았기 때문에 우리는 다시 한 번 전력을 다해 단서를 추적하기 시작했다. 우선 브릭스턴 빈민 수용 시설 진료소로 갔다. 거기서 우리는 실제로 며칠 전 인정이 많은 한 부부가 방문했다는 사실을 알아냈다. 그들은 정신이 거의 나간 노파가 자신들의 옛 하녀이니 데리고 가겠다고 허락을 받았다고 했다. 노파가 죽었다는 소식에 놀라는 이는 아무도 없었다.

우리의 다음 목표는 의사였다. 그 의사는 직접 왕진을 와 노파가 순수하게 노환으로 사망했다고 진찰했다. 의사는 실제로 노파가 숨을 거두는 것을 보고, 진단서에 정식으로 서명했다고 했다. "분명히 말씀드릴 수 있습니다. 모든 게 정상이었고 어떤 일을 꾸미거나 할 여지는 없었습니다." 의사가 말했다. 그 정도 계층의 집안에 하인이 없다는 점을 제외하고는 집 안에 의심스러운 점은 전혀 없었다고 했다. 의사가 진술한 것은 여기까지였다.

마지막으로 우리는 런던 경찰국으로 향했다. 영장을 발부받는 데는 항상 어려움이 있어왔기에, 약간의 기다림은 불가피했다. 치안판사는 다음 날 아침에서야 영장에 서명할 것 같았다. 홈즈가 만약 9시쯤 경찰국에 들르면 레스트레이드와 함께 영장 집행을 직접 볼 수 있을 터였다. 그렇게 하루가 저물었다. 다만 거의 자정이 됐을 무렵 우리의 친구 경사가 찾아왔다. 캄캄한 집 안 창문 여기저기서 불빛이 반짝거렸으나, 집 안으로 들어가거나 나온 사람은 아무도 없었다고 경사가 얘기해주었다. 우리는 인내심을 가지고 다음 날까지 기다리는 수밖에 없었다.

셜록 홈즈는 너무 예민한 나머지 대화를 할 수도, 그렇다고 잠을 자지도 못했다. 내가 그 곁을 떠날 때, 홈즈는 줄담배를 피워대며 수수께끼의 모든 가능한 해답을 생각하고 있었다. 홈즈는 검고 짙은 눈썹을 찌푸렸고, 불안정한 손가락은 안락의자의 팔걸이를 쉼 없이 두드려댔다. 그날 밤, 난 수차례나 집 안을 서성이는 홈즈의 발소리를 들을 수 있었다. 그리고 다음 날, 홈즈가 내 이름을 소리치며 내 방으로 뛰어들어 왔다. 홈즈는 실내복 차림이었지만, 창백한 안색과 퀭한 눈이 그가 꼬박 밤을 새웠음을 말해주고 있었다.

"장례식이 몇 시였지? 8시 아니었나?" 홈즈가 다급히 물었다. "맙소사, 벌써 7시 20분이잖아. 이럴 수가, 왓슨, 하늘이 내려준 내 머리가 어떻게 되기라도 한 건가? 서두르게, 이 사람아, 서둘러! 가능성이, 이미 죽었을 가능성이 많지만 살아 있을지도 모른다고. 우리가 늦는다면 난 아마 평생 나 자신을 용서하지 못할 걸세!"

5분이 채 지나지 않아, 우리는 핸섬 마차를 타고 베이커 스트리트를 빠져나왔다. 그런데도 우리가 국회의사당 앞 빅 벤 시계탑을 지나갈 때 이미 시계는 7시 35분을 가리키고 있었고, 브릭스턴 로드를 질주할 때 8시를 알리는 종소리가 들려왔다. 하지만 우리만 늦은 건 아니었다. 8시 10분이 되었을 때도 영구차는 여전히 집 문 앞에 서 있었다. 거품을 문 우리 말이 집에 막 도착했을 때, 세 명의 남자가 관을 메고 문간을 막

내려오려던 참이었다. 홈즈가 앞으로 돌진해서 길을 막았다.

"다시 올라가시오!" 홈즈가 셋 중 가장 앞의 사람을 막아서며 외쳤다. "당장 관을 갖고 집으로 돌아가시오!"

"이게 도대체 무슨 짓이오? 다시 묻겠습니다. 당신 영장 있소?" 피터스가 노발대발했다. 그의 크고 붉은 얼굴이 관 너머로 우리를 쏘아보고 있었다.

"영장은 오는 중이오. 영장이 올 때까지 이 관은 집에 그대로 두시오."

홈즈의 목소리에 실린 권위가 운구자들에게 영향력을 발휘했다. 피터스가 느닷없이 집 안으로 사라지자, 운구자들은 홈즈의 명령을 따랐다. "서둘러, 왓슨. 어서! 자, 여기 드라이버!" 관이 탁자 위에 놓이자 홈즈가 외쳤다. "여기, 당신도 이걸 쓰시오! 1분 안에 뚜껑을 따면 1소버린을 드리리다! 아무것도 묻지 말고 어서 서두르시오! 좋아요! 자, 하나 더! 하나 더! 이제 다 같이 뚜껑을 듭시다! 열리고 있어요! 열리고 있어! 아, 드디어 열렸군!"

우리는 힘을 합쳐 뚜껑을 들어낼 수 있었다. 뚜껑을 열자 관 속에서 감각을 마비시킬 정도의 독한 클로로포름 냄새가 코를 쑤셨다. 관 속에는 시체가 하나 누워 있었는데, 마취제로 흠뻑 젖은 탈지면을 뒤집어쓰고 있었다. 홈즈가 탈지면을 떼어내자 조각상같이 아름다운 중년의 여자 얼굴이 드러났다. 홈즈는 즉시 그녀를 감싸 안고 상체를 일으켜 세웠다.

"이미 죽은 건가, 왓슨? 전혀 숨이 붙어 있지 않아? 너무 늦은 건 아니지?"

한 30분 동안은 이미 늦은 것처럼 보였다. 질식과 클로로폼의 독가스 때문에 사실상 프랜시스 여사는 마지막 회생의 기회를 놓친 것처럼 보였다. 하지만 인공호흡을 하고 에테르를 주사하는 등 과학이 할 수 있는 모든 방법을 동원하자, 마침내 여사의 맥박이 돌아오고, 눈꺼풀이 떨렸다. 코에 갖다 댄 거울에 김이 서리는 것으로 보아 생기가 돌아오는 듯했다. 때마침 마차 한 대가 들어섰다. 홈즈가 커튼을 젖히고 내다보며 소리쳤다. "레스트레이드가 영장을 갖고 왔군." 홈즈가 말했다. "그래 봐야 이미 새들은 날아가고 없을 테지만 말이야." 복도를 따라 무거운 발소리가 들리자 홈즈가 말했다. "여기 우리보다 프랜시스 여사를 더 잘 간호해줄 수 있는 분도 같이 오셨군. 안녕하십니까, 그린 씨. 서둘러 프랜시스 여사를 옮기는 게 좋을 것 같습니다. 그러는 동안 장례는 계속 치르도록 하죠. 아직 저 관 안에는 불쌍한 노인이 누워 있으니 말입니다. 그분 혼자라도 영원의 안식처로 떠나보내야겠지요."

"이봐, 왓슨, 이번 사건도 자네 목록에 추가하고 싶다면 말이야." 홈즈가 그날 저녁 말했다. "이번 사건은 정신의 균형이 가장 잘 잡힌 사람도 때로는 잠시 실수할 수 있음을 보여주는 아주 좋은 사례가 될 걸세. 모든 인간은 그런 실수를 피할 수 없지. 위대한 사람이란 그런 실수를 인정하고 고쳐나가는 사람일 걸세. 그 점만큼은 나도 조금은 영예를 누릴 수 있을지 모르겠군. 지난밤 나는 작은 단서 하나, 묘한 말 한마디, 유별난 장면 하나를 어디선가 분명히 보고서도 너무 쉽게 그것들을 잊어버린 게 아닌가 하는 생각에 잠을 이룰 수 없었네. 그러던 중, 해가 채 뜨기도 전 새벽에 갑자기 말 한마디가 생각나더군. 필립 그린이 들었다던 장의사 아내의 말이었지. 그녀가 분명히 '진작 가져다 드렸어야 하는데 일반적이지 않아서 좀 더 오래 걸렸어요'라고 얘기했다고 한 거 말이야. 바로 관을 얘기하고 있었던 거야. 관이 일반적인 관과 다르다는 뜻이었지. 그리고 관이 일반 관과 다르다는 것은 그 치수가 일반적이지 않다는 뜻일 수밖에 없다고 생각했지. 하지만 '왜? 왜 치수가 다른 거지?'라고 생각하던 바로 그때, 관이 꽤 깊었고 공간이 많이 비어 있었다는 사실을 기억해낸 걸세. 자그마한 시신이 바닥에 놓여 있었지. 시신은 그렇게 작은데 큰 관이 필요하다? 바로 다른 시신을 하나 더 넣기 위해서지. 하나의 사망 진단서를 가지고 두 개의 시신을 매장하려고 했던 걸세. 이 당연한 사실을 지나치지만 않았더라도 모든 걸 진작에 알아차렸을 거야. 오전 8시, 프랜시스 여사는 매장당할 뻔했어. 우리에게 주어진 유일한 기회는 관이 집을 떠나기 전에 막는 것뿐이었어.

여사를 죽기 전에 찾아낸다는 건 분명 절망에 가까운 희망이었지. 하지만 결과가 보여주듯이 우리는 그 희망을 잡은 거야. 슐레징거 부부는 내가 알기에는 과거에 살인을 해본 적이 없어. 실제로 살인을 하는 마지막 순간까지 겁을 냈을 거야. 그들은 아무 흔적도 남기지 않고 여사를 처리할 수 있었어. 설령 나중에 프랜시스 여사가 발굴된다 해도 빠져나갈 구멍이 없는 건 아니었지. 난 그들이 바로 그런 생각을 하길 바랐던 걸세. 자네라면 사건 현장을 잘 재구성해볼 수 있을 거야. 자네도 2층의 불쌍한 여사가 오랫동안 감금돼 있었을 그 끔찍한 소굴을 봤을 테지. 그들 부부는 그 끔찍한 소굴에 들이닥쳐서 클로로폼을 가지고 여사를 기절시킨 뒤, 아래층으로 옮겨, 여사가 깨어나는 것을 막기 위해 관 안에 더 많은 클로로폼을 붓고는 뚜껑을 못 박았어. 아주 영리한 방법이었지, 왓슨. 이건 내 범죄 수사 역사상 처음 보는 범죄 형태야. 만약 선교사 출신의 우리 친구들이 레스트레이드의 관심에서 벗어날 수 있다면 말이야, 범죄자로서 아주 기발하고 화려한 행각을 벌인 이야기를 들을 수 있을 거야."

6
악마의 발

셜록 홈즈와 가깝고 오랜 친구로 교제하면서 경험한 흥미로운 추억을 종종 기록하다 보면, 반복적으로 겪게 되는 어려움이 있는데, 그중 하나는 그가 유명해지는 것을 극도로 꺼린다는 점이다. 수수하고 냉소적인 홈즈의 성격상 사람들의 갈채는 그에게 혐오스럽기만 했다. 홈즈는 사건을 성공적으로 해결한 뒤, 실제 발표는 경찰에게 맡긴 채 엉뚱한 곳에 쏟아지는 갈채를 웃으며 바라보는 것을 더할 나위 없는 낙으로 삼았다. 최근 몇 년 동안 대중에게 기록을 별로 소개하지 못한 것은 내 친구의 이런 태도 때문이지, 흥미로운 소재가 떨어져서는 아니다. 홈즈의 몇몇 모험에 동참하는 것은 항상 특권이었지만, 거기에는 항상 신중하고 과묵해야 하는 의무가 따랐다.

그러니 지난 화요일 홈즈에게 이런 전보를 받고는 적잖이 놀랄 수밖에 없었다(홈즈는 전보할 수 있는 지역에서 편지를 쓰는 법이 없었다).

콘월의 공포 이야기를 발표해보는 게 어떤가. 내가 처리한 사건 중 가장 괴상하던 그 사건 말일세.

무슨 기억을 되짚어보다 떠올랐는지, 또는 무슨 변덕이 일어 나에게 이야기해보라고 한 건지 알 수는 없었다. 그래서 나는 마음이 바뀌었다는 전보가 도착하기 전에 서둘러 독자에게 이야기를 소개하고자 자세한 내막이 기록된 공책을 들추기 시작했다.

때는 1897년 봄이었다. 강철 같은 체력을 자랑하는 홈즈였지만 계속되는 혹독한 사건들에 시달리면서 쇠약해지는 조짐을 보였다. 아마도 홈즈의 부주의함 때문에 건강이 더 악화됐을 것이다. 그해 3월, 할리 스트리트의 무어 애거 박사가 홈즈에게 단호하게 권고했다(애거 박사와 홈즈의 극적인 만남에 관해서는 따로 얘기할 기회가 있을 것이다). 이 유명한 사설탐정의 몸이 완전히 망가지는 것을 피하기 위해서는 당장 모든 사건에서 손을 떼고 철저하게 휴식을 취해야 한다는 것이었다. 홈즈는 워낙에 정신적으로 초연한 사람이었기 때문에 자신의 건강상태 따위는 전혀 신경 쓰지 않았다. 하지만 결국은 평생 일을 하지 못하게 될 수 있다는 경고에 항복하고 공기 좋은 곳에서 휴식을 취하기로 했다. 그리하여 우리는 그해 이른 봄날, 콘월 반도 끝자락에 있는 폴두 베이 근처의 조그마한 별장에 가게된 것이다.

그곳은 아주 특별했는데, 특히 내 환자의 차가운 성격과 잘 맞아떨어지는 곳이었다. 우리의 하얀 집은 풀이 무성하게 자란 곳에 우뚝 서 있었는데, 창밖으로는 불길한 기운을 품은 반원형의 마운츠 만이 내려다보였다. 이곳은 예전에 항해하던 선박들에게 죽음의 덫이었다. 검은 절벽과 파도가 몰아치는 암초에 배가 부딪혀 수많은 뱃사람이 목숨을 잃은 곳이었다. 북에서 된바람이 불 때면 이곳은 폭풍에 떠밀려 내려온 선박들이 휴식을 취하던 고요하고 안전한 피난처가 돼주곤 했다. 그러다 갑자기 서남쪽에서 소용돌이가 몰아치면, 배들은 닻을 질질 끌며 해안가로 밀려 나와 물거품 속에 난파되곤 했다. 이때 현명한 뱃사람이라면 이 악마의 장소에서 떨어진 곳에 정박한다.

육지의 분위기도 바닷가처럼 음침하긴 마찬가지였다. 황량한 황야가 굽이치는 쓸쓸하고 짙은 갈색의 시골에는 이따금 보이는 교회 탑만이 고풍의 마을이 있음을 알려주고 있었다. 이 황량한 황야 곳곳에는 완전히 사라져버린 종족의 흔적이 남아 있었는데, 유일한 기록으로 보이는 괴상한 석조 기념물이나, 시신을 화장한 유골이 보관돼 있는 평범하지 않은 흙무덤, 선사 시대의 투쟁을 암시하는 토루가 그것이었다. 잊힌 나라들의 불길한 기운과 장소가 주던 수수께끼와 묘한 매력이 내 친구의 상상력을 자극해, 홈즈는 대부분 시간을 황무지를 산책하며 쓸쓸히 혼자 명상하는 데 사용했다. 고대 콘월 언어 또한 내 친구의 관심을 사로잡았는데, 내 기억에 의하면 홈즈는 콘월 어가 칼데아 어와 유사한데, 페니키아 주석 상인의 언

어에서 파생했다고 여겼다.

홈즈가 언어학에 대한 책을 배달받아 이 주제에 대해 본격적으로 논문을 써보려던 그때, 사건이 터졌다. 나로서는 안타까웠지만 내 친구에게는 실로 기쁨이었던 그 사건은 우리가 영국에서 경험한 그 어떤 사건보다도 더 강렬하고 흥미로웠으며 불가사의했다. 우리의 단조롭고 평화로운 건전한 일상은 이 맹렬한 사건으로 인해 중단될 수밖에 없었다. 그렇게 어느새 우리는 콘월 지역뿐만 아니라 서부 잉글랜드 전역을 들썩였던 사건의 중심에 뛰어들게 되었다. 나의 많은 독자가 '콘월의 공포'로 불리던 이 사건을 기억하고 있을 것이다. 하지만 당시 런던 언론에는 말도 안 되고 터무니없는 이야기만 실렸다. 13년이 지난 오늘, 이 기가 막힌 이야기의 전모를 소개하고자 한다.

앞서 나는 콘월 지역에 드문드문 서 있는 교회 탑이 마을이 있음을 알려주고 있다고 얘기했었다. 이 중 가장 가까운 곳이 바로 트리대닉 월러스라는 작은 마을이었다. 200명 정도가 되는 이 마을의 주민들은 이끼가 무성하게 낀 고대 교회 건물을 중심으로 모여 살고 있었다. 이 교구의 목사인 라운드헤이는 고고학에 조예가 깊어 홈즈와 금세 친해졌다. 목사는 풍채가 좋고 상냥한 중년의 남자였는데, 지역에서 내려오는 전설을 많이 알고 있었다. 그의 초대를 받은 우리는 목사관에서 차를 마신 적이 있었는데, 그때 소개받은 사람이 바로 모티머 트리제니스 씨다. 트리제니스 씨는 부유한 신사였는데, 라운드헤이 목사의 크고 휑한 집의 방을 몇 개 차지함으로써 성직자의 빠듯한 주머니를 채워주었다. 독신이었던 목사는 하숙인을 얻은 것은 좋아했지만, 하숙인과는 어떤 공통점도 찾을 수 없었다. 하숙인은 마르고 피부가 거무스름했으며 안경을 쓰고 있었고, 몸이 매우 굽어 실제로 기형이 아닌가 하는 인상을 주었다. 잠깐의 방문이었지만 목사는 매우 수다스러운 반면, 그 하숙인은 이상할 정도로 과묵하고 슬픈 표정을 짓고 있었으며 내성적인 사람이었다. 우리의 눈길을 피한 채 분명 자신의 문제를 골똘히 생각하고 있는 듯했다.

3월 16일 화요일, 아침 식사를 마친 지 얼마 지나지 않은 시각이었다. 홈즈와 나는 거실에 앉아 담배를 나눠 피며 황무지로의 일상적인 소풍을 떠날 준비를 하고 있었는데, 갑자기 두 명의 남자가 뛰어들어 왔다.

"홈즈 씨." 목사가 흥분한 목소리로 말했다. "간밤에 정말 해괴하고 끔찍한 일이 발생했습니다. 이런 일은 생전 처음입니다. 이럴 때 홈즈 씨가 이곳에 계시다니, 이건 분명 신의 특별한 섭리라고밖에 말할 수 없어요. 홈즈 씨야말로 잉글랜드 전역에서 우리에게 필요한 단 한 분이시니까요."

나는 달갑지 않은 눈초리로 갑자기 쳐들어온 목사를 쏘아보았다. 하지만 홈즈는 파이프를 입에서 떼며 자리에서 몸을 곧추세웠다. 그 모습이 마치 여우를 발견한 사냥꾼의 외침을 들은 늙은 사냥개와 흡사했다. 홈즈가 소파를 가리키자 공포에 질린 듯한 우리의 손님과 격양된 동행이 나란히 소파에 앉았다. 모티머 트리제니스 씨는 우리의 성직자에 비하면 말수가 적은 편이었지만, 떨리는 여윈 손과 반짝이는 검은 두 눈이 목사와 같은 감정을 공유하고 있음을 보여주었다.

"제가 직접 말할까요, 아니면 당신이 말하시겠습니까?" 트리제니스가 목사에게 물었다.

"음, 무슨 일인지 모르겠지만, 트리제니스 씨가 직접 목격하셨고 목사님은 후에 전해 들은 것 같으니, 트리제니스 씨가 먼저 말씀해보시죠." 홈즈가 말했다.

나는 서둘러 옷을 챙겨 입은 듯한 목사를 바라보았다. 옆에 앉은 하숙인은 옷을 제대로 차려입고 있었는데, 그들의 얼굴에는 홈즈의 이 간단한 추리에 놀란 표정이 역력했다.

"그전에 제가 몇 마디 하는 게 나을 것 같습니다." 목사가 말했다. "그러고 나서 트리제니스 씨에게 자세한 내용을 더 들으실 건지, 아니면 이 불가사의한 사건이 발생한 장소로 바로 달려갈 것인지 결정하시죠. 그럼 제가 말씀드리겠습니다. 여기이 친구는 간밤에 형제인 오언과 조지 그리고 누이인 브렌다와 함께 그들의 집에 있었습니다. 황무지의 돌 십자가 유적지 근처 트리대닉 워서 저택이죠. 트리제니스 씨가 식당에서 카

드놀이를 하다 자리를 뜬 건 10시가 조금 지난 시각이었습니다. 다들 건강한 상태였고 즐거운 분위기였죠. 아침 일찍 일어난 트리제니스 씨가 아침 식사를 하기 전에 다시 그 집 쪽으로 걸어가고 있는데 뒤에서 리처드 박사가 탄 마차가 오더니 방금 트리대닉 워서 저택에서 급한 연락을 받았다고 했습니다. 모티머 트리제니스 씨는 자연스럽게 의사와 함께 집으로 향했습니다. 그리고 그곳에 도착했을 때 아주 이상한 일이 일어난 걸 발견한 거예요. 전날 밤 트리제니스 씨가 떠날 당시 모습 그대로 두 형제와 누이가 식탁에 앉아 있었습니다. 카드도 여전히 펼쳐져 있었고, 초는 끝까지 다 탄 상태였어요. 누이는 돌처럼 굳은 채로 의자에 앉아 이미 사망한 상태였고, 두 형제는 누이 양쪽에 앉은 채로 정신이 완전히 나간 것처럼 웃고, 소리 지르고, 노래를 부르고 있었습니다. 죽은 누이와 머리가 돈 두 형제 모두 극도의 공포에 질린 표정이었다고 하더군요. 차마 바라볼 수도 없을 정도의 공포 말입니다. 가정부 겸 요리사인 포터 부인 말고는 다른 사람이 집에 있었다는 흔적은 없었습니다. 포터 부인은 밤에 깊이 잠들어 아무 소리도 듣지 못했다고 증언했어요. 물건이 흐트러지거나 도둑맞은 것도 전혀 없었습니다. 도대체 한 사람의 생명을 빼앗고 건장한 두 남자의 정신을 돌게 한 그 공포가 무엇이었는지 설명이 되지 않아요. 대충 상황이 이렇습니다, 홈즈 씨. 무슨 일이 있었는지 해결해 주신다면 정말 대단한 일을 하신 게 될 겁니다."

난 어떻게든 내 친구를 설득해 우리의 원래 목적이었던 조용한 요양 생활로 돌아가길 바랐다. 하지만 격렬하게 몰입한 표정과 찡그린 두 눈썹을 보니 그것이 얼마나 헛된 희망인지 대번에 알 수 있었다. 홈즈는 잠시 침묵한 채 앉아 우리의 평화를 깨뜨린 이 이상한 사건에 몰입했다.

"살펴보도록 하죠." 홈즈가 마침내 입을 뗐다. "일단 겉으로 보기에는 아주 드문 사건인 것 같군요. 목사님께서는 직접 현장에 가보셨습니까?"

"아니요, 홈즈 씨. 트리제니스 씨가 목사관으로 와서 알려줬습니다. 얘기를 듣고 곧바로 홈즈 씨께 달려온 겁니다."

"이 독특한 비극이 일어난 저택이 얼마나 떨어져 있죠?"

"해안에서 1.5킬로미터쯤 떨어진 곳에 있습니다."

"그럼 일단 같이 걸어가시죠. 하지만 출발하기 전에 몇 가지 여쭤볼 게 있습니다, 트리제니스 씨."

트리제니스는 계속해서 입을 다물고 있었다. 하지만 수다스럽게 떠들어대는 성직자보다 훨씬 더 동요하고 있으면서도 감정을 절제하고 있음을 알 수 있었다. 트리제니스는 창백하고 긴장된 모습으로 앉아 홈즈만을 바라보고 있었다. 꽉 쥐고 있는 여윈 두 손은 덜덜 떨리고 있었다. 가족에게 닥친 끔찍한 사건을 듣고 있던 창백한 입술은 흥분에 떨리고 있었고, 짙은 두 눈에서는 사건의 공포가 고스란히 배어 나오고 있었다.

"뭐든지 물어보십시오, 홈즈 씨." 트리제니스가 열렬히 말했다. "말하기 끔찍한 일이지만 뭐든 사실대로 대답하겠습니다."

"간밤에 있었던 일을 말씀해주세요."

"아, 홈즈 씨. 목사님께서 말씀하신 대로 제 형 조지가 식사를 마치고 휘스트(2명이 1조가 되어 하는 카드놀이의 일종―옮긴이) 게임을 하자고 제안했습니다. 9시경에 우리는 모여 게임을 시작했습니다. 제가 자리에서 일어난 시각은 10시 15분쯤이었습니다. 제가 떠날 때도 모두가 아주 즐거운 분위기로 탁자에 둘러앉아 있었습니다."

"나갈 때 문은 누가 열어줬나요?"

"포터 부인이 이미 잠든 상태였기 때문에 혼자 나갔습니다. 나가면서 현관문을 닫았죠. 식당 창문은 닫혀 있었지만, 커튼은 치지 않은 상태였어요. 오늘 아침에 봤을 때도 창문이나 문에 이상한 점은 없었고요. 그 외에도 침입자가 있었을 거라 생각할 만한 점은 아무것도 없었습니다. 그런데도 조지 형과 오언은 무엇에 홀렸는지 혼이 빠진 채로 앉아 있었고, 브렌다 누이는 공포에 질려 죽어 있었어요. 의자에 앉아 팔걸이 너머로 머리를 떨어뜨린 채 말이죠. 평생 그 장면을 잊지 못할 겁니다."

"말씀하신 대로 정말 놀라운 사건이군요." 홈즈가 말했다. "무슨 일이 있었는지 짐작도 가지 않는다는 말씀이시죠?"

"이건 분명 악마의 소행입니다, 홈즈 씨." 모티머 트리제니스가 소리쳤다. "인간의 짓이 아니에요. 무언가 방으로 찾아와 이성의 빛을 꺼뜨린 거라고요. 어떻게 이게 인간의 짓일 수 있습니까?"

"흠, 인간의 짓이 아니라면 제가 할 수 있는 일은 없을 겁니다." 홈즈가 말했다. "인간의 짓이 아니라고 단정하기 전에 가능한 가설을 모두 다 고려해봐야 합니다. 트리제니스 씨, 그나저나 다른 식구들과 떨어져 사시는 걸 보니 가족 간에 무슨 문제라도 있었나 봅니다?"

"그렇습니다, 홈즈 씨. 다 지나간 일이기는 하지만요. 우리 가족은 레드러스에 주석 광산을 가지고 있었습니다. 하지만 한 회사에 사업을 다 넘기고 은퇴했어요. 먹고살기에 충분한 돈을 받았지요. 돈 문제로 한동안 감정이 좋지 않았다는 사실을 부정하지는 않겠어요. 그렇지만 다 용서하고 잊은 일입니다. 그 이후로 우리 식구는 더할 나위 없이 화목했습니다."

"같이 계셨던 날 밤을 떠올려 보세요. 혹시 이 비극을 불러일으킬 만한 의심 가는 일이 전혀 없었나요? 잘 생각해보세요. 트리제니스 씨, 사소한 거라도 좋습니다. 도움이 될지 몰라요."

"아무것도 없었어요, 홈즈 씨."

"가족들은 평소 같은 분위기였나요?"

"분위기는 더없이 좋았습니다."

"불안해하는 사람은 없었나요? 다가올 위험에 불안한 모습을 보인 사람은요?"

"그런 일은 전혀 없었어요."

"그럼 더 하실 말씀은 없으신가요? 도움이 될 만한 이야기 말입니다."

모티머 트리제니스는 잠깐 무언가를 골똘히 생각하는 듯했다.

"한 가지 떠오르는 게 있어요." 마침내 그가 입을 열었다. "탁자에서 저는 창을 뒤로하고 앉아 있었고, 제 파트너였던 조지 형은 창을 바라보고 앉아 있었습니다. 한번은 형이 내 어깨 뒤 창밖으로 뭔가를 뚫어져라 쳐다보는 거예요. 그래서 저도 뒤돌아 봤습니다. 커튼은 열린 상태였고 창문은 닫혀 있었어요. 잔디밭의 덤불이 보이더군요. 그런데 거기서 어떤 움직임이 느껴졌습니다. 사람인지 동물인지 확실하지는 않았지만 뭔가 있다는 느낌은 받았죠. 형에게 뭘 보는 거냐고 묻자 형도 뭐가 있는 것 같다고 말하더군요. 제가 들려드릴 수 있는 얘기는 이게 답니다."

"나가서 살펴보지는 않으셨나요?"

"예, 중요하다고 생각하지 않았으니까요."

"트리제니스 씨께서 그곳을 떠나셨을 때, 그때 뭔가 불길한 징조 같은 것은 없었나요?"

"전혀 없었어요."

"오늘 아침 이 일을 어떻게 그렇게 빨리 알게 되셨는지 정황을 다시 말씀해주시죠."

"전 평소에도 아침 일찍 일어나는 편입니다. 보통 아침 식사 전에 산책을 하고 오곤 하죠. 오늘도 산책하러 나가고 있는데 의사가 탄 마차가 뒤에서 달려왔습니다. 포터 부인이 소년을 시켜 급한 일이 있으니 와달라고 했다고 하더군요. 전 의사 옆자리에 올라타 함께 마차를 타고 집으로 왔습니다. 도착해서 그 끔찍한 방 안을 보게 됐죠. 초와 벽난로는 이미 몇 시간 전에 다 타버린 듯했습니다. 그들은 날이 새도록 어둠 속에서 그렇게 그냥 앉아 있었던 겁니다. 의사가 말하길 브렌다 누이는 적어도 여섯 시간 전에 사망한 것 같다더군요. 폭력의 흔적은 없었습니다. 의자에 늘어진 채 그 무서운 표정을 가득 머금고 있을 뿐이었습니다. 조지 형과 오언은 토막 노래를 불러대며 커다란 원숭이처럼 꽥꽥거리고 있었습니다. 아, 정말 무시무시한 광경이었습니다. 가만히 보고 있을 수가 없었어요. 의사도 이미 백지장처럼 하얗게 질려 있었죠. 실제로 거의 정신을 잃은 듯 의자에 털썩 주저앉았으니까요. 잘못했다간 의사까지 우리가 돌볼 뻔했습니다."

"거참 이상하군요, 정말 이상해요." 홈즈가 모자를 들고 일어서며 말했다. "더 늦기 전에 트리대닉 워서 저택으로 가도록 합시다. 솔직히 말해 시작부터 이렇게 독특한 사건은 저도 처음입니다."

첫날 아침의 조사는 아무런 성과도 없었다. 하지만 조사 첫 단계부터 내게 아주 불길한 인상을 남긴 사건이 발생했다. 비극이 일어난 현장으로 가는 길은 좁고 구불구불한 시골길이었는데, 그 길을 따라 올라가던 중 마차가 다가오는지 대그락 소리가 들렸다. 우리는 마차를 먼저 지나 보내기 위해 길 한쪽으로 물러섰다. 지나가는 마차 창문 뒤로 비참하게 일그러진 얼굴을 하고, 이를 드러낸 채 히죽히죽 웃는 모습이 스쳐 지나갔다. 빤히 쳐다보던 두 눈과 뿌드득뿌드득 이를 가는 모습이 마치 악마의 환영 같았다.

"제 형제들이에요!" 입술이 하얗게 질린 모티머 트리제니스가 소리쳤다. "헬스턴으로 데려가는가 봅니다."

검은 마차가 요란한 소리를 내며 지나가는 모습을 우리는 겁에 질린 채 바라보았다. 그러고 나서 우리는 그들이 그 끔찍한 운명을 맞이한 그 불길한 저택으로 다시 발걸음을 재촉했다.

그곳은 시골집이라기보다는 커다랗고 멋진 저택이었다. 꽤 넓은 크기의 정원에는 콘월 지역의 봄기운이 가득했고 꽃들이 이미 만발해 있었다. 정원 너머로 사건이 일어난 거실의 창문이 보였다. 모티머 트리제니스의 말에 따르면, 오로지 공포로 단숨에 모두의 정신을 나가게 한 그 악마가 바로 이 정원을 통해 다가온 것이 분명했다. 홈즈는 현관에 들어서기 전 골똘히 생각에 잠긴 채 천천히 꽃밭을 거닐었다. 얼마나 깊게 생각에 잠겼던지 홈즈가 물뿌리개에 걸려 넘어져 물을 엎지르는 바람에 우리 일행의 발은 물론 정원 통로까지 흠뻑 젖었다. 집 안에 들어서니 나이가 지긋한 콘월 토박이 가정부인 포터 부인이 우리를 맞이했다. 포터 부인은 어린 여자 하인과 함께 집안일과 가족을 돌보고 있었는데, 홈즈의 질문에 빠짐

없이 대답했다. 부인은 간밤에 아무것도 듣지 못했다고 했다. 집주인들은 늦게까지 즐거운 분위기에 있었으며, 어제처럼 흥겨워 보인 적은 없었다고 했다. 부인은 아침에 실내에 들어와 그 끔찍한 식탁의 광경을 보고는 정신을 잃었다고 했다. 정신을 차린 뒤 먼저 창문을 열어 환기를 시키고 급하게 집에서 나와 오솔길을 내려가서 농장의 소년을 시켜 의사를 불렀다고 했다. 보고 싶다면 고인은 위층 자기 침대에 있다고 부인은 말했다. 두 형제를 병원 마차에 싣는 데 건장한 남자 네 명이 달라붙었다고 했다. 부인은 그 끔찍한 집에서 하루도 더 머무르기 싫다면서, 그날 오후 바로 세인트 이브스의 본가로 돌아간다고 덧붙였다.

우리는 계단을 올라가 시신을 살펴보았다. 브렌다 트리제니스 씨는 곧 중년에 접어들 나이였지만 여전히 매우 아름다운 여성이었다. 거무스름한 피부와 윤곽이 뚜렷한 얼굴은 죽어서도 그 아름다움이 느껴졌지만, 죽기 직전 느꼈을 공포의 감정이 얼굴에 스며들어 있었다. 우리는 그녀의 침실을 거쳐 그 끔찍한 비극이 실제로 일어난 장소로 내려왔다. 벽난로 안에는 밤새 타고 남은 까만 재가 가득했다. 탁자 위에는 촛농만 남고 다 타버린 초 네 개와 카드들만 어지럽게 흩어져 있었다. 의자는 벽을 향해 돌려져 있었지만, 그 외에는 지난밤의 모습 그대로였다. 홈즈는 가볍고 신속하게 실내를 살펴보았다. 돌아가며 의자에 앉은 다음 의자를 당겨 각각의 위치를 재구성해보기도 했고, 정원이 얼마나 내다보이는지도 살펴보았으며. 바닥과 천장 그리고 벽난로도 꼼꼼히 확인했다. 하지만 홈즈가 흔히 어둠 속에서 빛을 찾았을 때 내게 알려주는 표정인, 문득 눈을 빛내며 입술을 꼭 다무는 행동은 찾아볼 수 없었다.

"불은 왜 피운 거죠?" 홈즈가 물었다. "이렇게 좁은 실내에서 봄날 저녁인데도 벽난로에 불을 지폈나요?"

모티머 트리제니스는 그날 밤이 유독 춥고 눅눅했다고 말했다. 그래서 자신이 도착한 뒤 불을 지폈다는 것이다. "홈즈 씨, 이제 어떡하실 건가요?" 트리제니스가 물었다.

나의 친구는 미소를 지으며 내 팔에 손을 얹었다. "왓슨, 내 생각에 자네가 그렇게 비난하던 담배 중독에 다시 빠지게 되겠는걸." 홈즈가 말했다. "괜찮으시다면 우리는 이제 숙소로 돌아가 보도록 하겠습니다. 이곳에서 더는 새로운 걸 발견할 것 같진 않으니 말입니다. 트리제니스 씨, 곰곰이 생각해본 후에 뭔가 떠오르면 목사님과 당신께 바로 알리겠습니다. 그때까지 부디 안녕히."

홈즈가 생각에 골몰해 완전한 침묵에 잠겼다 다시 말문을 연 것은 폴두의 숙소에 돌아온 지 얼마 지나지 않은 후였다.

안락의자에 웅크리고 앉은 홈즈의 수척하고 금욕적인 얼굴이 푸른 담배 연기의 소용돌이 뒤에 숨어 잘 보이지 않았다. 홈즈는 검은 눈썹을 잔뜩 찡그리고 이마는 한껏 찌푸린 채 멍하니 먼 곳을 바라보았다. 그러다 마침내 파이프를 내려놓고 의자에서 벌떡 일어섰다.

"안 되겠어, 왓슨!" 홈즈가 웃으며 말했다. "같이 절벽이나 따라 걸으면서 돌살촉이나 찾아보자고. 이 문제의 단서를 찾느니 돌살촉을 찾는 게 빠르겠어. 충분한 자료 없이 머리를 굴리는 것은 엔진을 그냥 켜두는 것과 마찬가지지. 그랬다가는 터져버리거든. 바닷바람과 햇볕 그리고 인내심. 왓슨, 이것만 있으면 나머지는 차차 떠오를 걸세."

"자, 우리의 상황을 차분히 정리해보자고, 왓슨." 벼랑가를 걸으며 홈즈가 말했다. "아는 건 별로 없지만 일단 아는 거라도 확실히 정리를 해보자 이 말일세. 그래서 새로운 사실을 발견했을 때 제자리에 바로 정리될 수 있게 말이야. 우선, 우리 둘 다 이번 일이 악마가 관여했다고는 생각하지는 않아. 그렇지? 일단 그 가설은 완전히 배제하고 시작하자고. 아주 좋아. 악마에 씌었는지는 모를 일이지만 인간의 탈을 쓴 누군가에게 끔찍하게 당한 세 사람이 있어. 그건 확실한 사실이지. 자, 사건이 정확히 언제 일어났지? 증언이 사실이라면 사건은 모티머 트리제니스가 방을 떠난 직후 일어났어. 이게 아주 중요한 핵심이지. 집을 나선 지 몇 분이 채 지나지 않아 사건이 발생했다는 거야. 식탁 위에는 카드가 여전히 흐트러져 있고, 이미 평소 취침 시간은 지난 후였어. 그런데도 그들은 자리를 바꾸지도 않았고, 의자를 뒤로 뺀 상태도 아니었어. 다시 말해서 사건은 모티머 트리제니스가 자리를 떠난 직후에 발생했다는 증거야. 바로 어젯밤 11시경이지.

당연히 우리가 다음으로 할 것은 집을 나선 모티머 트리제니스의 행적을 확인하는 거야. 별로 어려울 건 없지. 그리고 별로 의심할 부분도 없는 것 같더군. 내 방법을 자네도 잘 알겠지만, 그 꼴사나운 물뿌리개가 트리제니스의 발을 젖게 한 뒤 발자국을 자세히 확인하는 데 안성맞춤이었다는 사실을 알아차렸을 거야. 축축하게 젖은 정원의 모랫길에 트리제니스의 발자국이 아주 선명하게 찍히더군. 지난밤에도 길이 젖어 있었다는 사실을 자네도 알 걸세. 발자국 표본을 얻었으니, 여러 발자국 속에서 트리제니스의 발자국을 찾는 건 식은 죽 먹기더군. 그런데 그의 말대로 발자국은 목사관으로 향해 있었어.

그렇다면, 만약 모티머 트리제니스가 현장에서 사라지고 다른 누군가가 밖에서 침입해 카드놀이를 하던 일행을 해친 거라면, 범인이 누군지 도대체 어떻게 알아낼 수 있을까? 그리고 어떻게 극도의 공포에 질리게 한 걸까? 포터 부인은 용의 선상에서 제외해도 될 것 같아. 분명 범인이 아니야. 누군가 정원 창문으로 기어 와서 어떤 식으로든 엄청나게 무서운 행동을 해서 그것을 본 모든 사람의 정신이 달아나게 했다는 증거가 있을까? 이건 온전히 모티머 트리제니스의 증언에 의한 가설이지. 자신의 형이 정원 쪽에서 뭔가를 봤다고 한 것 말이야.

그건 분명 주목할 만한 증언이야. 간밤에는 비가 내렸고 날씨는 흐리고 어두웠으니 말이야. 놀라게 할 목적을 가진 누군가였다면 분명 창문 가까이 다가서 얼굴을 대야만 했을 거야. 그러지 않고서는 안에서 보이지도 않았을 거니까. 창밖에는 약 1미터 정도가 되는 화단이 있는데 아무런 발자국도 나오지 않았어. 이런 상황에서 외부인이 어떻게 그렇게 두려운 모습을 연출했을지 도저히 상상이 안 돼. 그렇게 괴상하고 복잡한 방법을 써야 했던 동기도 모르겠고 말이지. 참으로 곤란한 상황에 빠진 거지. 알겠나, 왓슨?"

"잘 알고말고." 내가 대답했다.

"그렇지만 조금만 더 조사하면 극복하지 못할 문제는 아니란 걸 증명할 수 있을 거야." 홈즈가 말했다. "왓슨, 자네의 그 방대한 자료집 어딘가에도 분명 이번 일처럼 애매한 사건이 있겠지. 어쨌든 좀 더 정확한 자료를 모으기 전까지 사건은 접어두고 오전 시간에는 신석기 시대 사람이나 찾아보자고."

일전에도 내 친구의 이런 초연한 정신력에 대해 언급한 적이 있겠지만, 그해 봄날 아침 콘월에서처럼 감탄한 적은 없었다. 홈즈는 자신이 해결해야 할 그 불가사의하고 불길한 사건이 기다리고 있는 걸 잊기라도 한 듯, 두 시간 동안 돌도끼와 화살촉, 도자기 파편에 대한 얘기를 마냥 늘어놓았다. 그날 오후 숙소로 돌아오니 손님 한 분이 우리를 기다리고 있었는데, 그제야 우리는 사건에 다시 집중하기 시작했다. 우리는 그 손님이 누군지 대번에 알아보았다. 커다란 덩치, 험상궂고 주름이 깊게 파인 얼굴, 매서운 두 눈과 매부리코, 우리 숙소의 천장을 쑬 것만 같은 반백의 머리카락, 항상 물고 다니는 시가의 니코틴 자욱 때문에 누렇게 밴 곳을 제외하고는 입술 부근은 하얗고 가장자리만 황금빛인 수염, 이 모든 것은 아프리카에서만큼이나 런던에서도 유명한 사자 사냥꾼이자 탐험가인 리온 스턴데일 박사를 떠올리게 했다.

박사가 근처에 있다는 소식은 일전에도 들은 적이 있었다. 또 황무지 길 어디선가 한두 번 박사의 모습을 본 적도 있었다. 그러나 그때마다 박사는 우리에게 말을 걸지 않았고, 우리 또한 그럴 생각은 하지도 못했다. 여행하지 않을 때도 비첨 애리언스의 외딴 숲에 숨어 있는 방갈로에서 대부분 시간을 보낼 만큼 은둔자처럼 지내길 좋아한다는 사실이 널리 알려져 있었기 때문이었다. 이곳에서도 책과 지도 속에 파묻혀 철저하게 홀로 생활하는 것 같았다. 필요한 일에만 신경 쓸 뿐 이웃의 일에는 아무런 관심도 가지지 않았다. 그랬던 박사가 격렬한 목소리로 홈즈에게 이 수수께끼 같은 사건을 재구성하는 데 무슨 진전이 있는지 홈즈에게 묻고 있었으니 난 깜짝 놀랄 수밖에 없었다. "주 경찰은 아무 감도 못 잡고 있습니다." 박사가 말했다. "당신은 경험이 훨씬 많으니 이해할 수 있을 만한 설명을 내놓았겠지요. 내가 당신에게 비밀을 지켜야 하는 수사 내용에 관해 묻는 이유는 내가 이곳에 있으면서 트리제니스 가문과 매우 가까운 사이였기 때문입니다. 실제로 콘월 출신인 우리 어머니 외가 쪽을 거슬러 올라가면 친척이라고도 할 수 있지요. 그래서 그들이 그렇게 괴상한 운명을 맞이했다는 사실에 나는 충격을 받았습니다. 실은 아프리카로 향하는 길이어서 플리머스까지 갔다가, 오늘 아침 이 소식을 듣고 바로 돌아왔습니다. 혹시나 조사에 도움이 될까 해서 말이에요."

홈즈가 눈썹을 치켜들었다.

"이 때문에 아프리카 배편을 놓치셨겠군요?"

"다음 편을 타면 됩니다."

"이런! 엄청난 우정이군요!"

"친척이었다고 말하지 않았습니까."

"맞아요. 외가 쪽 친척이라고 하셨죠. 혹시 배에 짐이 실려 있진 않았습니까?"

"일부는 실었지만, 대부분은 호텔에 남아 있습니다."

"그렇군요. 하지만 플리머스 아침 신문에 아직 이 사건이 실리지 않았을 텐데요?"

"맞아요. 전보를 받았습니다."

"누구한테 받았는지 여쭤봐도 되겠습니까?"

탐험가의 음산한 얼굴 위로 어둠이 스쳐 지나갔다.

"궁금한 게 많으시군요, 홈즈 씨."

"그게 제 일이죠."

스턴데일 박사는 간신히 평정을 되찾았다.

"물론 말해줄 수 있소." 박사가 말했다. "라운드헤이 목사가 돌아와 달라고 전보를 보냈습니다."

"고맙습니다." 홈즈가 말했다. "아까 물어보신 질문에 대답하자면, 아직 정확하게 밝혀낸 건 없지만, 조만간 결론에 다다를 것으로 봅니다. 더 말하기는 때가 이른 것 같군요."

"혹시 특별히 의심하고 있는 게 있는지 정도는 물어봐도 상관없겠지요?"

"아니요, 그건 대답해드릴 수가 없군요."

"그렇다면 시간 낭비만 한 것 같군. 더 있을 필요가 없겠어."

유명한 박사는 상당히 불쾌하다는 듯 성큼성큼 우리 숙소를 떠났다. 5분이 지나지 않았을 때쯤 홈즈는 박사를 뒤쫓아 갔다. 홈즈는 그날 저녁이 되어서야 돌아왔다. 초췌한 모습으로 축 처진 홈즈의 모습이 조사에 별 진전이 없는 게 분명했다. 홈즈는 기다리고 있던 전보를 흘긋 보더니 벽난로 속으로 던져버렸다.

"플리머스 호텔에서 보낸 거야, 왓슨." 홈즈가 말했다. "목사에게 호텔 이름을 알아냈지. 스턴데일 박사의 말이 사실인지 확인하기 위해 전보를 쳤네. 보아하니 간밤에 정말 그곳에 있었던 것 같군. 실제로 일부 짐도 아프리카로 보냈고. 이번 일 때문에 돌아온 것도 맞는 것 같아. 어떻게 생각하나, 왓슨?"

"분명 관심이 많은 것 같기는 해."

"관심이 아주 많지, 맞아. 거기에 바로 우리가 미처 찾아내지 못한 단서가 있어. 그 단서를 잡으면 얽힌 실마리를 풀 수 있을 거야. 기운을 내라고, 왓슨. 정보가 곧 손에 들어올 게 분명하니까 말이야. 다 알아내고 나면 곧 모든 게 술술 풀릴 거야."

난 홈즈의 말이 이토록 빨리 실현될 것은 물론, 이 괴상하고 불길한 사건이 전혀 새로운 방향으로 전개될 거라는 상상도 하지 않았다. 아침에 창가에 서서 면도를 하고 있는데 덜걱대는 말굽 소리가 들려 고개를 들어 내다봤더니 마차가 전속력으로 다가오고 있었다. 우리의 숙소 앞에 서더니, 우리의 목사 친구가 마차에서 뛰쳐나와 정원 길을 따라 달려왔다. 홈즈는 이미 옷을 차려입고 있었기 때문에, 우리는 서둘러 목사를 만나러 내려갔다.

우리의 방문자는 너무 흥분한 나머지 말까지 더듬었다. 그러나 헐떡거리며 격앙된 목사는 마침내 비극적인 사건에 관해 토해내기 시작했다.

"우리는 마귀에 쓰인 게 분명해요, 홈즈 씨! 나의 불쌍한 교구가 마귀에 씌었다고요!" 목사가 소리쳤다. "사탄이 풀려난 겁니다. 우리는 모두 사탄의 수중에 빠진 거예요!" 목사는 몹시 흥분한 채로 발을 동동 굴렀다. 목사의 잿빛 얼굴과 공포로 질린 두 눈이 아니었다면 매우 바보같이 보였을 것이다. 마침내 목사가 끔찍한 사고에 관해 얘기를 꺼냈다.

"모티머 트리제니스 씨가 간밤에 죽었어요. 다른 가족하고 정확히 똑같은 모습으로 죽었단 말입니다!"

홈즈가 순간 놀라서 있는 힘을 다해 벌떡 일어섰다.

"마차 안에 우리가 다 탈 수 있습니까?"

"예, 탈 수 있습니다."

"그렇다면, 왓슨, 아침 식사는 미루도록 하지. 목사님, 앞장서세요. 서두릅시다, 어서요. 누가 현장을 훼손하기 전에 말입니다."

하숙인 모티머 트리제니스는 목사관의 위층과 아래층 각각 두 개의 방을 사용하고 있었는데, 아래층에는 커다란 거실이 있었고, 위층에는 침실이 있었다. 방에는 크로켓 경기용 잔디밭과 연결된 창문이 있었다. 우리는 의사나 경찰보다 먼저 현장에 도착했기 때문에 현장은 그대로 보존돼 있었다. 안개 자욱한 3월의 아침 우리가 본 현장 모습 그대로 묘사해보겠다. 그 모습은 평생 잊지 않을 강렬한 인상을 남겼다.

방 안의 공기는 몹시 불쾌했고, 정신을 잃게 할 정도로 숨이 턱 막혀왔다. 처음 현장을 목격한 하인이 창문을 열어 환기하지 않았더라면 훨씬 더 견디기 어려웠을 것이다. 어쩌면 탁자 중간에서 여전히 연기를 내뿜고 있던 램프 때문일 수도 있었다. 바로 그 옆에 죽은 남자가 의자에 기댄 채 앉아 있었는데, 삐쭉삐쭉한 수염이 자라 있었고, 안경을 이마 위로 올려 쓰고 있었다. 초췌하고 거무스름한 얼굴은 창 쪽을 향하고 있었고, 죽은 누이의 표정에서 보았던 그 극도의 공포감이 똑같이 스며들어 있었다. 공포 때문에 경련이라도 일으킨 듯 팔다리와 손가락은 뒤틀려 있었다. 옷은 다 차려입은 상태였는데, 서둘러 입은 흔적이 보였다. 우리는 이미 트리제니스가 자고 일어난 새벽 일찍 끔찍한 죽음을 맞이했다는 사실을 들어 알고 있었다.

난 홈즈가 그 파멸의 방 안에 들어서자마자 표정이 급격히 바뀌는 것을 보았다. 냉담해 보이는 겉모습과 달리 속에서는 격렬히 에너지가 끓고 있는 게 분명했다. 순간적으로 홈즈는 긴장된 모습으로 주위를 경계하기 시작했다. 홈즈의 두 눈은 반짝거렸고 표정은 딱딱히 굳어졌으며 팔다리는 부지런히 움직이기 시작했다. 홈즈는 마치 사냥감을 찾아 전력을 다해 덤불을 들쑤시는 사냥개같이 바깥 잔디밭으로 나가 창문을 살펴보고, 방을 살펴본 뒤, 침실로 올라갔다. 침실에서 서둘러 방을 살펴보고는 창문을 열어젖혔다. 열어젖힌 창밖으로 상체를 내민 채 흥미롭고 흥겹다는 듯 소리를 치는 걸로 봐서, 무엇인가 새로운 단서를 발견한 게 틀림없었다. 그러고는 급히 계단을 내려와 1층 창밖 잔디밭 쪽을 향해 고개를 내밀었다. 곧이어 벌떡 일어나서, 홈즈는 마치 사냥감에 거의 다다른 사냥꾼처럼 힘차게 방 안으로 뛰어들어 왔다. 홈즈는 아주 평범한 램프를 꼼꼼히 살피더니 기름통의 크기를 쟀다. 홈즈는 아주 조심히 돋보기를 이용해 등피 위를 덮고 있던 활석 덮개를 살피더니, 위쪽에 묻어 있던 그을음을 긁어내서 일부를 봉투에 담아 주머니에 넣었다. 마침내 의사와 경찰이 도착하자, 홈즈는 목사에게 손짓해 우리 세 사람은 모두 잔디밭으로 나갔다.

"이번 조사가 완전히 쓸모없지는 않았던 것 같군요." 홈즈가 말했다. "난 여기 남아서 경찰과 의논할 시간이 없습니다. 죄송하지만, 목사님, 경위에게 내 인사를 좀 전해주시겠습니까? 그리고 거실에 있는 램프와 침실의 창문을 잘 살펴보라고 전해주십시오. 둘 다 결정적인 단서가 분명합니다. 혹시 더 궁금한 게 있거든 숙소로 찾아오라고 전해주세요. 그럼, 왓슨, 우리는 이제 다른 데로 가보는 게 좋겠군."

우리가 끼어든 것에 분노했는지 아니면 우리보다 더 희망적인 조사 결과를 찾았다고 생각했는지 모르지만, 이틀 동안 우리는 경찰에게서 아무 소식도 들을 수 없었다. 그동안 홈즈는 숙소에서 담배를 피우며 생각에 잠기는 등 시간을 보냈다. 하지만 대부분 시간은 시골길을 혼자 산책하고 오는 데 할애했는데, 몇 시간이나 지나 돌아오면 어디에 갔었는지는 말해주지 않았다. 한번은 조사가 어디까지 진행됐는지 보여주기 위해 실험을 한 적도 있었다. 홈즈는 두 번째 비극적 사건이 있었던 날 아침, 모티머 트리제니스 씨의 집에서 타고 있던 램프와 같은 램프를 사왔다. 그때 사용된 기름과 같은 기름으로 램프를 채운 뒤 연소하는 데 걸리는 시간을 재기도 했다. 또 다른 실험은 좀 더 불쾌한 실험이었는데 아마 평생 잊지 못할 것이다.

"자네도 기억할 걸세, 왓슨." 어느 날 오후 홈즈가 내게 말을 걸었다. "우리에게 들어온 여러 보고서에 공통점이 있어. 그건 두 사건 모두 처음 발견한 사람에게 방 안의 공기가 미친 영향과 관련이 있지. 자네, 모티머 트리제니스가 형 집에 마지막으로 방문한 이야기를 하면서 의사가 의자에 거의 기절하듯 쓰러졌다던 이야기를 한 것 기억하나? 잊었어? 분명 그렇게 얘기를 했네. 그럼 자네, 가정부였던 포터 부인도 방에 들어갔다가 기절을 했고, 나중에 깨어나서 창문을 열고 환기시켰다고 말한 것도 기억할 걸세. 그리고 모티머 트리제니스가 죽은 두 번째 사건 말이야. 우리가 도착했을 때 하인이 창문을 열어 환기를 시킨 상태였는데도 숨 막히게 답답하던 방 공기가 기억날 걸세. 하인에게 물어보니 이후에 너무 몸이 아파 몸져누웠다고 하더군. 왓슨, 자네도 이 사실들이 분명 뭔가 시사하는 바가 있다는 점을 인정할 걸세. 두 사건 모두 독가스가 연루돼 있다는 증거인 거지. 그리고 두 사건 모두 방 안에서 뭔가 타고 있던 게 있었어. 첫 사건 때는 벽난로가 지펴진 상태였고, 두 번째 사건 때는 램프가 타고 있었지. 벽난로는 지펴야 했던 이유가 있었지만, 램프는 소모된 기름의 양을 봤을 때 날이 밝은 후에도 켜져 있었어. 왜일까? 그건 분명 무언가를 태우는 것과 무거운 방 공기, 그리고 불행한 광기 또는 죽음, 이 세 개가 모두 연결돼 있다는 증거지. 명백해. 그렇지 않은가?"

"분명 그런 것 같군."

"최소한 유효한 가설로 받아들여도 좋아. 그럼 우리는 매 사건에 괴상한 유독 증세를 발생시키기 위해 뭔가를 태웠다는 추리를 할 수 있어. 아주 좋아. 처음 사건, 그러니까 트리제니스 일가의 경우 어떤 물질이 벽난로 안에 놓여 있었겠지. 창문은 닫혀 있었지만, 벽난로의 경우 자연스럽게 독가스 일부가 굴뚝을 통해 빠져나갔을 거야. 그래서 두 번째 사건보다 독가스의 증세가 약했다고 가정할 수 있지. 두 번째 경우는 가스가 빠져나갈 곳이 적었으니까. 결과가 사실임을 증명하고 있어. 처음에는 신체 기능이 더 민감하다고 추측할 수 있는 여자만 사망했지. 나머지는 일시적이거나 영구적인 정신 이상만 보였어. 이건 분명 독가스의 첫 번째 증상일 걸세. 두 번째 사건의 경우 결과는 완벽했지. 이 모든 걸 보면 분명 어떤 독가스의 연소로 발생했음이 분명해.

이런 논리를 따라, 난 모티머 트리제니스 씨 방에서 그 물질의 잔해를 찾으려 한 걸세. 당연히 램프의 활석 덮개를 살펴봐야 했지. 그을음 차단 판 말이야. 물론 거기에는 그을음이 잔뜩 끼어 있었고, 가장자리에는 아직 완전히 연소가 되지 않은 갈색 분말 물질이 묻어 있었어. 자네도 봤다시피 난 그것의 반만 긁어서 봉투에 담아 왔네."

"왜 반만 가져온 건가, 홈즈?"

"내가 경찰을 방해해서는 안 되지 않겠나. 난 내가 발견한 모든 증거를 경찰을 위해 남겨둬. 아직 덮개에 독성 물질이 남아 있으니 경찰이 재주가 있다면 발견하겠지. 자, 왓슨, 우리 램프를 한번 켜보자고. 물론 창문을 다 열어서 안전조치를 취해야지. 사회의 존경을 받아 마땅한 두 사람이 조기에 사망하는 일은 피해야 하니까 말이야. 자네는 창가의 안락의자에 앉도록 해. 현명한 사람처럼 이번 일에서 손을 떼겠다고 마음먹은 게 아니라면 말이지. 아, 해보겠다 이거지? 물론 그럴 거라 생각했어. 이 의자는 자네 맞은편에 두도록 하지. 독가스로부터 우리 둘 다 같은 거리를 두고 마주 앉을 수 있게 말이야. 문은 조금 열어둘 걸세. 이제 마주 보는 자리에서 서로 마주 보다 증세가 심각하다 싶으면 실험을 끝내도록 하지. 잘 알겠지? 자, 그럼, 여기 남은 분말을 봉투에서 꺼내서 램프에 놓도록 하지. 자, 왓슨, 이제 앉아서 어떻게 되는지 지켜보세."

증세는 얼마 지나지 않아 바로 나타나기 시작했다. 내가 의자에 제대로 앉기도 전에 진한 사향 냄새가 나는 듯하더니 곧 속이 매스꺼워지기 시작했다. 첫 모금을 들이켰을 뿐인데도 나의 모든 두뇌 활동이 조절 불가능해지고, 허깨비가 보이기 시작했다. 두 눈앞에서 두껍고 컴컴한 먹구름이 소용돌이치기 시작했고, 마치 이 구름 속에 여태껏 한 번도 보지 못한, 상상도 할 수 없을 정도로 소름 끼치고 사악하고, 괴기한 세상의 것들이 숨어 있다가 튀어나와 나를 헤칠 것만 같은 생각이 들었다. 형체를 알 수 없는 것들이 컴컴한 먹구름 사이를 유영하며 소용돌이치고 있었으며, 그 형체 하나하나의 그림자만 가지고도 나의 영혼을 날려버릴 수 있을 것 같은, 말로 형언할 수 없는 존재가 드리울 것이라고 위협하고 경고하는 것 같았다. 끔찍한 공포는 나를 집어삼켰다. 머리카락은 삐쭉삐쭉 일어났고, 두 눈은 튀어나올 것만 같았으며, 벌어진 입속의 혀는 가죽같이 굳어졌다. 머릿속의 혼돈은 금방이나마 뇌를 날려버릴 것만 같았다. 소리를 질러보려 했지만, 무엇인가 깍깍거리는 소리가 내 목소리란 걸 희미하게 인지할 뿐, 멀리서 들려오는 분리된 소리에 불과했다. 그와 동시에 나는 어떻게든 이 상태에서 빠져나오려 발버둥 쳤고, 절망의 먹구름을 빠져나가려고 하던 찰나에 홈즈의 하얗고 딱딱하게 굳은, 공포에 질린 표정이 눈에 들어왔다. 그것은 죽음을 맞이한 사람들의 표정에서 보았던 바로 그 표정이었다. 홈즈의 표정을 본 순간 나는 정신이 들고 기운이 나서 의자에서 뛰쳐나와 홈즈에게 돌진했다. 양팔로 홈즈를 감싼 뒤 비틀거리며 문을 빠져나갔다. 그런 뒤 우리는 잔디밭에 나란히 드러누웠다. 한 줄기 빛이 우리의 목을 조이던 공포와 지옥 같은 먹구름 사이를 뚫고 폭죽처럼 터져 나오고 있는 듯했다. 들판의 안개가 물러가듯 우리는 천천히 회복했고, 이윽고 평안과 이성이 돌아왔다. 우리는 잔디에 앉아 써늘한 이마를 닦아 내렸다. 서로 걱정스러운 듯 살피며 끔찍한 실험의 흔적을 추적하기 시작했다.

"이런 맙소사, 왓슨!" 마침내 홈즈가 떨리는 목소리로 말했다. "자네에게 정말 고맙고 또 미안하네. 절대 해서는 안 되는 실험이었어. 나 자신은 물론 친구인 자네에게 이런 실험을 하다니. 정말 미안하네."

"있잖아." 평소에 볼 수 없던 홈즈의 이런 모습에 감동한 내가 대답했다. "자네를 도울 수 있는 것이야말로 나에게 있어 가장 큰 기쁨이자 특권이야."

홈즈는 즉시 반은 익살스럽고 반은 냉소적인 평소의 습관적인 태도로 돌변했다. "굳이 직접 실험을 해서 미쳐볼 필요는 없었어, 왓슨." 홈즈가 말했다. "솔직한 사람이라면 우리가 이

런 무모한 실험을 하기 전에 이미 미쳐 있었다고 말했을 거야. 솔직히 말하건대 이렇게까지 독가스의 효력이 강할 거라곤 예상하지 못했네." 홈즈는 집으로 달려 들어갔다. 팔을 쭉 뻗어 램프를 집어 들고 다시 나타난 홈즈는 검은딸기 덤불 속으로 램프를 집어 던지며 말했다. "환기가 될 때까지 좀 기다려야겠군. 왓슨, 자네도 이제 이 비극이 어떻게 해서 발생하게 됐는지 명명백백하게 알았겠지?"

"그렇고말고."

"하지만 그 동기는 여전히 모호해. 저쪽으로 가서 얘기를 좀 해보자고. 아직 이 극악무도한 독가스가 목구멍에 남아 있는 것 같군. 비록 두 번째 사건의 희생자이긴 하지만 모든 증거가 모티머 트리제니스가 범인이라고 지목하고 있음을 인정하지 않을 수 없어. 잊지 말아야 할 것은 가족 사이에 다툼이 있었고 화해를 했다는 사실일세. 그 다툼이 얼마나 거칠었고, 화해가 또 얼마나 진정성 있었는지 우리는 알지 못하지만 말이야. 모티머 트리제니스의 그 여우 같은 얼굴과 안경 뒤에 숨은 약삭빠르게 생긴 두 눈을 생각해보면, 그가 쉽사리 용서하는 성격은 아닐 것 같단 생각이 들어. 음, 그리고 그 정원에서 뭔가 움직이는 게 있었다는 것을 알려준 것도 그였다는 사실을 잊어서는 안 돼. 우리의 주의를 이 비극의 진짜 이유에서 돌리게 한 그 사실 말일세. 우리를 속인 데는 동기가 있었다고 볼 수 있지. 마지막으로, 만약 그자가 방을 나서면서 독가스를 벽난로에 던진 게 아니라면 누가 그랬느냐는 문제가 남아. 사건은 그자가 떠나고 즉시 발생했지. 누군가 방에 들어왔다면 다른 사람들이 식탁에 가만히 앉아서 카드를 하고 있지는 않았을 거야. 더군다나 평화로운 콘월에서는 어느 손님도 밤 10시 이후에 방문하는 법이 없지. 그러니 모든 증거가 모티머 트리제니스를 범인으로 지목하고 있다고 볼 수밖에 없어!"

"그럼 자살을 했다는 거군!"

"음, 왓슨, 일단 그것도 충분히 가능해 보이는 가설은 분명해. 자기 가족에 끔찍한 짓을 저지른 양심의 가책을 이겨내지 못하고 자살을 했을 수도 있지. 그러나 자살이라고 볼 수 없는 강력한 이유가 있어. 운이 좋게도 이 점에 관해서 잘 아는 사람이 잉글랜드 온 전역에 딱 한 명 있지. 이미 조치를 해뒀으니 오후쯤에는 직접 얘기를 들을 수 있을 걸세. 아! 조금 일찍 도착하셨나 보군. 이쪽으로 오시죠, 리온 스턴데일 박사님. 방 안에서 실험을 좀 하는 바람에, 저명하신 손님을 모시기에는 좀 부적절한 상태가 돼버렸습니다."

정원의 대문이 열리는 소리가 들렸다. 곧이어 위엄 있는 대 아프리카 탐험가의 모습이 나타났다. 박사는 흠칫 놀라더니 우리가 앉아 있던 정자로 다가왔다.

"나를 찾았다고요, 홈즈 씨. 한 시간 전쯤에 쪽지를 받았습니다. 당신이 오라고 했다 해서 내가 왜 시키는 대로 해야 하는지 모르겠지만, 일단 왔습니다."

"댁으로 돌아가시기 전에 그 이유를 알게 되실 겁니다." 홈즈가 말했다. "우선 이렇게 친절히 직접 와주셔서 고맙습니다.

이렇게 바깥에서 맞이하게 돼서 정말 죄송합니다. 하지만 여기 제 친구 왓슨과 제가 신문에서 콘월의 공포라고 떠들어대는 사건의 전모를 거의 다 파악한 상태라, 이제 맑은 공기를 좀 마셨으면 해서요. 또 어쩌면 우리가 대화하게 될 내용이 박사님과도 아주 밀접한 관계가 있으니, 혹시라도 누가 엿듣지 못하게 안전한 곳에서 대화하는 게 낫겠다고 생각했고 말입니다."

탐험가는 입술에서 시가를 떼어내고 내 동료를 아주 무서운 눈초리로 쏘아보았다.

"무슨 말을 하는지 모르겠군요, 홈즈 씨." 박사가 말했다. "나하고 아주 밀접한 관계가 있는 얘기라니 도대체 그게 무슨 소리입니까?"

"모티머 트리제니스를 살해한 것 말입니다." 홈즈가 말했다.

그 순간 나는 무기가 있었으면 했다. 스턴데일의 사나운 얼굴이 시뻘겋게 변하더니 두 눈은 이글거렸고, 이마에는 굵은 핏줄이 꿈틀거리기 시작했다. 박사가 두 주먹을 불끈 쥐고 내 동료에게로 돌진해 왔다. 그러더니 곧 억지로 냉정함을 되찾고는 싸늘하고 딱딱하게 굳은 평정심을 이어갔다. 그런 모습이 성급히 화를 내는 모습보다 도리어 위험해 보였다.

"난 아주 오랫동안 법이 닿지 않은 곳에서 야만인들과 생활해왔소." 스턴데일이 말했다. "그래서 난 나 스스로 법이 되는 길을 걸어왔지. 그 사실을 명심하는 게 좋을 거요, 홈즈 씨. 당신을 다치게 하고 싶지는 않으니까 말이오."

"저 또한 당신을 해치고 싶지 않습니다, 스턴데일 박사님. 당신이 저지른 일을 알고도 경찰에 연락하지 않고 박사님을 먼저 부른 걸 보면 아실 테지만 말입니다."

스턴데일은 박사의 모험으로 가득한 삶 속에서 아마 처음으로 누군가에게 압도당한 듯 주저앉았다. 홈즈의 침착하고 당당한 태도에는 저항할 수 없는 어떤 힘이 들어 있었다. 우리의 손님은 잠시 말을 더듬더니 불안한 듯 큰 손을 쥐었다 폈다 했다.

"그게 무슨 뜻입니까?" 마침내 박사가 물었다. "만약 이제 다 허풍이라면, 홈즈 씨 당신은 지금 아주 잘못된 상대를 실험 대상으로 고른 겁니다. 이제 그만 에둘러 말씀하시지요. 도대체 무슨 뜻입니까?"

"말씀드리죠." 홈즈가 말했다. "제가 박사님께 이 말을 하는 이유는 정직이 정직을 낳기를 바라기 때문입니다. 제가 다음에 어떤 행동을 할지는 전적으로 박사님의 사연이 어떤 거냐에 달려 있습니다."

"내 사연이라고 했소?"

"그렇습니다."

"뭐에 대한 사연 말이오?"

"모티머 트리제니스를 살해한 것에 대한 사연이지요."

스턴데일은 손수건을 꺼내 이마를 닦아내며 말했다. "계속해서 나를 시험하겠단 건가? 자네의 모든 성공의 비밀이 이렇게 비상한 허풍이었나?"

"허풍은 제가 아니라 리온 스턴데일 박사님, 당신이 치고 있군요." 홈즈가 단호한 목소리로 말했다. "그 증거로 제 결론의 토대가 된 사실을 말해드리도록 하죠. 아프리카로 짐을 보내놓고도 플리머스에서 돌아온 것에 관해 제가 할 말은 딱 하나뿐입니다. 바로 이 사건을 재구성하는 데 고려하지 않을 수 없는 요소가 바로 박사님이라는 것을 알게 되었다는 것 말입니다."

"내가 돌아온 이유는…."

"그 말도 안 되고 설득력도 없는 이유는 이미 들었습니다. 그러니 그 얘기는 그만하시죠. 박사님이 여기 온 이유는 제가 누구를 의심하고 있는지 묻기 위해서였습니다. 전 대답을 거부했죠. 그러자 박사님은 목사관으로 돌아가 한동안 밖에서 기다리더니, 마침내 댁으로 돌아가셨습니다."

"그걸 어떻게 아시오?"

"뒤를 쫓아갔습니다."

"난 아무도 못 봤소."

"당연히 아무도 못 보셨을 테지요. 박사님은 댁에 돌아가서 꼬박 밤을 새웠습니다. 그리고 어떤 계획을 짰죠. 이른 아침 실행에 옮긴 그 계획 말입니다. 동이 트자마자 집을 나와서는 대문 옆에 흩어져 있던 붉은 자갈을 주머니에 듬뿍 담더군요."

스턴데일은 흠칫 놀라며 홈즈를 바라보았다.

"그러고는 재빨리 목사관으로 왔어요. 한 가지 덧붙이자면 그때도 지금 신고 있는 그 테니스 신발을 신고 있었습니다. 목사관에 와서는 과수원과 울타리를 지나 모티머 트리제니스의 하숙방 밑으로 다가갔죠. 날은 이미 밝았지만, 가정부는 아직 일어나지 않은 상태였습니다. 그래서 자갈을 꺼내 2층 창문으로 던졌던 거죠."

스턴데일이 벌떡 일어섰다.

"당신이 악마가 아니고서야 어떻게 그걸!" 박사가 소리쳤다.

홈즈는 칭찬에 씩 미소를 지었다. "자갈을 두 줌인지 세 줌인지 창문에 던지고 나서야 하숙인이 나타났습니다. 박사님은 손짓으로 내려오라고 했죠. 트리제니스는 서둘러 옷을 입고 거실로 내려왔어요. 박사님은 창문을 통해 안으로 들어갔죠. 윗방과 아랫방을 왔다 갔다 하면서 짧은 대화를 나눴습니다. 그리고 박사님은 밖으로 나와서 창문을 닫고는, 잔디밭에 서서 시가를 피우며 무슨 일이 일어나는지 지켜봤죠. 결국, 트리제니스가 죽은 뒤, 박사님은 왔던 길로 되돌아갔습니다. 자, 이제 스턴데일 박사님, 이런 행동에 관해 어떻게 변명하시겠습니까? 동기는 무엇이었나요? 장담하건대 저를 속이려 들거나 거짓말을 했다가는 이 사건은 영영 제 손에서 벗어나고 말 겁니다."

홈즈의 이야기를 듣던 우리 손님의 얼굴은 잿빛이 되었다. 박사는 얼굴을 두 손에 묻은 채 한참 동안 생각에 빠졌다. 그러고는 갑자기 충동적으로 가슴 안쪽 주머니에서 사진 한 장을 꺼내서는 우리 앞에 놓인 투박한 탁자 위에 올려놓았다.

"이게 내가 그 짓을 한 이유요." 스턴데일이 말했다.

아주 아름다운 얼굴을 한 여인의 상반신 사진이었다. 홈즈가 몸을 구부려 사진을 들여다보았다.

"브렌다 트리제니스로군요." 홈즈가 말했다.

"맞아요, 브렌다 트리제니스." 우리의 손님이 반복해서 그녀의 이름을 말했다. "난 아주 오랫동안 그녀를 사랑했소. 그녀도 나를 사랑했지요. 이게 바로 사람들이 이상하게 여겼던, 내가 콘월에서 은둔 생활을 한 이유입니다. 내가 세상에서 유일하게 사랑한 그녀와 가까이 있고 싶었기 때문입니다. 난 브렌다와 결혼할 수 없었소. 이미 아내가 있는 몸이었기 때문이죠. 아내는 이미 여러 해 전 나를 떠났지만, 이 말도 안 되는 영국법 때문에 이혼할 수가 없었습니다. 브렌다는 그런 나를 계속 기다려줬어요. 나도 기다렸고요. 하지만 결국 이렇게 끝이 났군요." 격렬한 흐느낌이 박사의 거대한 덩치를 흔들었다. 박사는 얼룩진 수염 아랫목을 꽉 움켜잡았다. 그렇게 애써 평정을 되찾은 뒤 계속해서 말을 이어갔다.

"목사님은 다 알고 있었습니다. 우리의 비밀을 다 털어놓았으니까요. 그분에게 물어보시오. 브렌다는 천사 같은 사람이었다고 말해줄 거요. 그래서 목사님이 내게 전보를 보냈고, 물론 난 돌아왔습니다. 내가 사랑하는 사람이 그런 일을 당했다는 얘기를 들었는데 짐이 다 무슨 소용이었겠소. 자, 홈즈 씨. 이게 바로 당신이 궁금해하던 내 동기입니다."

"계속하세요." 내 친구가 말했다.

스턴데일 박사는 주머니에서 종이 다발을 꺼내 탁자에 올려 놓았다. 종이 겉에는 '라딕스 페디스 디아볼리Radix pedis diaboli' 라고 적혀 있었고, 아래에는 붉은 독극물 표시가 돼 있었다. 박사는 그것을 내 쪽으로 밀어주었다. "당신이 의사라고 했던가요. 이 조제약을 들어본 적 있습니까?"

"악마의 발 뿌리! 아니요, 들어본 적 없습니다."

"모른다고 해서 전문 지식이 부족하다는 것은 아닙니다." 박사가 말했다. "부도에 있는 어느 실험실에 있는 견본을 제외하고 유럽 어디에도 존재하지 않을 겁니다. 아직 약전이나 독물학, 그 어디에도 속하지 않으니 말입니다. 그 뿌리가 마치 발처럼 생겼는데, 반은 인간 같고 반은 염소 같은 모양을 하고 있죠. 그래서 어느 식물학자 선교사가 그런 이름을 지어준 겁니다. 서아프리카의 특정 지역의 주술사들이 신성 재판에 사용하고는 했는데, 그들끼리만 아는 비밀이죠. 난 이 특별한 견본을 우방기 강 유역에서 우여곡절 끝에 손에 넣게 됐습니다." 박사는 종이 다발을 열어 안에 들어 있는 적갈색의 코담배 가루 같은 분말을 보였다.

"그래서요?" 홈즈가 준엄한 목소리로 말했다.

"무슨 일이 있었는지 다 말해주겠소, 홈즈 씨. 이미 다 알고 있는 것 같으니 모두 다 털어놓는 게 나한테도 나을 테지요. 이미 트리제니스 가문과 내 관계에 관해서는 다 설명을 했습니다. 브렌다 때문에라도 난 그 형제들과 가깝게 지냈어요. 돈 문제가 좀 있어서 모티머란 친구가 가족하고 떨어져 지내게 됐는데, 어쨌든 화해를 했다고 하더군요. 그리고 그 이후에도 다른 형제들과 별반 다르지 않게 계속해서 그를 만났습니다. 모티머는 교활하고 교묘한 계략가였어요. 그 외에도 몇 가지 일들이 나로 하여금 그자를 의심하게 했습니다. 하지만 그렇다고 내가 분란을 일으킬 이유는 없었어요.

2주 전이었습니다. 하루는 모티머가 내 집으로 찾아왔더군요. 난 그에게 아프리카에서 가지고 온 신기한 물건들을 몇 가지 보여주었죠. 그중에 이 분말도 있었는데, 이 약이 일으키는 신기한 약효에 관해서도 말해줬어요. 이 약이 공포를 다스리는 두뇌의 부분을 어떻게 조정하는지, 그래서 주술사에게 찍힌 부족민이 어떻게 미치거나 죽임을 당했는지 뭐 그런 얘기들이었습니다. 또 유럽의 과학 수준이 아직 이 독약을 알아낼 정도가 아니란 것도 말해주었습니다. 놈이 어떻게 이걸 훔쳤는지는 모르겠어요. 난 방을 떠난 적이 없으니 말입니다. 하지만 보나 마나 내가 캐비닛을 열고 상자를 살펴보고 있었을 때 이 악마의 발 뿌리 일부를 슬쩍한 게 분명합니다. 모티머가 효과를 내기 위해 필요한 양과 걸리는 시간 등을 꼬치꼬치 캐묻던 게 생각나요. 하지만 모티머가 개인적인 속셈이 있어 그런 질문을 했다고는 전혀 생각지 못했습니다.

플리머스에서 목사님의 전보를 받기 전까지 그 일을 생각한 적은 없었어요. 이 악마는 내가 아프리카로 향하는 바다에 있을 테니 소식을 들을 리 없을 거라 생각했을 겁니다. 그리고 아프리카에서 소식이 끊긴 채 몇 년을 살게 될 거라 생각했겠죠. 하지만 난 즉시 돌아왔습니다. 물론 자세한 내용을 듣자마자 내 약품이 사용됐음을 직감할 수 있었죠. 홈즈 씨, 당신을 찾아온 건 혹시 다른 가능성을 염두에 두고 있는 게 아닌지 알아보기 위해서였습니다. 하지만 그럴 가능성은 없었죠. 난 모티머 트리제니스가 돈 때문에 살인을 저질렀다고 확신했어요. 식구들이 죽거나 정신이 나가버린다면 재산을 다 독차지할 수 있을 거라 생각한 게 분명합니다. 바로 그 때문에 악마의 발을 사용해 두 사람을 미치게 만들고 한 사람, 내가 그토록 사랑한 유일한 그 사람을 살해한 겁니다. 이런 짓을 한 사람을 내가 어떻게 해야 했겠소?

법에 호소해야 합니까? 증거는 어떡하고요? 사실인 것을 뻔히 알지만, 이런 황당한 이야기를 믿어줄 배심원이 어디 있겠습니까? 혹시 믿을 수 있다 해도, 나는 그런 운에 맡길 수 없었습니다. 내 영혼이 복수심에 불타올랐어요. 홈즈 씨, 제가 좀 전에도 말했지만 난 무법의 세계에서 오랜 세월을 살아왔습니다. 그리고 마침내 나 자신이 법을 집행하는 지경까지 이르렀습니다. 지금이 바로 내가 법이 되어야 할 순간이었소. 난 다른 식구들이 경험한 똑같은 운명이 그에게도 주어져야 한다고 믿었습니다. 스스로 그 운명을 받아들이지 못한다면 내가 직접 심판해야 한다고 생각했소. 난 목숨을 걸었어요. 지금 이 순간 잉글랜드 전역에 나만큼 목숨에 연연하지 않는 자는 또 없을 거요.

자, 이제 모든 걸 다 얘기했소. 나머지는 당신이 이미 알고 있는 내용이지요. 홈즈 씨가 말한 대로 꼬박 밤을 새우고, 아침 일찍 길을 나섰습니다. 모티머를 깨우기 어려울 것 같다는 생각이 들어 당신이 말한 곳에서 자갈을 미리 챙겼죠. 그리고 놈의 창문에 그 자갈을 던졌습니다. 모티머가 내려와서 1층 거실 창문을 열더군요. 난 그리로 들어갔고, 들어가자마자 말했습니다. 너를 심판하고 그 심판을 집행하러 왔다고 말입니다. 내 권총을 보더니 그 녀석은 의자에 털썩 주저앉았습니다. 난 램프에 불을 지피고 위에 분말을 뿌렸습니다. 그리고 창밖에 서서 지켜보았어요. 그 녀석이 방 밖으로 뛰쳐나오려 하면 권총으로 쏘겠다고 위협하고, 진짜 그렇게 할 작정이었습니다. 놈은 5분도 안 돼 죽었죠. 오, 신이시여! 그렇게 그놈은 죽음을 맞이했습니다. 하지만 난 여전히 성이 차지 않았습니다. 아무 죄 없는 내 사랑 브렌다가 느꼈을 괴로움에 비하면 놈의 죽음은 아무것도 아니었으니까요. 이게 내 이야기요, 홈즈 씨. 만약 당신도 사랑하는 여인이 있었다면 똑같이 했을 거요. 하여튼 이제 당신 뜻대로 하시오. 내가 좀 전에도 말했듯이 나만큼 죽음을 두려워하지 않는 자는 없을 겁니다."

홈즈는 잠시 침묵하며 앉아 있었다.

"박사님, 원래 계획은 무엇이었습니까?" 마침내 홈즈가 입을 열었다.

"난 중앙아프리카에 뼈를 묻을 작정이었소. 그곳에서 해야 할 일을 아직 반밖에 못 했으니까."

"가세요. 가서 나머지 반을 하십시오." 홈즈가 말했다. "적어도 전 박사님을 막아설 마음이 없습니다."

스턴데일 박사는 거대한 몸을 일으켜 엄숙하게 고개를 숙이고는 정자를 떠났다. 홈즈는 파이프에 불을 붙이고 내게 담배 쌈지를 건넸다.

"독성이 없는 연기라면 기분 전환에 딱이지." 홈즈가 말했다. "왓슨, 자네도 동의할 테지만 이번 사건은 우리가 간섭할 문제가 아니야. 우리는 독립적으로 조사를 해왔으니 행동도 독립적으로 하는 게 옳을 거야. 박사를 고발할 생각은 아니지?"

"아니고말고." 내가 대답했다.

"왓슨, 난 누군가를 사랑해본 적은 없지만, 만약 내가 누군가를 사랑했다면, 그리고 그 사랑하는 여인이 이런 죽임을 당했다면 난 이 사자 사냥꾼보다 훨씬 더 무법적인 방법을 택했을 걸세. 누가 알겠나? 음, 왓슨, 너무 명백한 사실을 설명하는 건 자네의 지성을 무시하는 행위겠지. 물론 창턱에 있던 자갈이 내 조사의 출발점이었네. 그건 목사관 정원에 있던 자갈과는 다른 종류였어. 스턴데일 박사를 용의 선상에 올려놓고 박사의 집을 조사했을 때 비로소 그 자갈과 같은 것을 발견했지. 그러고 나서 발견한 대낮에 켜져 있던 램프와 뚜껑에 남아 있던 분말은 꽤 명백한 일련의 추리를 성공적으로 연결해주었지. 자, 왓슨, 이제 이 사건은 그만 잊어버리고 새로운 마음으로 칼데아 어의 뿌리나 연구하자고. 분명 위대한 켈트어의 한 어파인 콘월어를 연구해보면 그 뿌리를 캘 수 있을 거야."

7
그의 마지막 인사

　세계 역사상 가장 끔찍하던 8월, 그 8월의 둘째 날 밤 9시였다. 혹자는 타락한 세상에 신의 무거운 저주가 내렸다고 미리 생각했을지 모른다. 무덥고 답답한 대기 속에 감돌던 막연한 기대와 무시무시한 침묵이 마치 폭풍 전야 같았기 때문이다. 해는 이미 저문 지 오래였지만, 상처 같은 붉은 핏빛 균열이 먼 서쪽 하늘에 드리워져 있었다. 위로는 별들이 반짝거리며 빛나고 있었고, 아래로는 항구의 선박에서 나오는 불빛이 가물거렸다. 두 유명한 독일인이 정원 산책로의 돌난간 옆에 서 있었다. 그들 뒤로 넓지만 높지 않은 육중한 박공집이 거대한 백악질 절벽에 자리하고 있었다. 4년 전 폰 보르크가 떠돌던 독수리처럼 둥지를 튼 그곳에서는 넓은 모래사장이 내다보였다. 두 사람은 머리를 맞대고 서서 나지막하고 은밀한 목소리로 대화를 나누고 있었다. 저 아래 어둠 속에서 올려다본다면, 불붙은 두 남자의 시가 불빛이 마치 악의에 이글거리는 악마의 눈처럼 보였을지도 모른다.

주목해서 봐야 할 이 사람, 폰 보르크는 카이저(독일 황제를 뜻하는 칭호—옮긴이)의 모든 헌신적인 요원 중에서도 필적할 자가 없는 요원이었다. 이런 재능 때문에 폰 보르크는 임무 중에서도 가장 중요한 영국 첩보 임무를 맡게 된 것이다. 하지만 그의 뛰어난 재능은 임무를 맡은 후 더욱 빛을 발했는데, 이러한 사실은 세상에서 그가 첩보원이라는 진실을 알고 있는 단 여섯 명만 알고 있었다. 그중 한 사람이 바로 자신과 같이 있는 동료, 영국 주재 독일 대사관의 일등 서기관인 폰 헤를링 남작이었다. 남작의 100마력짜리 벤츠 승용차가 주인을 다시 런던으로 모시기 위해 시골길을 가로막고 서 있었다.

"지금까지 사태의 동향을 보면 아마 일주일 안에 베를린으로 돌아가게 될 겁니다." 남작이 말했다. "폰 보르크, 돌아가면 엄청난 환영에 꽤 놀랄 겁니다. 당신이 영국에서 한 일에 관해 최고위층에서 어떻게 생각하는지 우연히 듣게 되었죠." 남작은 엄청난 거구였다. 떡 벌어진 어깨와 큰 키, 낮고 굵은 음성과 느리고 무거운 말투는 남작의 정치 생활의 가장 큰 자산이었다.

폰 보르크가 웃었다.

"그들을 속이는 건 그리 어렵지 않았습니다." 폰 보르크가 말했다. "그렇게 고분고분하고 단순한 사람들도 없을 거예요."

"글쎄, 과연 그럴까요." 남작이 진지하게 말했다. "영국인들에게는 묘한 한계선 같은 게 있습니다. 그걸 꼭 지켜야 하죠. 겉으로 단순해 보이는 그것이 바로 외국인에게는 함정 같은 겁니다. 첫인상은 아주 부드러워 보이고 단순할지 모릅니다.

그러다 어느 순간 뭔가 아주 단단한 벽에 부딪히게 되고, 그제야 그들의 방식대로 따르게 되는 거죠. 예를 들어, 이 섬나라 사람들에게는 꼭 지켜야 하는 관습 같은 게 남아 있습니다."

"'올바른 예절' 같은 것 말씀이신가요?" 폰 보르크도 꽤 당했다는 듯 한숨을 내쉬었다.

"예절에 대한 영국인의 편견은 이만저만이 아닙니다. 그걸 얼마나 이상하게 표명하는지 모릅니다. 예를 들어 내가 저질렀던 최악의 실수 하나를 말씀드리죠. 내가 저질렀던 실수에 관해 얘기할 수 있는 건 당신이 내가 이제까지 얼마나 성공적으로 임무를 수행해왔는지 잘 알고 있기 때문입니다. 내가 영국에 처음 왔을 때 일이에요. 어느 장관의 시골 별장에서 열린 주말 모임에 초대된 적이 있었죠. 그런데 거기서 오가는 모든 대화가 기가 막히도록 경솔한 것입니다."

폰 보르크가 고개를 끄덕였다. "무슨 말씀인지 잘 압니다." 그가 무미건조한 목소리로 말했다.

"맞아요. 어쨌든 난 자연스럽게 그 모임에서 수집한 정보를 베를린에 보냈습니다. 불행히도 우리 총리께서 이런 문제에 좀 서투르시다 보니 그곳에서 얘기된 내용을 다 알고 있다고 영국에 한마디 해버린 겁니다. 물론 그런 얘기를 흘린 사람이 나라는 건 금방 들통이 났죠. 그때 얼마나 피해가 컸는지 모릅니다. 영국인의 부드러움 따위는 찾아볼 수 없었죠. 그 실수를 씻어내는 데 무려 2년이나 걸렸습니다. 그나저나 당신은 스포츠를 꽤 좋아하는 척하더군요."

"아니요, 아닙니다. 억지로 좋아하는 척한 게 아니에요. 저한테는 그게 아주 자연스럽습니다. 전 타고난 스포츠맨이죠. 스포츠를 매우 좋아합니다."

"아, 그럼 더 효과적이겠군요. 요트도 같이 타고, 사냥도 같이 하고, 폴로나 다른 게임도 같이 즐기고, 또 올림피아 경기장에서 열린 사륜마차 경주에서 이겨 상도 탔다면서요. 심지어 젊은 장교들과 복싱까지 즐긴다고 들었습니다. 그 결과도 실로 대단한 것 같습니다. 아무도 당신을 수상하게 생각하지 않으니까요. 그들은 당신을 '선량한 스포츠맨', '썩 괜찮은 독일인' 정도로 인식하더군요. 과음과 유흥을 즐기는 동네를 누비는 도시의 사냥꾼이고, 악마한테도 사랑받을 듯한 젊은이라고 여기는 거죠. 덕분에 이 시골집에서 영국 공작의 반 이상이 이루어진 겁니다. 스포츠나 즐기는 시골 지주가 유럽에서 가장 기민한 첩보원이라니. 천재적이에요, 폰 보르크 씨. 천재적입니다!"

"과찬입니다, 남작님. 그래도 제가 이 나라에서 있었던 지난 4년이 헛되지 않았다고는 할 수 없습니다. 그건 자신합니다. 제가 모은 자료를 보여드린 적이 없었죠? 잠시 이쪽으로 와보시겠습니까?"

테라스를 지나자 서재를 통하는 문이 나왔다. 폰 보르크가 문을 밀어 열고 들어가 전등 스위치를 켰다. 큰 덩치의 남자가 뒤따라 방으로 들어오자 폰 보르크는 문을 닫고 신중한 모습으로 격자창에 묵직한 커튼을 내렸다. 이 모든 경계를 취하고 나서야 볕에 그을린 독수리 같은 황갈색의 얼굴을 손님에게 돌렸다.

"몇몇 서류는 먼저 보냈습니다." 폰 보르크가 말했다. "어제 아내와 가정부가 블리싱겐으로 떠날 때 그리 중요하지 않은 서류는 같이 보냈습니다. 나머지는 물론 대사관에서 잘 챙겨 주셔야 합니다."

"당신 이름은 이미 수행원 명단에 올려놓았습니다. 당신이나 짐 모두 별문제 없이 빠져나갈 수 있을 겁니다. 물론 우리가 떠날 필요가 없게 될지도 모르죠. 프랑스에서 전쟁이 터져도 영국이 가만히 있을지 모르는 일이니까요. 두 국가 사이에 구속력 있는 조약이 없었던 것은 확실합니다."

"벨기에는요?"

"물론 벨기에도 마찬가지입니다."

폰 보르크는 고개를 저었다. "과연 그럴지 의문이군요. 분명 벨기에와는 조약을 맺었어요. 영국은 그런 굴욕을 당하면 절대 회복할 수 없을 겁니다."

"그래도 적어도 얼마 동안은 평화를 유지할 수 있겠죠."

"명예는 어떡하고 말입니까?"

"체, 이보시오. 우리는 실리를 가장 우선으로 하는 시대에 살고 있습니다. 명예는 중세 시대의 개념일 뿐이라고요. 게다가 영국은 아직 준비가 안 돼 있어요. 믿을 수 없는 일입니다만, 우리 독일이 5000만 파운드의 특별 전쟁 세를 거두었는데도 눈 깜짝 안 했어요. 〈타임스〉 지 1면에다 전쟁하겠다고 광고를 한 거나 마찬가지인데 말이오. 물론 여기저기서 물어는 봅니다. 핑계를 대는 게 내 일이기도 하고요. 여기저기서 짜증을 내기도 하는데 그럴 때는 달래주는 게 내 일이라 이겁니다. 하지만 이것만은 확실해요. 전쟁의 기본이라고 할 수 있는 탄약 보관, 잠수함 공격에 대한 준비, 고성능 폭탄 제조 계획 등은 전혀 준비되어 있지 않습니다. 이런 상황에서 영국이 어떻게 전쟁에 뛰어들 수 있겠습니까. 더군다나 우리가 교묘하게 아일랜드 내전과 창문을 깨는 여신들(그리스신화에 나오는 복수의 대지 여신의 이름으로 여성의 참정권 등을 쟁취하기 위해 투쟁하던 영국의 여성 조직을 뜻함. 방화를 일으키거나 창문을 깨는 등의 시위를 벌였다—옮긴이)을 선동해놓은 상태 아닙니까. 영국이 무슨 꿍꿍이를 갖고 있는지야 아무도 모르지만 말입니다."

"분명 영국은 미래도 신경 쓰고 있을 겁니다."

"아, 그건 또 다른 문제입니다. 영국의 미래에 관해서는 우리가 분명한 계획을 세울 겁니다. 당신이 준 정보가 아주 중요한 역할을 할 테고 말이죠. 영국은 오늘이냐 내일이냐가 문제입니다. 오늘을 선택한다 해도 우리는 만반의 준비가 되어 있고, 내일을 선택한다면 더욱더 준비가 돼 있을 테죠. 뭐, 동맹과 함께 싸우는 게 그들에게는 더 현명한 선택이겠지만, 그건 그들의 문제니까요. 이번 주가 영국의 운명을 결정짓는 시간이 될 겁니다. 그런데 아까 서류 이야기하지 않으셨습니까?" 남작은 널찍한 대머리 이마에 반짝거리는 빛을 받으며 안락의자에 앉아 차분히 시가를 피웠다.

참나무로 만들어진 책장에는 책이 가득 꽂혀 있었다. 그리고 방 한구석에는 커튼이 쳐 있었다. 커튼을 걷어내자 황동 테두리를 두른 커다란 금고가 모습을 드러냈다. 폰 보르크는 자신의 시곗줄에서 작은 열쇠를 하나 떼어냈다. 한참 자물쇠를 조작하자 육중한 금고문이 열렸다.

"보세요!" 폰 보르크가 물러서더니 손으로 가리키며 말했다.

열린 금고 안을 불로 밝게 비추자, 남작은 줄줄이 정리돼 있는 꽉 찬 서류 정리함을 아주 흥미롭게 바라보았다. 각각의 서류 정리함은 분류표가 붙여져 있었다. 서기관은 분류표에 적힌 제목을 죽 살펴보았다. '강 유역', '항구 방위', '비행기', '아일랜드', '이집트', '포츠머스 요새', '영국 해협', '로시스' 등 스무 개 남짓한 서류 정리함은 각종 서류와 도면들로 빼곡히 차 있었다.

"정말 대단하군요!" 남작이 피고 있던 시가를 내려놓으며 조용히 손뼉을 치며 말했다.

"모두 4년 동안 모은 겁니다, 남작님. 과음과 유흥을 즐기는 시골 지주치고는 나쁘지 않지 않습니까? 하지만 제 소장품 중 하이라이트는 지금 오는 중입니다. 이미 정리할 공간도 마련해뒀죠." 폰 보르크가 '해군 암호'라고 쓰인 곳을 가리키며 말했다.

"하지만 저것에 관해서는 이미 완전한 문서를 가지고 있지 않습니까?"

"그건 유효 기간이 지나버린 쓰레기나 마찬가지입니다. 해군 제독이 무슨 낌새를 눈치챘는지 모든 암호를 바꿔버렸습니다. 아주 큰 타격이었죠, 남작님. 제 공작 생활에서 가장 큰 차질을 빚었어요. 하지만 내 수표책과 앨터몬트라는 멋진 친구

덕에 오늘 저녁 모든 게 다 해결될 겁니다."

남작은 시계를 바라보더니 실망한 듯 툴툴거렸다.

"음, 하지만 난 더는 기다릴 수가 없습니다. 당신도 아시겠지만, 칼턴 테라스에서 상황이 급박하게 돌아가고 있소. 우리 모두 제자리를 지켜야 합니다. 당신의 통쾌한 성과를 가지고 돌아갈 수 있기를 바랐거늘, 혹시 앨터몬트가 몇 시쯤 가지고 오겠다는 약속을 하지는 않았소?"

폰 보르크가 전보를 건넸다.

반드시 오늘 밤 점화 플러그를 가지고 가겠음.

— 앨터몬트

"점화 플러그라고요?"

"앨터몬트는 모터 전문가처럼 위장하고 있고, 전 대규모 정비소를 가지고 있는 것처럼 위장하고 있습니다. 우리 암호문은 모두 부품의 이름을 딴 거죠. 라디에이터는 전함을, 오일펌프는 순양함을 뜻합니다. 점화 플러그는 바로 해군 암호문이란 뜻입니다."

"정오에 포츠머스에서 보냈군요." 남작이 수취인 명을 살펴보며 말했다. "그나저나 그에게 대가로 준 게 얼마나 됩니까?"

"이번 건만 500파운드를 지급했습니다. 물론 월급은 따로 주고요."

"탐욕스러운 사기꾼 같으니라고. 물론 아주 유용하긴 하지만 난 이 역적들에게 주는 돈이 정말 아깝소."

"앨터몬트에게는 전혀 아까울 게 없습니다. 아주 뛰어난 일꾼이죠. 사례비만 잘 주면 자신의 표현대로 물건 하나는 틀림없이 배달해주니까요. 게다가 앨터몬트는 반역자도 아닙니다. 영국에 지닌 그의 반감에 비하면 범 독일적인 융커(동프로이센의 지배계급을 형성한 보수적인 토지 귀족—옮긴이)의 반감은 아주 순한 정도입니다. 진짜 지독한 아일랜드계 미국인이에요."

"오, 아일랜드계 미국인 말입니까?"

"말하는 걸 들어보면 딱 알 수 있을 정도입니다. 가끔은 저조차도 앨터몬트가 가진 반감의 정도를 이해 못 할 정도입니다. 마치 영국 왕뿐만 아니라, 나라에까지 전쟁을 선포한 사람 같다는 말입니다. 꼭 가셔야 합니까? 곧 앨터몬트가 올 겁니다."

"미안하지만 벌써 가야 할 시간이 지났습니다. 우린 내일 아침 일찍 다시 만나게 되겠지요. 요크 공작의 계단에 있는 그 작은 문으로 암호 책을 갖다 주면, 영국에서 당신의 임무에 승리의 결말을 기록할 수 있을 겁니다. 아니! 이건 토케이(헝가리 지방에서 나오는 걸쭉하고 달콤한 백포도주—옮긴이) 아닙니까!" 남작이 두 유리잔과 함께 금속제 쟁반에 먼지 가득 낀 채 놓여 있던 단단히 봉인된 술병을 가리키며 말했다.

"길을 떠나시기 전에 제가 한잔 올리겠습니다."

"아니요, 괜찮습니다. 하지만 이거 술잔치라도 벌이시려는 것 같군요."

"앨터몬트가 와인에 일가견이 있는데 제 토케이에 한눈에 반했습니다. 아주 까다로운 성격이라 세세한 부분까지 맞춰 줄 필요가 있었죠. 정말이지 앨터몬트에 대해 아주 주의 깊게 관찰을 해야 했습니다." 두 사람은 다시 천천히 테라스로 나왔다. 테라스 바깥에서 남작의 운전사가 살짝 손짓하자 거대한 차가 부르르 떨며 큰 시동 소리를 울렸다. "저건 하리치 항구 (스토 강과 오웰 강어귀로 돌출한 조그만 반도의 끝에 있는 영국 항구. 당시 영국 구축함과 잠수함 함대가 있던 기지—옮긴이) 불빛이겠군 요." 남작이 더스터 코트를 걸치며 말했다. "매우 평화롭고 고요하군요. 다음 주에 또 다른 불빛이 드리우게 되면, 영국 해안도 지금처럼 평화롭지만은 않을 테지만 말입니다. 그 대단한 체펠린(독일의 경식 비행선 고안자 체펠린의 이름을 딴 비행선—옮긴이)이 기대만큼의 성능만 발휘해준다면 하늘도 그리 평화롭지 못할 겁니다. 그나저나 저 사람은 누굽니까?"

그들 뒤로 불이 켜진 창문은 하나뿐이었다. 방 안에는 불 켜진 램프가 있었고, 그 옆 탁자에는 불그레한 얼굴의 노파가 시골 모자를 쓴 채 앉아 있었다. 노파는 고개를 숙이고 뜨개질을 하고 있었는데, 종종 손을 멈추고는 옆 발판에 앉아 있는 크고 검은 고양이를 쓰다듬었다.

"마사입니다. 마지막까지 남긴 하인이죠."

남작이 재밌다는 듯 킬킬 웃었다.

"그녀는 마치 영국의 모습 그 자체 같습니다." 남작이 말했다. "자기 일에 몰두한 채 편안하고 졸린 듯한 분위기를 지닌 모습이 말입니다. 그럼 폰 보르크, 오 르부아(au revoir, "안녕, 또 봅시다"라는 뜻의 프랑스어 —옮긴이)." 남작은 마지막으로 손을 흔들고는 차에 뛰어올랐다. 그리고 잠시 후 두 줄기의 금빛 전조등 빛이 어둠을 가르며 앞으로 나갔다. 남작은 고급 리무진 쿠션에 등을 기댔다. 유럽에 조만간 닥칠 비극 생각에 너무 골똘히 잠긴 나머지, 자신의 차가 마을 거리를 지날 때 건너편에서 마주 오던 포드 차를 보지도 못했다.

폰 보르크가 천천히 서재로 돌아오자 멀리서 희미하던 승용차의 마지막 불빛마저 사라졌다. 그는 집 안에 들어서기 전에 늙은 하인이 불을 끄고 잠든 것을 보았다. 항상 식구들과 집안 사람들로 시끌벅적하던 넓은 집에 침묵과 어둠만이 가득한 건 폰 보르크에게 낯선 경험이었다. 하지만 가족 모두가 안전한 곳에 피해 있다고 생각하니 마음이 놓였다. 부엌에서 우물쭈물 거리며 남아 있던 저 노파를 제외하면 자신밖에 없다고 생각하니 마음이 놓였다. 서재에는 아직 정리해야 할 서류가 많이 남아 있었다. 자신의 잘생긴 얼굴이 불에 붉어질 때까지 폰 보르크는 계속해서 서류를 태웠다. 그런 뒤 책상 옆에 놓인 가죽 여행 가방에 금고의 중요한 문서들을 체계적으로 정리해 넣기 시작했다. 막 짐을 꾸리려 했을 때, 폰 보르크의 예민한 귀에 멀리서 들리는 차 소리가 감지됐다. 그는 곧바로 만족스러운 한숨을 내쉬며 가방을 닫고, 금고를 잠근 채 테라스로 달려나갔다. 때마침 문 앞에 도착하는 소형차의 불빛을 볼 수 있었다. 차 안에서 한 남자가 튀어나오더니 재빨리 그에게 다가왔다. 나이가 지긋하게 들고 회색 수염을 기른 커다란 운전기사는 마치 밤샘

불침번이라도 서려는 듯 편안하게 자리를 잡았다.

"자, 어디?" 폰 보르크가 열정적으로 달려나가 손님을 맞으며 물었다.

남자는 대답 대신 조그마한 갈색 종이 꾸러미를 의기양양하게 머리 위로 흔들어 보였다.

"오늘 밤 열렬히 나를 환영해주시오!" 남자가 소리쳤다. "결국, 소원을 성취해줬으니 말이오!"

"암호문입니까?"

"전보로 말한 것 그대로입니다. 수기 신호, 불빛 암호, 무선전시 신호까지 모두 다 복사해 왔지요. 참, 원본은 아닙니다. 그건 너무 위험한 일이죠. 하지만 이것도 확실한 물건입니다. 믿으셔도 됩니다." 남자가 아주 친밀한 듯 독일인의 어깨를 치자 그가 흠칫 낯을 찡그렸다.

"들어오시죠." 폰 보르크가 말했다. "집에는 나 혼자 있습니다. 이걸 기다리고 있었죠. 물론 사본이 원본보다 낫습니다. 만약 원본이 사라졌다면 암호를 또 다 바꿀 테니까요. 복사할 때 아무 문제도 없었겠죠?"

아일랜드계 미국인은 서재로 들어와 안락의자에 앉아 팔다리를 죽 뻗었다. 키가 크고 수척한 60대의 남자로, 또렷하게 생긴 이목구비와 작은 염소수염을 길러 마치 미국인 샘 아저씨 캐리커처와 비슷한 생김새를 하고 있었다. 입에는 흠뻑 젖은 시가를 반쯤 피운 채 물고 있었다. 자리에 앉으며 남자는 시가에 다시 불을 붙였다. "이사 갈 준비를 하는 것이오?" 남자가 주위를 둘러보며 말했다. "설마 저런 곳에 서류를 보관하는 건 아니겠죠?" 남자가 금고를 보며 물었다. 금고를 가리고 있던 커튼은 열어젖혀진 상태였다.

"무슨 문제라도 있습니까?"

"이런, 저런 열기 쉬운 금고에 보관하다니! 그리고 누가 저걸 보기라도 한다면 당신이 첩보원인 걸 바로 알아차릴 겁니다. 미국 도둑이라면 저런 것쯤은 깡통 따개로도 열 수 있을 거요. 내가 보낸 편지들이 저렇게 허술하게 보관되는 줄 알았다면, 바보가 아니고서야 당신에게 보내지 않았을 겁니다."

"저걸 열려면 어떤 도둑이라도 상당히 애먹을 겁니다." 폰 보르크가 대답했다. "어떤 연장으로도 절단할 수 없을 테니까요."

"그러나 자물쇠는 딸 수 있을 텐데요?"

"천만에요, 저건 이중 잠금 자물쇠입니다. 그게 뭔지나 아시오?"

"모릅니다."

"이 자물쇠를 열려면 숫자는 물론 낱말까지 알아야 합니다." 폰 보르크가 일어서서 열쇠 구멍 주위에 있는 이중 원반을 가리켰다. "이 바깥 원반이 낱말을 위한 것이고, 안쪽 것이 숫자용이죠."

"아, 그거 멋지군요."

"당신이 생각하는 것처럼 그리 간단한 금고가 아닙니다. 4년 전 내가 직접 만들었지요. 내가 무슨 낱말과 숫자를 골랐을 것 같소?"

"그걸 내가 어찌 알겠습니까?"

"음, 낱말은 어거스트August, 숫자는 1914입니다. 그리고 지금이 바로 그때지요."

미국인의 얼굴에 놀라움과 감탄의 표정이 어렸다.

"이런, 정말 대단하군요! 4년 전에 전쟁이 터질 날을 이렇게 정확히 알아내다니!"

"맞아요, 우리 중에서 몇 명은 날짜까지 정확히 예측했답니다. 이제 때가 되었어요. 난 내일 이곳을 떠납니다."

"음, 그렇다면 나도 좀 빠져나갈 수 있게 도와주시오. 나 혼자 이 빌어먹을 나라에 쓸쓸히 남긴 싫으니 말입니다. 보나 마나 일주일도 안 돼서 나를 잡으려고 난리법석일 겁니다. 그걸 바다 건너에서 지켜보고 싶군요."

"하지만 당신은 미국 시민이지 않습니까?"

"아, 잭 제임스도 미국 시민이었지요. 하지만 그 사람도 포틀랜드 감옥에서 복역 중이지 않습니까? 영국 순경에게 미국 시민이라고 말해봤자 씨알도 안 먹힙니다. '영국에서는 영국 법을 따르시오'라고 말할 게 뻔하오. 그나저나, 잭 제임스 얘기가 나와서 말인데 당신은 부하를 잘 챙기지 않는 것 같군요."

"그게 무슨 말입니까?" 폰 보르크가 날카롭게 쏘아붙였다.

"당신이 그들의 고용주 아닙니까, 그렇죠? 그들이 붙잡히지 않도록 하는 것도 당신 책임이죠. 하지만 그들이 체포됐을 때 구해준 적 있습니까? 제임스 건만 해도…."

"그건 제임스의 잘못이었어요. 당신도 잘 알고 있지 않소.

제임스는 너무 고집이 셌어요."

"제임스가 멍청하긴 했지요. 그건 당신 말이 맞습니다. 하지만 홀리스도 체포되지 않았습니까?"

"놈은 정신병자요."

"아, 마지막에 정신이 좀 나간 것 같긴 했지요. 하지만 자기를 경찰에 넘길 준비가 돼 있는 수많은 사람과 밤낮으로 일하다 보면 누구나 미쳐버릴 겁니다. 게다가 지금 스타이너도…."

폰 보르크가 격렬하게 일어섰다. 불그스레한 얼굴이 창백해져 있었다.

"스타이너에게 무슨 일이 있소?"

"음, 그 친구도 체포됐습니다. 그게 다예요. 간밤에 경찰이 스타이너의 가게를 덮쳐서, 스타이너와 그 친구가 갖고 있던 서류를 모두 포츠머스 교도소로 가져갔습니다. 당신은 떠나겠지만, 그 불쌍한 녀석은 고생깨나 할 겁니다. 죽기 전에 출소라도 한다면 다행이고요. 그것 때문에 나도 당신과 함께 최대한 빨리 영국을 뜨고 싶은 겁니다."

폰 보르크는 아주 강하고 자제력이 뛰어난 남자였지만 소식에 놀란 기색이 역력했다.

"어떻게 스타이너를 찾아낸 거지?" 폰 보르크가 중얼거렸다. "이건 정말 최악이로군요."

"그보다 더 나쁜 일도 있습니다. 그들이 나도 아주 바짝 뒤쫓고 있거든요."

"그게 정말입니까?"

"정말입니다. 프래턴 거리에 있는 내 하숙집 여주인에게 낯선 사람이 찾아와 물어봤다 그러더군요. 그 소리를 듣자마자 서둘러야겠다는 생각이 들었습니다. 하지만 내가 궁금한 것은 경찰이 이런 걸 어떻게 알고 있느냐는 겁니다. 내가 당신과 일을 시작한 후 체포된 사람만 해도 스타이너가 벌써 다섯 번째입니다. 내가 서둘러 여길 뜨지 않는다면 여섯 번째가 누가 될지는 뻔한 것 같군요. 이걸 어떻게 설명하시겠소? 자기 부하가 이렇게 체포되는 걸 가만히 지켜만 보는 게 부끄럽지도 않소?"

폰 보르크는 격노하여 얼굴이 새빨개졌다.

"어떻게 나한테 감히 그런 말을!"

"이런 말도 못 할 것 같았다면 난 당신과 일을 시작도 하지 않았을 겁니다. 내가 어떻게 생각하는지 솔직하게 말하겠소. 듣자 하니 당신네 독일 정치가들은 첩보원들을 다 써먹은 후에는 첩보원이 체포되든 말든 상관하지 않는다더군요."

폰 보르크가 자리에서 벌떡 일어났다.

"당신, 지금 내가 내 요원들을 팔아넘기기라도 했다는 말이오?"

"꼭 그렇다는 것은 아닙니다. 하지만 분명 끄나풀이나 배신자가 있는데 그게 누군지 찾아내는 건 당신 일 아니겠소. 어찌됐건 난 더는 위험을 감수하지 않을 겁니다. 네덜란드로 갈 거요. 빠르면 빠를수록 좋겠지요."

폰 보르크가 화를 억눌렀다.

"우리가 얼마나 오래 같이 일을 해왔는데 지금처럼 승리의 순간을 코앞에 두고 싸운단 말입니까." 폰 보르크가 말했다. "당신은 위험을 무릅쓰고 아주 굉장한 일을 해주었소. 난 그것을 잊지 않을 겁니다. 어떻게 해서든 네덜란드로 가시오. 그럼 거기 로테르담에서 뉴욕으로 가는 배를 탈 수 있을 겁니다. 지금부터 일주일 동안은 그 어떤 길도 안전하지 않을 거요. 그 책을 주십시오. 다른 서류와 함께 내가 챙기도록 하지요."

미국인은 조그마한 꾸러미를 들고 있었지만, 건네려고 하지 않았다.

"돈은 어딨소?" 미국인이 물었다.

"뭐요?"

"돈 말이오. 500파운드 사례금. 그 포병대 장교 놈이 마지막에 추잡하게 구는 바람에 100파운드를 더 줘야 했습니다. 그렇지 않았다면 나도 당신도 위험했을 거요. '절대 안 됩니다!'라고 하는데, 그건 진심이었소. 하지만 100파운드를 들이밀자 말이 통하더군요. 처음부터 끝까지 200파운드를 쓴 거요. 그러니 내 돈을 받기 전에 이걸 넘길 수는 없지요."

폰 보르크는 쓸쓸한 미소를 지어 보였다. "당신은 나를 믿지 못하는군요. 그 책을 주기 전에 돈부터 받겠다는 걸 보니 말이오."

"누가 뭐래도 이건 사업이니까요."

"좋습니다. 마음대로 하십시오." 폰 보르크는 탁자에 앉아서 수표에 휘갈겨 서명하고는 수표책에서 찢었다. 하지만 수표를 동료에게 넘기지는 않았다. "앨터몬트 씨, 결국 우리는 이런 관계일 수밖에 없는 사이군요." 폰 보르크가 말했다. "왜 내가 당신이 나를 신뢰하는 것 이상으로 당신을 신뢰해야 하는지 모르겠습니다. 무슨 말인지 알겠소?" 그가 어깨 너머로 미국인을 뒤돌아보며 덧붙였다. "여기 탁자 위에 수표가 있소. 당신이 이 수표를 집기 전에 그 꾸러미를 좀 살펴봐야겠습니다."

미국인은 아무 말도 없이 꾸러미를 넘겼다. 폰 보르크는 두 겹으로 싸여 있던 포장지를 풀렀다. 그리고 놀라서 할 말을 잃은 채 눈앞에 놓여 있는 조그마한 푸른 책을 바라보았다. 책의 표지에는 금색 글씨로 《실용 양봉 안내서》라고 적혀 있었다.

이 정통한 첩보원이 이 말도 안 될 정도로 뚱딴지같은 제목을 바라본 것은 아주 짧은 순간이었다. 그리고 바로 다음 순간, 누군가 강철 같은 손아귀로 폰 보르크의 목덜미를 채가더니, 클로로포름으로 적신 스펀지로 일그러진 그의 얼굴을 덮었다.

"자, 한 잔 더 하자고, 왓슨!" 셜록 홈즈가 임페리얼 토케이병을 내밀며 말했다.

탁자에 앉은 땅딸막한 운전기사가 흔쾌히 잔을 내밀

었다.

"끝내주는 와인이군, 홈즈."

"훌륭한 와인이지, 왓슨. 소파에 누워 있는 내 친구가 쉰브른 성의 프란츠 요제프 황제의 특별 저장소에 있던 와인이라고 아주 큰소리치더군. 창문 좀 열어주겠나? 저 클로로포름 냄새가 미각에는 별로 좋은 영향을 끼치지 않거든."

금고의 문은 살짝 열려 있었고, 그 앞에서 홈즈는 서류를 한 장 한장 꺼내 살피며 폰 보르크의 가방에 담고 있었다. 소파에 누운 채 코를 골며 잠을 자는 독일인의 상체와 다리에는 줄이 묶여 있었다.

"서두를 거 없어, 왓슨. 방해할 사람은 없으니까 말이야. 저기, 초인종 좀 울려주겠나? 이 집에는 늙은 마사 말고는 아무도 없지. 마사가 자기 역할을 기가 막히게 해주었네. 이번 일을 맡으면서 난 마사에게 바로 이곳에 일자리를 얻게 했지. 아, 마사, 모든 게 완벽하게 진행됐습니다."

상냥해 보이는 노파가 문 앞에 나타났다. 노파는 웃으며 살짝 무릎을 굽히며 홈즈에게 인사했다. 하지만 소파에 누워 있는 인물을 보며 다소 걱정 어린 표정을 지었다.

"괜찮습니다, 마사. 전혀 다치지 않았어요."

"그렇다니 다행이군요, 홈즈 씨. 그래도 썩 괜찮은 주인이었습니다. 어제 나보고 자기 아내와 함께 독일로 가라고 하더군요. 하지만 그랬다간 홈즈 씨 계획에 차질이 있었을 거예요, 그렇죠?"

"그럼요, 마사. 당신이 여기에 있어서 일을 한결 편하게 진행할 수 있었습니다. 아까 꽤 오랫동안 당신의 신호를 기다렸죠."

"남작 때문이었어요, 홈즈 씨."

"알고 있습니다. 남작의 차가 지나가는 걸 봤어요."

"전 그 사람이 떠나지 않을 줄 알았습니다. 그 사람이 여기 남아 있었어도 홈즈 씨 계획에 차질이 있을 거라 생각했어요."

"그랬을 겁니다. 음, 어쨌든 30분쯤 후에 마사가 방에 불을 끈 걸 보고 장애물이 사라졌다는 걸 알았죠. 나머지는 내일 런던에서 보고하도록 해요, 마사. 클래리지 호텔에서 봅시다."

"그럴게요, 홈즈 씨."

"떠날 준비는 다 되신 거죠?"

"예. 그는 오늘 편지를 일곱 통이나 보냈어요. 물론 평소대로 주소는 다 적어두었고요."

"아주 잘하셨습니다, 마사. 내일 살펴보도록 하지요. 안녕히 주무세요." 노파가 사라지자 홈즈가 계속해서 말했다. "이 서류들 말이야, 별로 중요한 게 아니야. 여기 나와 있는 정보는 이미 오래전에 독일 정부로 넘어갔기 때문이지. 이건 국외로 안전하게 유출할 수 없어서 남겨진 원본들이야."

"그렇다면 쓸모없는 것들이겠군."

"꼭 쓸모없다고 할 수는 없지, 왓슨. 이걸 보면 어떤 정보가 유출됐는지, 안 됐는지를 알 수 있으니 말이야. 여기 있는 문서 중 상당량이 내가 건네준 걸세. 물론 하나도 신뢰할 수 없는 자료들이지. 내가 건네준 거짓 기뢰 부설 도면을 보면서 독일 순양함이 솔런트 해협을 우왕좌왕할 것을 생각하니 내 말년이 꽤 유쾌할 것 같군. 그나저나 왓슨, 자네." 홈즈는 하던 일을 멈추고 오랜 친구를 어깨 너머로 돌아보았다. "여태껏 자네 얼굴도 제대로 보지 못했군. 세월이 자네만 비켜간 건가? 여전히 명랑한 소년처럼 보여."

"스무 살은 젊어진 느낌일세, 홈즈. 하리치로 차를 가지고 오라는 자네의 전보를 받고 얼마나 기뻤는지 모르네. 그런데 홈즈, 자네도 변한 게 하나도 없어 보이는군. 그 끔찍한 염소수염만 빼고 말이야."

"나라를 위한 희생이라고, 왓슨." 홈즈가 짧은 수염을 잡아당기며 말했다. "내일이면 다 잊힐 추억이지. 머리도 깎고 변장한 모습도 예전처럼 되돌릴 테니 말이야. 내일 클래리지 호텔에 다시 나타날 때쯤이면 당연히 예전의 모습으로 되돌아가 있을 걸세. 이 미국인 곡예, 아, 미안해, 왓슨. 이것 참, 내 영어의 샘이 영원히 더럽혀진 것 같군. 그러니까 이 미국인 행세를 하기 전으로 돌아갈 걸세."

"근데 자네 은퇴한 것 아니었나, 홈즈? 듣자 하니 사우스다운스의 작은 농장에서 벌과 책을 벗 삼아 은둔 생활을 하고 있다던데?"

"맞아, 왓슨. 이게 내가 한가롭게 생활하면서 얻은 수확이지. 내 말년 최고의 걸작!" 홈즈가 탁자 위에 놓여 있던 책을 집어 들어 큰 소리로 제목을 읽었다. "실용 양봉 안내서 및 여왕벌 격리 소고! 홀로 해냈도다. 한때 내가 런던의 범죄 세계를 바라보았듯이 벌들이 일하는 것을 지켜보며, 낮에는 땀 흘리고 밤에는 공부해가며 일궈낸 나의 결실 좀 보게."

"근데 어쩌다 이 일은 다시 하게 된 건가?"

"아, 그건 내가 생각해도 놀라운 일이야. 외무부 장관 혼자였다면 내가 어떻게 할 수 있었을 텐데, 총리까지 송구스럽게 내 보잘것없는 집으로 찾아오겠다는 게 아닌가. 왓슨, 사실 저 소파에 누워 있는 자는 우리 정부가 감당하기에는 너무 뛰어난 첩보원이었어. 아주 독보적인 존재였네. 계속 일이 꼬이는데 아무도 그 이유를 알아내지 못했지. 의심스러운 첩보원들을 찾아내고 체포도 했지만, 뭔가 강력한 핵심 세력이 뒤에 도사리고 있다는 증거가 있었어. 꼭 알아내고야 말겠다는 오기가 들었는지, 나한테 이 일을 맡으라는 강한 압력이 들어왔어. 그로부터 2년이나 걸린 거야, 왓슨. 하지만 한순간도 흥미롭지 않은 순간이 없었지. 시카고에서 순례를 시작한 뒤, 버펄로의 아일랜드 비밀 결사대에 합류하기도 하고, 스키베린 경찰도 꽤 괴롭혔지. 그러다 결국 폰 보르크의 부하 요원 눈에 들어서 날 믿을 만한 사람으로 추천하게 된 거지. 그 과정을 다 듣고 나면 얼마나 복잡했는지 알게 될걸세. 그러고 나서는 폰 보르크의 신뢰를 얻었지. 덕분에 그자의 계획 대부분을 꼬이게 하고 그자의 부하 중 최고 요원 다섯 명을 체포할 수 있었어. 왓슨, 나는 지켜보고 있다 일이 무르익었다 싶을 때쯤 과실을 따 먹은 걸세. 아, 어디 편찮은 데가 없기를 바랍니다!"

마지막 말은 소파에 누워 있던 폰 보르크에게 한 말이었다. 그는 한참 숨을 씩씩거리고 눈을 껌벅이더니 조용히 소파에 누운 채 홈즈의 말에 귀 기울이고 있었다. 그러다 노발대발하면서 독일어로 심한 욕설을 내뱉으며 몸부림쳤다. 계속해서 저주와 욕을 퍼붓는 동안 홈즈는 재빨리 서류를 살펴보았다.

"비록 음악적이지는 않지만 말이야, 독일어는 표현력이 가장 뛰어난 언어지." 폰 보르크가 지쳐 조용해지자 홈즈가 바라보며 말했다. "이봐, 이봐!" 홈즈가 상자에 넣으려던 설계도의 한 귀퉁이를 뚫어져라 바라보며 외쳤다. "이거면 새 한 마리 더 잡아넣을 수 있겠군. 내 줄곧 그자를 의심해오긴 했지만, 그 봉급 지급 담당원이 이렇게 나쁜 악당이었을 줄이야. 폰 보르크 씨, 당신에게 들어야 할 이야기가 많습니다."

포로는 스스로 힘겹게 몸을 세워 소파에 앉았다. 그리고 놀라움과 증오가 묘하게 섞인 눈초리로 홈즈를 노려보았다.

"널 가만두지 않을 거야, 앨터몬트!" 폰 보르크가 아주 천천히 또박또박 말했다. "내 일생을 바쳐서라도 복수하고 말 테다."

"달콤한 옛 노래 같군." 홈즈가 말했다. "지난날 얼마나 많이 듣던 노랫소리인가. 애석하게도 유명을 달리한 모리아티 교수의 애창곡에 그런 가사가 있었지. 세바스찬 모런 대령도 그 노래를 꽤 좋아했고. 하지만 난 여전히 살아남아서 사우스다운스에서 벌을 치며 잘살고 있지."

"이 이중간첩 같으니라고! 이 더러운 놈!" 독일인이 두 눈에

서 살기를 뿜으며 소리쳤다.

"아니, 아니지. 그렇게 나쁜 건 아니라고." 홈즈가 미소 지으며 말했다. "아까 말했듯이 시카고의 앨터몬트란 사람은 존재하지 않는단 말이오. 내가 그의 이름을 썼고, 이름의 주인은 이미 세상을 떴죠."

"그럼 넌 누구냐?"

"내가 누군지는 중요하지 않아요. 하지만 폰 보르크 씨, 그게 궁금한 것 같으니, 굳이 말씀드리자면 당신 가문과 처음 만나는 사이는 아니란 것 정도는 말씀드릴 수 있겠군요. 난 과거에 독일에서 꽤 많은 일을 했으니 당신도 어쩌면 내 이름이 익숙할지 몰라요."

"그 이름이 뭔지 듣고 싶군." 독일인이 냉담하게 말했다.

"당신 사촌 하인리히가 칙사였던 시절, 서거하신 보헤미아 왕과 아이린 애들러 사이를 갈라놓은 게 바로 나지요. 무정부주의자 클로프만이 당신의 큰 외삼촌 폰운트추 그라펜슈타인 백작을 암살하려던 것을 막은 것도 나입니다. 또 나는⋯."

폰 보르크가 깜짝 놀라 벌떡 일어나 앉았다.

"그런 사람은 단 한 명밖에 없어!" 그가 소리쳤다.

"맞습니다." 홈즈가 말했다.

폰 보르크는 끙끙거리며 소파에 맥없이 늘어졌다. "정보 대부분을 당신에게서 얻었는데⋯. 다 소용없는 정보였단 건가? 내가 도대체 무슨 짓을 한 거지? 완전히 망했군!"

"물론 전혀 신뢰할 수 없는 정보였죠." 홈즈가 말했다. "확인

을 다 해봐야겠지만, 당신에게는 확인할 시간이 없어 보이는
군요. 당신네 제독이 예상한 것보다 우리 대포는 좀 더 크고,
우리 순양함은 좀 더 빠를 겁니다."

폰 보르크가 절망한 듯 자기 목을 움켜잡았다.

"그 외에도 할 얘기는 많지만, 차차 밝혀질 겁니다. 하지만
폰 보르크 씨, 당신에게는 독일인치고 아주 독특한 자질이 있
어요. 스포츠맨이라는 것 말입니다. 그러니 수많은 사람을 속
이고 앞질렀던 당신이 굳이 지금에 와서 당신보다 뛰어난 나
한테 당했다고 원한을 품거나 할 것 같진 않습니다. 뭐 결국에
당신은 당신네 조국을 위해 최선을 다했고, 난 내 조국을 위해
최선을 다했으니 말이오. 그보다 자연스러운 게 또 어디 있겠
습니까?" 홈즈는 슬픔에 패배한 남자의 어깨에 자상하게 손을
얹고 덧붙였다. "아무래도 당신보다 못난 적에게 지는 것보다
는 낫지 않겠소? 자, 왓슨. 서류가 다 정리된 것 같군. 자네가
좀 도와주게. 포로를 데리고 런던으로 출발하는 게 좋겠어."

폰 보르크를 이동시키는 건 쉬운 일이 아니었다. 힘이 워낙
센 데다 필사적이기까지 했기 때문이다. 양쪽에서 팔을 잡고
서야 우리 둘은 정원을 통해 그자를 옮길 수 있었다. 불과 몇
시간 전, 유명한 외교관으로부터 축하를 받으며 의기양양하게
걸었던 바로 그 길이었다. 잠시 후, 폰 보르크는 여전히 팔다리
가 묶인 채 마지막 몸부림을 치고서는 조그마한 자동차 예비
좌석에 번쩍 들려 실렸다. 그의 소중한 가방도 동석했다.

"그 정도면 충분히 편안할 것 같군요." 홈즈가 떠날 채비를

마치며 말했다. "괜찮다면 시가에 불을 붙여 한 대 물려드려도 되겠습니까?"

하지만 어떤 호의도 성난 독일인에게는 소용이 없었다.

"셜록 홈즈 씨, 당신도 아시겠지만 당신네 정부에서 당신의 이런 행동을 용납한다면 그건 전쟁 행위로 간주될 겁니다."

"당신네 정부와 당신의 모든 행동은 어떻고 말입니까?" 홈즈가 가방을 두드리며 말했다.

"당신은 민간인이지 않소. 영장도 없이 날 체포해도 되는 거요? 이런 무례하고 불법적인 행동을 하다니."

"물론이죠." 홈즈가 말했다.

"당신은 지금 독일 국민을 납치하고 있는 것이오."

"그리고 그의 개인 서류까지 훔치고 있지요."

"맞아, 당신과 당신 공범은 주제 파악을 하는 게 좋을 거요. 마을을 통과할 때 내가 소리라도 지른다면…."

"이런, 당신이 그런 바보 같은 짓을 했다간 이 조그마한 마을 객점 간판에 '목매단 독일인'이라고 적힌 화려한 간판을 달아주는 꼴이 될 겁니다. 영국인은 참을성이 많은 민족이지만, 현재는 좀 격앙된 상태라 아마 더 불을 붙이지 않는 게 좋을 겁니다. 맞아요, 폰 보르크 씨. 일단 현명하게 판단해서 조용히 우리와 함께 런던 경찰국으로 가는 겁니다. 그리고 거기서 당신 친구인 폰 헤를링 남작을 불러 사정이 이렇게 됐는데도 그 예약해둔 대사관 수행원 자리에 여전히 당신을 끼워줄 수 있는지 물어봅시다. 왓슨, 자네도 다시 군 복무를 하려는 걸로 알

고 있으니 런던 쪽으로 가도 상관없겠지. 이렇게 테라스에 서서 나와 한가하게 대화를 나누는 것도 마지막이 될지 모르겠군."

두 친구는 자신들의 포로가 묶인 줄을 풀기 위해 소용없는 몸부림을 치는 동안 다시 한 번 지난날 과거를 회상하며 잠시 친밀한 대화를 나눴다. 자동차로 돌아오면서 홈즈는 달빛이 비치는 바다를 가리키며 생각이 많은 듯 머리를 내둘렀다.

"동풍이 불어올 것 같아, 왓슨."

"그럴 것 같지 않은데? 날씨가 아주 따뜻한걸."

"이런, 왓슨. 자네는 이 변화무쌍한 시대에도 여전히 한결같군. 그래도 동풍이 불 거란 말일세. 영국에 한 번도 불어닥친 적 없는 바람 말이야. 아주 차고 모진 바람이 될 걸세, 왓슨. 그리고 수많은 영국인이 그 바람 앞에 쓰러질 거야. 그러나 그것도 신의 뜻이지. 그러니 바람이 잦아들고 햇빛이 다시 비칠 때면, 더 깨끗하고 살기 좋은, 더 강한 나라가 될 걸세. 시동을 걸지, 왓슨. 이제 출발할 시간이군. 여기 500파운드짜리 수표가 있는데 서둘러 현금으로 바꿔야 해. 발행인이 지급 정지를 시킬지도 모르는 일이거든."